국어과 선생님이 뽑은
한국문학읽기
한국고전읽기
세계문학읽기

한국단편 소설 13선

북·앤·북

국어과 선생님이 뽑은 한국단편 소설 모음

한국단편 소설 13선

초판 1쇄 | 2013년 10월 25일 발행
초판 7쇄 | 2020년 8월 20일 발행

저자 | 김유정 외 9인
엮은이 | dskimp2000@naver.com
교정 | 이정민
디자인 | 인지숙
일러스트 | 이혜인 · 김한걸
펴낸이 | 이경자
펴낸곳 | 북앤북

주소 | 경기도 고양시 일산동구 산두로 128. 909동 202호
전화 | 031-902-9948
팩시밀리 | 031-903-4315
등록 | 제 313-2008-000016호

ISBN 978-89-89994-92-3 44810
      978-89-89994-91-6 (세트)

국립중앙도서관 출판시도서목록(CIP)

한국단편소설 13선 : 국어과 선생님이 뽑은 한국단편소설
모음 / 저자: 김유정 외 9인 ; 엮은이:dskimp2000@naver.
com. -- 서울 : 북앤북, 2013
  p. ;   cm. -- ((국어과 선생님이 뽑은) 문학읽기 ;
34)

ISBN 978-89-89994-92-3 44810 : ₩9500
ISBN 978-89-89994-91-6(세트)

한국 단편 소설[韓國短篇小說]

808.3KDC   CIP2013020213

잘못된 책은 구입하신 서점에서 바꾸어 드립니다.

이 책에 수록된 작품의 표기는 '한글 맞춤법'의
규정을 원칙으로 하되 작가 특유의 문체나 방언,
외래어 등은 원본에 따른다.

차례

김유정 〈봄봄, 동백꽃〉

김유정(金裕貞 1908~1937)

　김유정은 1908년 1월 11일 강원도 춘천(春川)에서 태어났다. 1929년 휘문고등보통학교를 졸업한 그는 연희전문학교 문과에 입학하지만 학업에 대한 회의를 이유로 중퇴했다. 1931년 그는 고향에 내려가 금병의숙(錦屛義塾)을 세워 문맹퇴치운동을 벌이기도 하고, 금광에도 손을 대었다.

　1935년 조선일보, 중앙일보 신춘문예에 〈소낙비〉, 〈노다지〉가 당선되면서 문단의 주목을 받기 시작한다. 이어 단편 소설 〈금 따는 콩밭〉, 〈떡〉, 〈만무방〉, 〈산골〉, 〈봄봄〉 등을 잇달아 발표한다. 이들은 농촌에서 우직하고 순진하게 살아가는 인물들을 특유의 해학적 수법으로 표현한 작품이다. 김유정은 1936년 〈산골 나그네〉, 〈옥토끼〉, 〈동백꽃〉, 〈정조〉, 〈슬픈이야기〉 등의 단편을, 1937년에는 〈따라지〉, 〈땡볕〉, 〈정분〉 등의 단편과 〈생의 반려〉 등의 장편 소설을 발표한다. 하지만 지병이 악화되어 1937년 3월 29일 29세의 나이로 생을 마감한다.

　그의 문학 세계는 강원도 지방의 토속어를 바탕으로 뛰어난 해학과 풍자를 통해서 일제강점기에 우리 농촌의 참담한 현실을 정확하게 묘사했다. 그의 소설에 보이는 질펀한 웃음 속에는 땅에 붙박여 처절하게 살아가는 농민들의 애끓는 울음이 짙게 깔려 있다.

봄봄

김유정

봄봄

〈봄봄〉은 1935년 《조광》에 발표한 단편 소설로 김유정의 다른 소설과 마찬가지로 희극적 인물상과 과장되고 우스꽝스러운 갈등 양상이 돋보이는 작품이다. 앞으로 장인이 될 마름과 데릴사위 머슴이 혼인 문제로 갈등을 빚고 있는 모습을 해학적으로 그린다.

이 작품은 위선적 성격의 장인과 그의 속임에 맞서는 나와의 갈등이 뛰어난 해학적 기교로 그려져 있다. 더욱이 이 작품에 나타난 구두어(口頭語), 방언, 비어(卑語), 속담, 속어 등의 자유로운 구사와 더불어 그 해학적 표현 속에 깔려 있는 낙천성은 한국 서민이 지닌 일종의 전통적인 감수성, 이를테면 판소리 사설에 나타나는, 슬픔 속에서도 웃음을 머금게 하는 그런 성격을 느끼게 한다. 주인공 '나'는 점순이와 혼인을 시켜 준다는 말만 믿고 3년 7개월을 무일푼으로 머슴살이를 하는 인물이다. 장인은 딸을 미끼로 일만 실컷 부려 먹다가 지쳐서 가 버리면 그만이고, 끝까지 버티면 사위로 삼으려는 속셈을 가지고 있다. 점순이는 은근히 '나'에게 적극적인 행동을 종용하는 인물이다. 그러나 이 소설의 주인공은 혼인을 시켜 주지 않는 장인을 원망하면서도 장인이 하자는 대로 따라간다. 그의 행동에는 안타까운 소망이 담겨 있다. 서로 상충되는 소망을 지닌 인물들의 대립을 웃음 속에서 화해시키고 있다. '나'의 어리숙함은 작품 전체의 해학적 분위기를 이끌어 가고, 이것은 독자로 하여금 엉뚱하고 과장된 희극적 갈등 양상을 자연스러운 일로 받아들이게 한다.

내 아내가 될 점순이는 열여섯 살인데도 불구하고 키가 너무 작다. '나'는 점순이보다 나이가 열 살이 더 위다. 점순네 데릴사위로 3년 7개월이나 일을 해 주었건만 심술 사납고 의뭉한 장인은 점순이의 키가 작다는 이유를 들어 성례시켜 줄 생각은 하지도 않는다. '나'는 돼지는 잘 크는데 점순이는 왜 크지 않는지 고민을 하기도 한다. 서낭당에 치성도 드려 보고 꾀병도 부려 보지만 도통 반응이 없고 장인은 몽둥이질만 한다.

나는 장인을 구장 댁으로 끌고 갔다. 구장님은 당사자가 혼인하고 싶다는데 빨리 성례를 시켜 주라고 한다.

점순의 아버지는 점순이의 키가 크지 않는다는 핑계로 계속 혼례를 미루기만 한다. 그래서 '나'는 점순의 아버지와 다투게 된다.

점순이가 자신을 병신이라고 나무라자 어떻게든지 결판을 내야겠다고 생각하고 일터로 나가려다 말고 바깥마당 멍석 위에 드러눕는다. 화가 '나'를 후려갈긴다. 내가 장인을 발 아래로 굴러뜨려 올라오지 못하게 하자 장인은 내 바짓가랑이를 움켜잡고 늘어진다. 할아버지까지 부르며 땅바닥에 쓰러져 까무러치자 장인은 손을 놓았다. 이번엔 '나'가 엉금엉금 기어가서 장인의 바짓가랑이를 움켜잡고 늘어진다. 장인 역시 할아버지를 부르며 구르다가 급기야 점순이를 부른다. 점순이는 내게 달려들어 귀를 잡아당기며 악을 쓰며 운다. 자기편을 들어줄 줄 알았던 점순이가 장인 편을 들자 '나'는 망연자실한다.

핵심정리

갈래: 농촌소설

시점: 1인칭 주인공 시점

배경: 1930년대 봄 강원도 산골마을

주제: 영악한 장인과 순박한 데릴사위의 갈등

출전: 조광

 봄봄

“장인님! 이젠 저⋯⋯.”

내가 이렇게 뒤통수를 긁고, 나이가 찼으니 성례를 시켜 줘야
않겠느냐고 하면 대답이 늘,

“이 자식아! 성례구 뭐구 미처 자라야지!”

하고 만다.

이 자라야 한다는 것은 내가 아니라 장차 내
아내가 될 점순이의 키 말이다.

내가 여기에 와서 돈 한 푼 안 받고 일하기를 3년 하고 꼬박 일
곱 달 동안을 했다. 그런데도 미처 못 자랐다니까 이 키는 언제야
자라는 겐지 짜장 영문 모른다. 일을 좀 더 잘해야 한다든지 혹은
밥을(많이 먹는다고 노상 걱정이니까) 좀 덜 먹어야 한다든지 하
면 나도 얼마든지 할말이 많다. 하지만 점순이가 아직 어리니까
더 자라야 한다는 여기에는 어째 볼 수 없이 그만 벙벙하고 만다.

이래서 나는 애초 계약이 잘못된 걸 알았다. 이태면 이태, 3년
이면 3년, 기한을 딱 작정하고 일을 했어야 할 것이다. 덮어놓고
딸이 자라는 대로 성례를 시켜 주마 했으니 누가 늘 지키고 섰는
것도 아니고 그 키가 언제 자라는지 알 수 있는가. 그리고 난 사람
의 키가 무럭무럭 자라는 줄만 알았지 붙박이 키에 모로만 벌어지

는 몸도 있을 것을 누가 알았으랴. 때가 되면 장인님이 어련하랴 싶어서 군소리 없이 꾸벅꾸벅 일만 해 왔다. 그럼 말이다, 장인님이 제가 다 알아차려서,

'어 참, 너 일 많이 했다. 고만 장가들어라.'

하고 살림도 내주고 해야 나도 좋을 것이 아니냐. 시치미를 딱 떼고 도리어 그런 소리가 나올까 봐서 지레 펄펄 뛰고 이 야단이다. 명색이 좋아 데릴사위지 일하기에 싱겁기도 할뿐더러 이건 참 아무것도 아니다.

숙맥이 그걸 모르고 점순이의 키 자라기만 까맣게 기다리지 않았나.

언젠가는 하도 갑갑해서 자를 가지고 덤벼들어서 그 키를 한번 재 볼까 했다마는 우리의 장인님이 내외를 해야 한다고 해서 마주 서 이야기도 한마디 하는 법 없다. 우물길에서 어쩌다 마주칠 적이면 겨우 눈어림으로 재 보고 하는 것인데 그럴 적마다 나는 저만큼 가서,

"제 — 미, 키두!"

하고 논둑에다 침을 퉤 뱉는다. 아무리 잘 봐야 내 겨드랑(다른 사람보다 좀 크긴 하지만) 밑에서 넘을락 말락 밤낮 요 모양이다. 개돼지는 푹푹 크는데 왜 이리도 사람은 안 크는지, 한동안 머리가 아프도록 궁리도 해 보았다. 아하, 물동이를 자꾸 이니까 뼈다귀가 움츠러드나 보다 하고 내가 넌지시 그 물을 대신 길어도 주었다. 뿐만 아니라 나무를 하러 가면 서낭당에 돌을 올려놓고,

"점순이의 키 좀 크게 해 줍소사. 그러면 담엔 떡 갖다 놓고 고사드립죠니까."

하고 치성도 한두 번 드린 것
이 아니다. 어떻게 돼먹은 킨지
이래도 막무가내니…… 그래 내
어저께 싸운 것이 결코 장인님이
밉다든가 해서가 아니다.

모를 붓다가 가만히 생각을 해
보니까 또 싱겁다. 이 벼가 자라
서 점순이가 먹고 좀 큰다면 모
르지만 그렇지도 못한 걸 내 심
어서 뭘 하는 거냐. 해마다 앞으
로 축 불거지는 장인님의 아랫배(너무 먹은 걸 모르고 냉병이라
니, 그 배)를 불리기 위하여 심곤 조금도 싶지 않다.

"아이구 배야!"

난 모를 붓다 말고 배를 쓰다듬으면서 그대로 논둑으로 기어올
랐다. 그리고 겨드랑에 꼈던 벼 담긴 키를 그냥 땅바닥에 털썩 떨
어치며 나도 털썩 주저앉았다. 일이 암만 바빠도 나 배 아프면 고
만이니까. 아픈 사람이 누가 일을 하느냐. 파릇파릇 돋아 오른 풀
한 줌을 뜯어 들고 다리의 거머리를 쓱쓱 문대며 장인님의 얼굴을
쳐다보았다.

논 가운데서 장인님이 이상한 눈을 해 가지고 한참을 날 노려보
더니,

"너 이 자식, 왜 또 이래 응?"

"배가 좀 아파서유!"

하고 풀 위에 슬며시 쓰러지니까 장인님은 약이 올랐다. 저도

논에서 철벙철벙 둑으로 올라오더니 잡은 참 내 멱살을 움켜잡고 뺨을 치는 것이 아닌가.

"이 자식아, 일허다 말면 누굴 망해 놀 속셈이냐, 이 대가릴 까 놀 자식!"

우리 장인님은 약이 오르면 이렇게 손버릇이 아주 못됐다. 또 사위에게 이 자식 저 자식 하는 이놈의 장인님은 어디 있느냐. 오죽해야 우리 동리에서 누굴 막론하고 그에게 욕을 안 먹는 사람은 명이 짧다 한다. 조그만 아이들까지도 그를 돌려 세워 놓고 욕필이(본이름이 봉필이니까), 욕필이 하고 손가락질을 할 만큼 두루 인심을 잃었다. 하나 인심을 정말 잃었다면 욕보다 읍의 배 참봉댁 마름으로 더 잃었다. 본디 마름이란 욕 잘하고 사람 잘 치고, 그리고 생김 생기길 호박개 같아서 쓰는 거지만 장인님은 외양에 똑됐다. 장인께 닭 마리나 좀 보내지 않는다든가 애벌논 때 품을 좀 안 준다든가 하면 그해 가을에는 영락없이 땅이 뚝뚝 떨어진다. 그러면 미리부터 돈도 먹이고 술도 먹이고 안달재신으로 돌아치던 놈이 그 땅을 슬쩍 돌려 안는다. 이 바람에 장인님 집 외양간에는 눈깔 커다란 황소 한 놈이 절로 엉금엉금 기어들고 동리 사람들은 그 욕을 다 먹어 가면서 그래도 굽신굽신하는 게 아닌가. 그러나 내겐 장인님이 감히 큰소리할 계제가 못 된다. 뒷생각은 못하고 뺨 한 대를 딱 때려 놓고는 장인님은 무색해서 덤덤히 쓴 침만 삼킨다. 난 그 속을 퍽 잘 안다. 조금 있으면 갈도 꺾어야 하고 모도 내야 하고, 한참 바쁜 때인데 나 일 안 하고 우리 집으로 그냥 가면 고만이니까. 작년 이맘때도 트집을 좀 하니까 늦잠 잔다고 돌멩이를 집어 던져서 자는 놈의 발목을 삐게 해 놨다. 사날

씩이나 건성 끙끙 앓았더니 종당에는 거반 울상이 되지 않았는가.

"애 그만 일어나 일 좀 해라. 그래야 올갈에 벼 잘 되면 너 장가 들지 않니."

그래 귀가 번쩍 뜨여서 그날로 일어나서 남이 이틀 품 들일 논을 혼자 삶아 놓니까 장인님도 눈깔이 커다랗게 놀랐다. 그럼 정말로 가을에 와서 혼인을 시켜 줘야 원 경우가 옳지 않겠나. 볏섬을 척척 들어 쌓아도 다른 소리는 없고 물동이를 이고 들어오는 점순이를 담배통으로 가리키며,

"이 자식아, 미처 커야지. 조걸 무슨 혼인을 한다고 그러니 원!"

하고 남 낯짝만 붉게 해 주고 고만이다. 골김에 그저 이놈의 장인님 하고 댓돌에다 메꽂고 우리 고향으로 내뺄까 하다가 꾹꾹 참고 말았다. 참말이지 난 이 꼴 하고는 집으로 차마 못 간다. 장가를 들러 갔다가 오죽 못났어야 그대로 쫓겨 왔느냐고 손가락질을 받을 테니까……

논둑에서 벌떡 일어나 한풀 죽은 장인님 앞으로 다가서며,

"난 갈 테야유, 그 동안 사경 쳐 내슈."

"너 사위로 왔지 어디 머슴 살러 왔니?"

"그러면 얼찐 성례를 해 줘야 안 하지유, 밤낮 부려만 먹구 해 준다 해 준다……."

"글쎄 내가 안 하는 거냐? 그년이 안 크니까……."

하고 어름어름 담배만 담으면서 늘 하는 소리를 또 늘어놓는다.

이렇게 따져 나가면 언제든지 늘 나만 밑지고 만다. 이번엔 안

된다 하고 대뜸 구장님한테로 판단 가자고 소맷자락을 내끌었다.

"아 이 자식아, 왜 이래 어른을."

안 간다고 뻗디디고 이렇게 호령을 제 맘대로 하지만 장인님 제가 내 기운은 못 당한다. 막 부려 먹고 딸은 안 주고 게다 땅땅 치는 건 다 뭐야……

그러나 내 사실 참 장인님이 미워서 그런 것은 아니다.

그 전날 왜 내가 새고개 맞은 봉우리 화전 밭을 혼자 갈고 있지 않았느냐. 밭 가생이로 돌 적마다 야릇한 꽃내가 물컥물컥 코를 찌르고 머리 위에서 벌들은 가끔 붕, 붕 소리를 친다. 바위틈에서 샘물 소리밖에 안 들리는 산골짜기니까 맑은 하늘의 봄볕은 이불 속같이 따스하고 꼭 꿈꾸는 것 같다. 나는 몸이 나른하고(몸살을 아직 모르지만) 병이 나려고 그러는지 울렁울렁하고 이랬다.

"이러이! 말이! 맘 마 마……. "

이렇게 노래를 하며 소를 부리면 여느 때 같으면 어깨가 으쓱으쓱한다.

웬일인지 밭 반도 갈지 않아서 온몸의 맥이 풀리고 대고 짜증만 난다. 공연히 소만 들입다 두들기며,

"아냐! 아냐! 이 망할 자식의 소(장인님의 소니까) 대가리를 꺾어 줄라."

그러나 내 속은 정말 아냐 때문이 아니라 점심을 이고 온 점순이의 키를 보고 울화가 났던 것이다.

점순이는 뭐 그리 썩 예쁜 계집애는 못 된다. 그렇다고 또 개떡이냐 하면 그런 것도 아니고 꼭 내 아내가 돼야 할 만큼 그저 툽툽하게 생긴 얼굴이다.

나보다 십 년이 아래이니까 올해 열여섯인데 몸은 남보다 두 살이나 덜 자랐다. 남은 잘도 훤칠히들 크건만 이건 위아래가 몽톡한 것이 내 눈에는 하릴없이 감참외 같다. 참외 중에는 감참외가 제일 맛 좋고 예쁘니까 말이다.

둥글고 커단 눈은 서글서글하니 좋고 좀 지쳐 찢어졌지만 입은 밥술이나 톡톡히 먹음 직하니 좋다. 아따, 밥만 많이 먹게 되면 팔자는 고만 아니냐. 한데 한 가지 파가 있다면 가끔가다 몸이(장인님은 이걸 채신이 없이 들까분다고 하지만) 너무 빨리빨리 논다. 그래서 밥을 나르다가 때없이 풀밭에다 깻빡을 쳐서 흙투성이 밥을 곧잘 먹인다. 안 먹으면 무안해할까 봐서 이걸 씹고 앉았노라면 으적으적 소리만 나고, 돌을 먹는 겐지 밥을 먹는 겐지…….

그러나 이날은 웬일인지 성한 밥째로 밭머리에 곱게 내려놓았다. 그리고 또 내외를 해야 하니까 저만큼 떨어져 이쪽으로 등을 향하고 웅크리고 앉아서 그릇 나기를 기다린다. 내가 다 먹고 물러섰을때 그릇을 와서 챙기는데, 그런데 난 깜짝 놀라지 않았느냐. 고개를 푹 숙이고 밥함지에 그릇 포개면서 날더러 들으라는지 혹은 제 소린지,

"밤낮 일만 하다 말 텐가!"

하고 혼자 쫑알거린다. 고대 잘 내외하다가 이게 무슨 소린가 하고 난 정신이 얼떨떨했다. 그러면서도 한편 무슨 좋은 수나 있는가 싶어서 나도 공중을 대고 혼잣말로,

"그럼 어떡해?"

하니까

“성례시켜 달라지 뭘 어떡해.”

하고 되알지게 쏘아붙이고 얼굴이 빨개져서 산으로 그저 도망질을 친다.

나는 잠시 동안 어떻게 되는 셈판인지 맥을 몰라서 그 뒷모양만 덤덤히 바라보았다.

봄이 되면 온갖 초목이 물이 오르고 싹이 트곤 한다. 사람도 아마 그런가 보다 하고 며칠 내에 부쩍(속으로) 자란 듯싶은 점순이가 여간 반가운 것이 아니다.

이런 걸 멀쩡하게 아직 어리다구 하니까……

우리가 구장님을 찾아갔을 때 그는 싸리문 밖에 있는 돼지 우리에서 죽을 퍼주고 있었다. 서울엘 좀 갔다 오더니 사람은 점잖아야 한다고 윗수염(얼른 보면 지붕 위에 앉은 제비 꼬랑지 같다)이 양쪽으로 뾰족이 뻗치고 그걸 에헴 하고 늘 쓰담는 손버릇이 있다. 우리를 멀뚱히 쳐다보고 미리 알아챘는지,

"왜 일들 허다 말구 그래?"

하더니 손을 올려서 그 에헴을 한 번 후딱 했다.

"구장님! 우리 장인님과 첨에 계약하기를……."

먼저 덤비는 장인님을 뒤로 떠다밀고 내가 허둥지둥 달려들다가 가만히 생각하고,

"아니, 우리 빙장님과 첨에."

하고 첫 번부터 다시 말을 고쳤다. 장인님은 빙장님 해야 좋아하고 밖에 나와서 장인님 하면 괜스레 골을 내려 든다. 뱀두 뱀이라야 좋냐구 창피스러우니 남 듣는 데는 제발 빙장님, 빙모님 하라고 일상 당조짐을 받아 오면서 난 그것도 자꾸 잊는다. 당장도 장인님 하다 옆에서 내 발등을 꾹 밟고 곁눈질을 흘기는 바람에야 겨우 알았지만.

구장님도 내 이야기를 자세히 듣더니 퍽 딱한 모양이었다. 하기야 구장님뿐만 아니라 누구든지 다 그럴 게다. 길게 길러 둔 새끼 손톱으로 코를 후벼서 저리 탁 튀기며,

"그럼 봉필 씨! 얼른 성례를 시켜 주구려, 그렇게까지 제가 하구 싶다는 걸!"

하고 내 짐작대로 말했다. 그러나 이 말에 장인님은 삿대질로 눈을 부라리고,

"아, 성례구 뭐구 계집애년이 미처 자라야 할 게 아닌가?"

하니까 고만 멀쑤룩해서 입맛만 쩍쩍 다실 뿐이 아닌가.

"그것두 그래!"

"그래 거진 4년 동안에도 안 자랐으니 그 킨 언제 자라지유? 다 그만두구 사경 내슈."

"글쎄, 이 자식아! 내가 크질 말라구 그랬니, 왜 날보구 떼냐?"

"빙모님은 참새만 한 것이 그럼 어떻게 앨 낳지유?"

사실 장모님은 점순이보다도 귀때기 하나가 작다.

장인님은 이 말을 듣고 껄걸 웃더니(그러나 암만 해두 돌 씹은 상이다) 코를 푸는 척하고 날 은근히 곯리려고 팔꿈치로 옆 갈비께를 퍽 치는 것이다.

더럽다, 나도 종아리의 파리를 쫓는 척하고 허리를 구부리며 그 궁둥이를 콱 떼밀었다. 장인님은 앞으로 우찔근하고 싸리문께로 쓰러질 듯하다 몸을 바로 고치더니 눈총을 몹시 쏘았다. 이런 상년의 자식 하곤 싶으나 남의 앞이라서 차마 못하고 섰는 그 꼴이 보기에 퍽 쟁그러웠다.

그러나 이 밖에는 별반 신통한 귀정을 얻지 못하고 도로 논으로 돌아와서 모를 부었다. 왜냐하면 장인님이 뭐라고 귓속말로 수군수군하고 간 뒤다.

구장님이 날 위해서 조용히 데리고 아래와 같이 일러 주었기 때문이다(뭉태의 말은 구장님이 장인님에게 땅 두 마지기 얻어 부치니까 그래 꾀었다고 하지만 난 그렇게 생각 않는다).

"자네 말두 하기야 옳지, 암 나이 찼으니까 아들이 급하다는 게 잘못된 말은 아니야. 허지만 농사가 한창 바쁜데 일을 안 한다든가 집으로 달아난다든가 하면 손해죄루 그것두 징역을 가거든(여기에 그만 정신이 번쩍 났다)! 왜 요전에 삼포말서 산에 불 좀 놓았다구 징역 간 거 못 봤나? 제 산에 불을 놓아두 징역을 가는 이땐데 남의 농사를 버려 주니 죄가 얼마나 중한가. 그리고 자넨 정장을(사경 받으러 정장 가겠다 했다) 간대지만 그러면 괜스레 죄를 들쓰고 들어가는 걸세. 또 결혼두 그렇지, 법률에 성년이란 게 있는데 스물하나가 돼야지 비로소 결혼을 할 수가 있는 걸세. 자넨 물론 아들이 늦을 걸 염려하지만 점순이루 말하면 인제 겨우 열여섯이 아닌가. 그렇지만 아까 빙장님의 말씀이 올갈에는 열 일을 제치고라두 성례를 시켜 주겠다 하시니 좀 고마울 겐가. 빨리 가서 모 붓던 거나 마저 붓게. 군소리 말구 어서 가.”

그래서 오늘 아침까지 끽소리 없이 왔다.

장인님과 내가 싸운 것은 지금 생각하면 전혀 뜻밖의 일이라 안 할 수 없다. 장인님으로 말하면 요즈막 작인들에게 행세를 좀 하고 싶다고 해서 ‘돈 있으면 양반이지 별게 있느냐!’ 하고 일부러 아랫배를 툭 내밀고 걸음도 뒤틀리게 걷고 하는 이 판이다. 이까짓 나쯤 두들기다 남의 땅을 가지고 모처럼 닦아 놓았던 가문을 망친다든지 할 어른이 아니다. 또 나로 논지면 아무쪼록 잘 뵈서 점순이에게 얼른 장가를 들어야 하지 않느냐.

이렇게 말하자면 결국 어젯밤 뭉태네 집에 마을 간 것이 썩 나빴다. 낮에 구장님 앞에서 장인님과 싸운 것을 어떻게 알았는지 대고 빈정거리는 것이 아닌가.

“그래, 맞구두 그걸 가만 둬?”

"그럼 어떡하니?"

"임마, 봉필일 모판에다 거꾸루 박아 놓지 뭘 어떡해?"

하고 괜히 내 대신 화를 내 가지고 주먹질을 하다 등잔까지 쳤다. 놈이 본시 괄괄은 하지만 그래 놓고 날더러 석유 값을 물라고 막 지다위를 붓는다. 난 어안이 벙벙해서 잠자코 앉았으니까 저만 연방 지껄이는 소리가,

"밤낮 일만 해 주구 있을 테냐?"

"영득이는 1년을 살구두 장갈 들었는데 넌 4년이나 살구두 더 살아야 해."

"네가 세 번째 사원 줄이나 아니, 세 번째 사위."

"남의 일이라두 분하다. 이 자식아, 우물에 가 빠져 죽어."

나중에는 겨우 손톱으로 목을 따라고까지 하고 제 아들같이 함부로 훅닥이었다. 별의별 소리를 다 해서 그대로 옮길 수는 없으나 그 줄거리는 이렇다.

우리 장인님이 딸이 셋이 있는데 맏딸은 재작년 가을에 시집을 갔다. 정말은 시집을 간 것이 아니라 그 딸도 데릴사위를 해 가지고 있다가 내보냈다. 그런데 딸이 열 살 때부터 열아홉, 즉 십 년 동안에 데릴사위를 갈아 들이기를, 동리에선 사위 부자라고 이름이 났지마는 열 놈이란 참 너무 많다.

장인님이 아들은 없고 딸만 있는 고로 그 담 딸을 데릴사위를 해 올 때까지는 부려 먹지 않으면 안 된다. 물론 머슴을 두면 좋지만 그건 돈이 드니까, 일 잘하는 놈을 고르느라고 연방 바꿔 들였

다. 또 한편 놈들이 욕만 줄창 퍼붓고 심히도 부려 먹으니까 밸이 상해서 달아나기도 했겠지. 점순이는 둘째 딸인데 내가 이를테면 그 세 번째 데릴사위로 들어온 셈이다. 내 담으로 네 번째 놈이 들어올 것을, 내가 일도 참 잘하고, 그리고 사람이 좀 어수룩하니까 장인님이 잔뜩 놓질 않는다. 셋째 딸이 인제 여섯 살, 적어도 열 살은 돼야 데릴사위를 할 테므로 그동안은 죽도록 부려 먹어야 된다. 그러니 인제는 속 좀 차리고 장가를 들여 달라구 떼를 쓰고 나 자빠져라, 이것이다.

나는 건성으로 엉 하며 귓등으로 들었다. 뭉태는 땅을 얻어 부치다가 떨어진 뒤로는 장인님만 보면 공연히 못 먹어서 으르렁거린다. 그것도 장인님이 저 달라고 할 적에 제 집에서 위한다는 그 감투(예전에 원님이 쓰던 것이라나, 옆구리에 뿡뿡 좀먹은 걸레)를 선뜻 주었더라면 그럴 리도 없었던걸.

그러나 나는 뭉태란 놈의 말을 전수이 곧이듣지 않았다. 꼭 곧이들었다면 간밤에 와서 장인님과 싸웠지 무사히 있었을 리가 없지 않은가. 그러면 딸에게까지 인심을 잃은 장인님이 혼자 나빴다.

실토이지 나는 점순이가 아침상을 가지고 나올 때까지는 오늘은 또 얼마나 밥을 담았나 하고 이것만 생각했다. 상에는 된장찌개하고 간장 한 종지, 조밥 한 그릇, 그리고 밥보다 더 수부룩하게 담은 산나물이 한 대접, 이렇다. 나물은 점순이가 틈틈이 해 오니까 두 대접이고 네 대접이고 멋대로 먹어도 좋으나 밥은 장인님이 한 사발 외엔 더 주지 말라고 해서 안 된다. 그런데 점순이가 그 상을 내 앞에 내려놓으며 제 말로 지껄이는 소리가,

"구장님한테 갔다 그냥 온담 그래!"

하고 엊그제 산에서와 같이 되우 쫑알거린다. 딴은 내가 더 단단히 덤비지 않고 만 것이 좀 어리석었다. 속으로 그랬다. 나도 저쪽 벽을 향하여 외면하면서 내 말로,

"안 된다는 걸 그럼 어떡헌담!"

하니까,

"쉼을 잡아치지 그냥 둬, 이 바보야!"

하고 또 얼굴이 발개지면서 성을 내며 안으로 샐쭉하니 뛰어 들어가지 않느냐. 이때 아무도 본 사람이 없었게 망정이지 보았다면 내 얼굴이 어미 잃은 황새 새끼처럼 가엽다 했을 것이다.

사실 이때만큼 슬펐던 일이 또 있었는지 모른다. 다른 사람은 암만 못생겼다 해도 괜찮지만 내 아내 될 점순이가 병신으로 본다면 참 신세는 따분하다. 밥을 먹은 뒤 지게를 지고 일터로 가려 하다 도로 벗어 던지고 바깥 마당 공석 위에 누워서 나는 차라리 죽느니만 같지 못하다 생각했다.

내가 일 안 하면 장인님 저는 나이가 먹어 못 하고 결국 농사 못 짓고 만다. 뒷짐으로 트림을 꿀꺽하고 대문 밖으로 나오다 날 보고서,

"이 자식아! 너 왜 또 이러니?"

"관격이 났어유. 아이구, 배야!"

"기껀 밥 처먹구 나서 무슨 관격이

야. 남의 농사 버려 주면 이 자식아 징역 간다 봐라!"

"가두 좋아유. 아이구, 배야!"

참말 난 일 안 해서 징역 가도 좋다 생각했다. 일후 아들을 낳아

도 그 앞에서 바보 바보 이렇게 별명을 들을 테니까, 오늘은 열 쪽이 난대도 결정을 내고 싶었다.

장인님이 일어나라고 해도 내가 안 일어나니까 눈에 독이 올라서 저편으로 횅허케 가더니 지게막대기를 들고 왔다. 그리고 그걸로 내 허리를 마치 들떠 넘기듯이 쿡 찍어서 넘기고 넘기고 했다. 밥을 잔뜩 먹고 딱딱한 배가 그럴 적마다 퉁겨지면서 밸창이 꼿꼿한 것이 여간 켕기지 않았다. 그래도 안 일어나니까 이번에는 배를 지게막대기로 위에서 쿡쿡 찌르고 발길로 옆구리를 차고 했다. 장인님은 원체 심술이 궂어서 그렇지만 나도 저만 못하지 않게 배를 채었다. 아픈 것을 눈을 꽉 감고 넌 해라 난 재미난 듯이 있었으나 볼기짝을 후려갈길 적에는 나도 모르는 결에 벌떡 일어나서 그 수염을 잡아챘다마는 내 골이 난 것이 아니라 정말은 아까부터 부엌 뒤 울타리 구멍으로 점순이가 우리들의 꼴을 몰래 엿보고 있었기 때문이다.

가뜩이나 말 한마디 똑똑히 못한다고 바보라는데 매까지 잠자코 맞는 걸 보면 짜장 바보로 알 게 아닌가. 또 점순이도 미워하는 이까짓 놈의 장인님하고 나하곤 아무것도 안 되니까 막 때려도 좋지만 사정 보아서 수염만 채고(제 원대로 했으니까 이때 점순이는 퍽 기뻤겠지) 저기까지 잘 들리도록,

"이걸 까셀라 부다!"

하고 소리를 쳤다.

장인님은 더 약이 바짝 올라서 잡은 참 지게막대기로 내 어깨를 그냥 내리 갈겼다. 정신이 다 아찔하다. 다시 고개를 들었을 때 그때엔 나도 온몸에 약이 올랐다. 이 녀석의 장인님을 하고 눈에서

불이 퍽 나서 그 아래 밭 있는 넝 아래로 그대로 떠밀어 굴려 버렸다. 조금 있다가 장인님이 씩, 씩 하고 한번 해 보려고 기어오르는 걸 얼른 또 떠밀어 굴려 버렸다.

기어오르면 굴리고 굴리면 기어오르고, 이러길 한 네댓 번을 하며 그럴 적마다,

"부려만 먹구 왜 성례 안 하지유!"

나는 이렇게 호령했다. 하지만 장인님이 선뜻, 오냐 낼이라두 성례시켜 주마 했으면 나도 성가신 걸 그만두었을지 모른다. 나야 이러면 때린 건 아니니까 나중에 장인 쳤다는 누명도 안 들을 터이고 얼마든지 해도 좋다.

한번은 장인님이 헐떡헐떡 기어서 올라오더니 내 바짓가랑이를 요렇게 노리고서 단박 움켜잡고 매달렸다. 악 소리를 치고 나는 그만 세상이 다 핑그르 도는 것이,

"빙장님! 빙장님! 빙장님!"

"이 자식! 잡아먹어라, 잡아먹어!"

"아! 아! 할아버지! 살려 줍쇼, 할아버지!"

하고 두 팔을 허둥지둥 내절 적에는 이마에 진땀이 쭉 내솟고 인젠 참으로 죽나 보다 했다. 그래도 장인님은 놓칠 않더니 내가 기어이 땅바닥에 쓰러져서 거진 까무러치게 되니까 놓는다. 더럽다, 더럽다. 이게 장인님인가. 나는 한참을 못 일어나고 쩔쩔맸다. 그러다 얼굴을 드니(눈에 참 아무것도 보이지 않았다) 사지가 부르르 떨리면서 나도 엉금엉금 기어가 장인님의 바짓가랑이를 꽉 움키고 잡아 낚았다.

내가 머리가 터지도록 매를 얻어맞은 것도 이 때문이다. 그러나

여기가 또한 우리 장인님이 유달리 착한 곳이다. 여느 사람이면 사경을 주어서라도 당장 내쫓았지 터진 머리를 불솜으로 손수 지져 주고, 호주머니에 희연 한 봉을 넣어 주고, 그리고

"올갈엔 꼭 성례를 시켜 주마. 암 말 말구 가서 뒷골의 콩밭이나 얼른 갈아라."

하고 등 뚜덕여 줄 사람이 누구냐.

나는 장인님이 너무나 고마워서 어느덧 눈물까지 났다. 점순이를 남기고 인젠 내쫓기려니 하다 뜻밖의 말을 듣고,

"빙장님! 인제 다시는 안 그러겠어유."

이렇게 맹세를 하며 부랴부랴 지게 가지고 일터로 갔다.

그러나 이때는 그걸 모르고 장인님을 원수로만 여겨서 잔뜩 잡아당겼다.

"아! 아! 이 놈아! 놔라, 놔."

장인님은 헛손질을 하며 솔개미에 챈 닭의 소리를 연해 질렀다. 놓긴 왜, 이왕이면 호되게 혼을 내 주리라 생각하고 짓궂게 더 당겼다마는 장인님이 땅에 쓰러져서 눈에 눈물이 피잉 도는 것을 알고 좀 겁도 났다.

"할아버지! 놔라, 놔, 놔, 놔, 놔."

그래도 안 되니까,

"애, 점순아! 점순아!"

이 악장에 안에 있던 장모님과 점순이가 헐레벌떡하고 단숨에 뛰어나왔다. 나의 생각에 장모님은 제 남편이니까 역성을 할는지도 모른다. 그러나 점순이는 내 편을 들어서 속으로 고소해하겠지 — 대체 이게 웬 속인지(지금까지도 난 영문을 모른다) 아버질 혼내 주기는 제가 내래 놓고 이제 와서는 달려들며,

"에구머니! 이 망할 게 아버지 죽이네!"

하고 내 귀를 뒤로 잡아당기며 마냥 우는 것이 아니냐. 그만 여기에 기운이 탁 꺾이어 나는 얼빠진 등신이 되고 말았다. 장모님도 덤벼들어 한 쪽 귀마저 뒤로 잡아채면서 또 우는 것이다.

이렇게 꼼짝도 못하게 해 놓고 장인님은 지게 막대기를 들어서 사뭇 내리 조졌다. 그러나 나는 구태여 피하지도 않고, 암만 해도 그 속 알 수 없는 점순이의 얼굴만 멀거니 들여다보았다.

"이 자식! 장인 입에서 할아버지 소리가 나오도록 해?"

동백꽃

김유정

동백꽃

〈동백꽃〉은 1936년 《조광》에 발표된 작품으로 농촌 소설이다. 인생의 봄을 맞아 신분이나 계층(마름—소작인)을 넘어서서 이성에 눈떠 가는 사춘기 남녀의 사랑을 작가 특유의 서정성과 해학성으로 묘사해 냈다. 그러나 작품 전체의 줄거리로 볼 때, 계층 문제보다는 순박한 시골 청소년의 사랑이 주제로 다루어졌다.

이 작품의 문체적 특징은 해학적 어조로 고전 소설들에서 흔히 볼 수 있는 유머이다. 전통에 결부된 김유정의 이런 특징은 웃음 이전의 슬픔 또는 연민의 숱한 사연들을 통해서만 드러나는 비애의 웃음으로, 1930년대 일제 강점기의 시대 상황으로 볼 때 소극적 비판의 풍자성도 아울러 지니고 있다.

이 작품의 사건 발단은 과거의 사건 속에서 시작된다. 절정을 향해 가는 사건의 진행 과정에서 가장 핵심을 이루고 있는 것은 닭싸움인데, 닭싸움은 '나'와 '점순이'의 갈등의 표면화이면서 애증의 교차이기도 하다. 따라서 순행적 구성으로 보면 닭싸움은 전개 부분에 와야 할 사건이지만, 이것이 첫머리에 오고 그다음에 닭싸움이 생기게 된 원인을 보여 주고 있다. 며칠 전 감자 사건으로 점순이의 비위를 건드린 것이 발단이 되어 오늘의 닭싸움이 생기게 되었다는 것이다.

이 작품은 이런 구성 방법으로 과거와 현재를 교묘하게 얽어 가면서 사건을 진행해 나가고 있다. 과거와 현재가 인과 관계를 따라 자연스럽게 어울림으로써 인물의 성격과 행위의 동기가 밝혀지고, 사건은 필연성을 획득하게 된다.

마름의 딸인 점순이의 역설적 애정 표현과 그것을 전혀 깨닫지 못하는 소작인의 아들인 나의 비성숙성은 작품의 흥미와 긴장을 제공한다. 이들의 갈등은 닭싸움을 매개로 하여 점진적으로 고조되어 가다가 점순이의 닭이 죽음으로써 절정을 맞게 되고, 이 사건을 계기로 대립적 관계에 있던 두 사람은 화해하게 된다.

　　내가 점심을 먹고 나무하러 가려고 집을 나설 때 우리 수탉이 점순네 수탉한테 또 쫓기고 있다. 얼마 전에 마름 집 딸 점순이가 준 감자를 받아먹지 않은 뒤부터는 더욱 나를 못 잡아먹어 안달이다. 힘센 자기네 수탉과 우리 닭을 싸우게 해서 조그마한 우리 수탉을 괴롭히는가 하면, 우리 씨암탉을 잡아 마구 두들겨 주기도 했다. 화가 난 나는 우리 집 수탉에게 고추장을 먹이고 용을 쓸 때까지 기다려서 점순네 닭과 싸움을 붙여 보았지만 매일 점순네 수탉에게 당하고 만다. 점순네 수탉이 아직 상처가 아물지도 않은 우리 닭을 다시 쪼아서 선혈이 낭자했다. 나는 작대기를 들고 헛매질을 하여 떼어 놓았다.

　　그 보람으로 우리 닭은 발톱으로 점순네 닭의 눈을 후볐다. 그러나 그것도 소용이 없었다. 점순네 닭이 한 번 쪼인 앙갚음으로 우리 닭을 쪼아 댔다.

　　오늘도 산에서 나무를 지고 내려오다가 보니, 산기슭에서 점순이가 또 닭싸움을 시키고 있다. 우리 닭은 거의 죽을 지경인데 점순이는 노란 동백꽃이 소보록하게 깔린 바윗돌 틈에 앉아서 닭싸움을 보며 청승맞게 호드기를 불고 있다. 약이 오른 나는 지게막대기로 점순네 큰 수탉을 때려 죽였다. 그러자 점순이가 눈을 홉뜨고 내게 달려든다. 홧김에 점순네 닭을 때려 죽인 나는 겁이 나서 울음을 터뜨렸다. 그러고 나서 두려움에 떨고 있는 나를 점순은 '다음부터는 그러지 마라. 내 안 이를 테니' 라고 말하고는 한창 피어 퍼드러진 노란 동백꽃 속으로 밀어뜨린다. 알싸한 동백꽃 냄새에 나는 정신이 아찔해진다. 점순이를 찾는 점순 엄마의 소리에 점순은 잔뜩 겁을 집어먹고 꽃 밑을 살금살금 기어가고 나는 바위를 끼고 엉금엉금 산 위로 도망친다.

핵심정리

갈래: 농민소설

시점: 1인칭 주인공 시점

배경: 1930년대 봄 강원도 농촌마을

주제: 산골 사춘기 남녀의 사랑

출전: 개벽

 동백꽃

오늘도 우리 수탉이 막 쫓기었다. 내가 점심을 먹고 나무를 하러 갈 양으로 나올 때이었다.

산으로 올라서려니까 등 뒤에서 푸드덕 푸드덕하고 닭의 횃소리가 야단이다. 깜짝 놀라서 고개를 돌려 보니 아니나 다르랴 두 놈이 또 얼리었다.

점순네 수탉(대강이가 크고 똑 오소리같이 실팍하게 생긴 놈)이 덩저리 작은 우리 수탉을 함부로 해내는 것이다. 그것도 그냥 해내는 것이 아니라 푸드덕하고 면두를 쪼고 물러섰다가 좀 사이를 두고 또 푸드덕하고 모가지를 쪼았다. 이렇게 멋을 부려 가며 여지없이 닦아 놓는다. 그러면 이 못생긴 것은 쪼일 적마다 주둥이로 땅을 받으며 그 비명이 킥, 킥 할 뿐이다.

물론 미처, 아물지도 않은 면두를 또 쪼이어 붉은 선혈은 뚝뚝 떨어진다.

이걸 가만히 내려다보자니 내 대강이가 터져서 피가 흐르는 것같이 두 눈에서 불이 번쩍 난다. 대뜸 지게막대기를 메고 달려들어 점순네 닭을 후려칠까 하다가 생각을 고쳐먹고 헛매질로 떼어만 놓았다.

이번에도 점순이가 쌈을 붙여 놨을 것이다. 바짝바짝 내 기를

올리느라고 그랬음에 틀림없을
것이다.

고 놈의 계집애가 요새로 들
어서서 왜 나를 못 먹겠다고 그
렇게 아르렁거리는지 모른다.

나흘 전 감자 건만 하더라도
나는 저에게 조금도 잘못한 것
이 없다. 계집애가 나물을 캐러

가면 갔지 남 울타리 엮는데 쌩이질을 하는 것은 다 뭐냐. 그것도
발소리를 죽여 가지고 등 뒤로 살며시 와서,

"애! 너 혼자만 일하니?"

하고 긴치 않은 수작을 하는 것이었다.

어제까지도 저와 나는 이야기도 잘 않고 서로 만나도 본척만척
하고 이렇게 점잖게 지내던 터이런만 오늘로 갑작스레 대견해졌
음은 웬일인가. 황차 망아지만 한 계집애가 남 일하는 놈 보고.

"그럼 혼자 하지 떼루 하디?"

내가 이렇게 내배앝는 소리를 하니까,

"너, 일하기 좋니?"

또는,

"한여름이나 되거든 하지 벌써 울타리를 하니?"

잔소리를 두루 늘어놓다가 남이 들을까 봐 손으로 입을 틀어막
고는 그 속에서 깔깔댄다. 별로 우스울 것도 없는데 날씨가 풀리
더니 이놈의 계집애가 미쳤나 하고 의심하였다. 게다가 조금 뒤에
는 제 집께를 할금할금 돌아다보더니 행주치마의 속으로 꼈던 바

른손을 뽑아서 나의 턱 밑으로 불쑥 내미는 것이다. 언제 구웠는지 아직도 더운 김이 홱 끼치는 굵은 감자 세 개가 손에 뿌듯이 쥐였다.

"느 집엔 이거 없지?"

하고 생색 있는 큰소리를 하고는 제가 준 것을 남이 알면 큰일 날 테니 여기서 얼른 먹어 버리란다. 그리고 또 하는 소리가,

"너, 봄 감자가 맛있단다."

"난 감자 안 먹는다. 니나 먹어라."

나는 고개도 돌리려고 않고 일하던 손으로 그 감자를 도로 어깨너머로 쑥 밀어 버렸다.

그랬더니 그래도 가는 기색이 없고, 뿐만 아니라 쌔근쌔근 하고 심상치 않게 숨소리가 점점 거칠어진다. 이건 또 뭐야 싶어서 그때에야 비로소 돌아다보니 나는 참으로 놀랐다. 우리가 이 동네에 들어온 것은 근 3년째 되어 오지만 여태까지 가무잡잡한 점순이의 얼굴이 이렇게까지 홍당무처럼 새빨개진 법이 없었다. 게다 눈에 독을 올리고 한참 나를 요렇게 쏘아보더니 나중에는 눈물까지 어리는 것이 아니냐. 그리고 바구니를 다시 집어 들더니 이를 꼭 악물고는 엎어질 듯 자빠질 듯 논둑으로 휭하게 달아나는 것이다.

어쩌다 동리 어른이,

"너 얼른 시집을 가야지?"

하고 웃으면,

"염려 마셔유. 갈 때 되면 어련히 갈라구!"

이렇게 천연덕스럽게 받는 점순이었다. 본시 부끄럼을 타는 계집애도 아니거니와 또한 분하다고 눈에 눈물을 보일 얼병이도 아

니다. 분하면 차라리 나의 등어리를 바구니로 한 번 모지게 후려 때리고 달아날지언정.

그런데 고약한 그 꼴을 하고 가더니 그 뒤로는 나를 보면 잡아 먹으려고 기를 복복 쓰는 것이다.

설혹 주는 감자를 안 받아 먹은 것이 실례라 하면, 주면 그냥 주었지 '너 집 엔 이거 없지'는 다 뭐냐. 그렇잖아도 저희는 마름이고 우리는 그 손에서 배 재를 얻어 땅을 부치므로 일상 굽실거린다. 우리가 이 마을에 처 음 들어와 집이 없어서 곤란으로 지낼 제 집터를 빌리고 그 위에 집을 또 짓도록 마련해 준 것도 점순네의 호의였다. 그리고 우리 어머니, 아버지도 농사 때 양식이 달리면 점순네한테 가서 부지런 히 꾸어다 먹으면서, 인품 그런 집은 다시없으리라고 침이 마르도 록 칭찬하곤 하는 것이다. 그러면서도 열일곱씩이나 된 것들이 수 군수군하고 붙어 다니면 동리의 소문이 사납다고 주의를 시켜 준 것도 또 어머니였다. 왜냐하면 내가 점순이하고 일을 저질렀다가 는 점순네가 노할 것이고, 그러면 우리는 땅도 떨어지고 집도 내 쫓기고 하지 않으면 안 되는 까닭이었다.

그런데 이 놈의 계집애가 까닭 없이 기를 복복 쓰며 나를 말려 죽이려고 드는 것이다.

눈물을 흘리고 간 다음 날 저녁 나절이었다. 나무를 한 짐 잔뜩 지고 산을 내려오려니까 어디서 닭이 죽는 소리를 친다. 이거 뉘 집에서 닭을 잡나 하고 점순네 울 뒤로 돌아오다가 나는 고만 두 눈이 똥그래졌다. 점순이가 제 집 봉당에 홀로 걸터앉았는데, 아

이게 치마 앞에다 우리 씨암탉을 꼭 붙들어 놓고는,

"이놈의 닭! 죽어라, 죽어라."

요렇게 암팡스레 패 주는 것이 아닌가. 그것도 대가리나 치면 모른다마는 아주 알도 못 낳으라고 볼기짝께를 주먹으로 콕콕 쥐어박는 것이다.

나는 눈에 쌍심지가 오르고 사지가 부르르 떨렸으나 사방을 한 번 휘둘러보고 그제야 점순이 집에 아무도 없음을 알았다. 잡은 참 지게막대기를 들어 울타리의 중턱을 후려치며,

"이놈의 계집애! 남의 닭 알 못 낳으라구 그러니?"

하고 소리를 빽 질렀다.

그러나 점순이는 조금도 놀라는 기색이 없고 그대로 의젓이 앉아서 제 닭 가지고 하듯이 또 죽어라, 죽어라 하고 패는 것이다. 이걸 보면 내가 산에서 내려올 때를 겨냥해 가지고 미리부터 닭을 잡아 가지고 있다가 너 보란 듯이 내 앞에서 쥐지르고 있음이 확실하다.

그러나 나는 그렇다고 남의 집에 뛰어 들어가 계집애하고 싸울 수도 없는 노릇이고 형편이 썩 불리함을 알았다. 그래 닭이 맞을 적마다 지게막대기로 울타리를 후려칠 수밖에 별도리가 없다. 왜냐하면 울타리를 치면 칠수록 울섶이 물러앉으며 뼈대만 남기 때문이다. 하나 아무리 생각하여도 나만 밑지는 노릇이다.

"아, 이 년아! 남의 닭 아주 죽일 터이냐?"

내가 도끼눈을 뜨고 다시 꽥 호령을 하니까 그제야 울타리께로 쪼르르 오더니 울 밖에 섰는 나의 머리를 겨누고 닭을 내팽개친다.

“예이 더럽다! 더럽다.”

“더러운 걸 널더러 입때 끼고 있으랬니? 망할 계집애 년 같으니!”

하고 나도 더럽단 듯이 울타리께로 횡하게 돌아내리며 약이 오를 대로 다 올랐다라고 하는 것은, 암탉이 풍기는 서슬에 나의 이마빼기에다 물찌똥을 찍 깔겼는데 그걸 본다면 알집만 터졌을 뿐 아니라 골병이 단단히 든 듯싶다. 그리고 나의 등 뒤를 향하여 들릴 듯 말 듯한 음성으로,

“이 바보 녀석아!”

“얘! 너 배냇병신이지?”

그만도 좋으련만,

“얘! 너 느 아버지가 고자라지?”

“뭐? 울 아버지가 그래 고자야?”

할 양으로 열벙거지가 나서 고개를 홱 돌리어 바라봤더니 그때까지 울타리 위로 나와 있어야 할 점순이의 대가리가 어디 갔는지 보이지를 않는다. 그러다 돌아서서 오자면 아까에 한 욕을 울 밖으로 또 퍼붓는 것이다. 욕을 이토록 먹어 가면서도 대거리 한마디 못 하는 걸 생각하니 돌부리에 채어 발톱 밑이 터지는 것도 모를 만큼 분하고, 급기야는 두 눈에 눈물까지 불끈 내솟는다.

그러나 점순이의 침해는 이것뿐이 아니다.

사람들이 없으면 틈틈이 제 집 수탉을 몰고 와서 우리 수탉과 쌈을 붙여 놓는다. 제 집 수탉은 썩 험상궂게 생기고 쌈이라면 홰를 치는 고로 으레 이길 것을 알기 때문이다. 그래서 툭하면 우리

수탉이 면두며 눈깔이 피로 흐드르하게 되도록 해 놓는다. 어떤 때에는 우리 수탉이 나오지를 않으니까 요놈의 계집애가 모이를 쥐고 와서 꾀어내다가 쌈을 붙인다.

이렇게 되면 나도 다른 배차를 차리지 않을 수 없다. 하루는 우리 수탉을 붙들어 가지고 넌지시 장독께로 갔다. 쌈닭에게 고추장을 먹이면 병든 황소가 살모사를 먹고 용을 쓰는 것처럼 기운이 뻗친다 한다. 장독에서 고추장 한 접시를 떠서 닭 주둥아리께로 들이밀고 먹여 보았다. 닭도 고추장에 맛을 들였는지 거스르지 않고 거지 반 접시 턱이나 곧잘 먹는다.

그리고 먹고 금세는 용을 못 쓸 터이므로 얼마쯤 기운이 들도록 홰 속에다 가두어 두었다.

밭에 두엄을 두어 짐 져 내고 나서 쉴 참에 그 닭을 안고 밖으로 나왔다. 마침 밖에는 아무도 없고 점순이만 제 울 안에서 헌 옷을 뜯는지 혹은 솜을 터는지 웅크리고 앉아서 일을 할 뿐이다.

나는 점순네 수탉이 노는 밭으로 가서 닭을 내려놓고 가만히 맥을 보았다. 두 닭은 여전히 얼리어 쌈을 하는데 처음에는 아무 보람이 없다. 멋지게 쪼는 바람에 우리 닭은 또 피를 흘리고 그러면서도 날갯죽지만 푸드덕 푸드덕하고 올라 뛰고 할 뿐으로 제법 한 번 쪼아 보지도 못한다.

그러나 한번엔 어쩐 일인지 용을 쓰고 펄쩍 뛰더니 발톱으로 눈을 하비고 내려오며 면두를 쪼았다. 큰 닭도 여기에는 놀랐는지 뒤로 멈씰하며 물러난다. 이 기회를 타서 작은 우리 수탉이 또 날쌔게 덤벼들어 다시 면두를 쪼니 그제서는 감때사나운 그 대강이에서도 피가 흐르지 않을 수 없다.

옳다, 알았다. 고추장만 먹이면 되는구나 하고 나는 속으로 아주 쟁그라워 죽겠다. 그때에는 뜻밖에 내가 닭쌈을 붙여 놓은 데 놀라서 울 밖으로 내다보고 섰던 점순이도 입맛이 쓴지 눈살을 찌푸렸다.

나는 손으로 볼기짝을 두드리며 연방,

"잘한다! 잘한다!"

하고 신이 머리끝까지 뻗치었다.

그러나 얼마 되지 않아서 나는 넋이 풀리어 기둥같이 묵묵히 서 있게 되었다. 왜냐하면 큰 닭이 한 번 쪼인 앙갚음으로 호들갑스레 연거푸 쪼는 서슬에 우리 수탉은 찔끔 못하고 막 곯는다. 이걸 보고서 이번에는 점순이가 깔깔거리고, 되도록 이쪽에서 많이 들으라고 웃는 것이다.

나는 보다 못하여 덤벼들어서 우리 수탉을 붙들어 가지고 도로 집으로 들어왔다. 고추장을 좀 더 먹였더라면 좋았을 걸 너무 급하게 쌈을 붙인 것이 퍽 후회가 난다. 장독께로 돌아와서 다시 턱 밑에 고추장을 들이댔다. 흥분으로 말미암아 그런지 당최 먹질 않는다.

나는 하릴없이 닭을 반듯이 뉘고 그 입에다 궐련 물부리를 물리었다. 그리고 고추장을 타서 그 구멍으로 조금씩 들이부었다. 닭은 좀 괴로운지 킥킥하고 재채기를 하는 모양이나, 그러나 당장의 괴로움은 매일같이 피를 흘리는 데 댈 게 아니라 생각하였다.

그러나 한 두어 종지가량 고추장 물을 먹이고 나서는 나는 고만 풀이 죽었다. 싱싱한 닭이 왜 그런지 고개를 살며시 뒤틀고는 손

아귀에서 뻐드러지는 것이 아닌가. 아버지가 볼까 봐서 얼른 홰에다 감추어 두었더니 오늘 아침에서야 겨우 정신이 든 모양 같다.

그랬던 걸 이렇게 오다 보니까 또 쌈을 붙여 놓으니 이 망할 계집애가 필연 우리 집에 아무도 없는 틈을 타서 제가 들어와 홰에서 꺼내 가지고 나간 것이 분명하다. 나는 다시 닭을 잡아다 가두고 염려는 스러우나 그렇다고 산으로 나무를 하러 가지 않을 수도 없는 형편이었다. 소나무 삭정이를 따며 가만히 생각해 보니 암만해도 고년의 목쟁이를 돌려 놓고 싶다. 이번에 내려가면 망할 년 등줄기를 한 번 되게 후려치겠다 하고 싱둥겅둥 나무를 지고는 부리나케 내려왔다.

거지반 집에 다 내려와서 나는 호드기 소리를 듣고 발이 딱 멈추었다. 산기슭에 널려 있는 굵은 바윗돌 틈에 노란 동백꽃이 소보록하니 깔리었다. 그 틈에 끼여 앉아서 점순이가 청승맞게스레 호드기를 불고 있는 것이다. 그보다도 더 놀란 것은 고 앞에서 또 푸드덕푸드덕하고 들리는 닭의 횃소리다. 필연코 요년이 나의 약을 올리느라고 닭을 집어 내다가 내가 내려올 길목에다 쌈을 시켜 놓고 저는 그 앞에 앉아서 천연스레 호드기를 불고 있음에 틀림없으리라. 나는 약이 오를 대로 다 올라서 두 눈에서 불과 함께 눈물이 푹 쏟아졌다. 나무 지게도 벗어 놀 새 없이 그대로 내동댕이치고는 지게막대기를 뻗치고 허둥허둥 달려들었다.

가까이 와 보니 과연 나의 짐작대로 우리 수탉이 피를 흘리고 거의 빈사지경에 이르렀다. 닭도 닭이려니와 그러함에도 불구하고 눈 하나 깜짝 없이 고대로 앉아서 호드기만 부는 그 꼴에 더욱 치가 떨린다. 동리에서도 소문이 났거니와 나도 한때는 걱실걱실히 일 잘하고 얼굴 예쁜 계집인 줄 알았더니 시방 보니까 그 눈깔이 꼭 여우 새끼 같다.

나는 대뜸 달려들어서 나도 모르는 사이에 큰 수탉을 단매로 때려 엎었다. 닭은 푹 엎어진 채 다리 하나 꼼짝 못하고 그대로 죽어 버렸다. 그리고 나는 멍하니 섰다가 점순이가 매섭게 눈을 흡뜨고 닥치는 바람에 뒤로 벌렁 나자빠졌다.

"이 놈아! 너 왜 남의 닭을 때려죽이니?"

"그럼 어때?"

하고 일어나다가,

"뭐 이 자식아! 누 집 닭인데?"

하고 복장을 떠미는 바람에 다시 벌렁 자빠졌다. 그러고 나서 가만히 생각을 하니 분하기도 하고 무안도 스럽고 또 한편 일을 저질렀으니 인젠 땅이 떨어지고 집도 내쫓기고 해야 될는지 모른다.

나는 비슬비슬 일어나며 소맷자락으로 눈을 가리고는 얼김에 엉 하고 울음을 놓았다. 그러나 점순이가 앞으로 다가와서,

"그럼 너 이담부터 안 그럴 테냐?"

하고 물을 때에야 비로소 살길을 찾은 듯싶었다. 나는 눈물을 우선 씻고, 뭘 안 그러는지 명색도 모르건만,

"그래!"

하고 무턱대고 대답하였다.

"요담부터 또 그래 봐라, 내 자꾸 못살게 굴 테니."

"그래, 인젠 안 그럴 테야!"

"닭 죽은 건 염려 마라, 내 안 이를 테니."

그리고 뭣에 떠다밀렸는지 나의 어깨를 짚은 채 그대로 퍽 쓰러진다. 그 바람에 나의 몸뚱이도 겹쳐서 쓰러지며 한창 피어 퍼드러진 노란 동백꽃 속으로 푹 파묻혀 버렸다.

알싸한, 그리고 향긋한 그 냄새에 나는 땅이 꺼지는 듯이 온 정신이 고만 아찔하였다.

"너 말 마라."

"그래!"

조금 있더니 요 아래서,

"점순아! 점순아! 이년이 바느질을 하다 말구 어딜 갔어!"

하고 어딜 갔다 온 듯싶은 그 어머니가 역정이 대단히 났다.

점순이가 겁을 잔뜩 집어먹고 꽃 밑을 살금살금 기어서 산 아래로 내려간 다음, 나는 바위를 끼고 엉금엉금 기어서 산 위로 치빼지 않을 수 없었다.

현진건 <운수 좋은 날, 고향>

현진건(玄鎭健 1900~1943)

현진건의 호는 빙허이며 1900년 8월 9일 대구에서 태어났다. 1917 일본 도쿄에 있는 세이조(成城) 중학교를 졸업하고, 중국 후장 대학에서 독일어를 공부하다가 1919년 귀국하였다. 현진건은 1920년 《개벽》에 소설 <희생화>를 발표해 문단에 입문했지만 좋은 평가를 받지 못했다. 하지만 1921년 《빈처》를 발표해 소설가로서 인정받았다. 그해 홍사용 · 이상화 · 나도향 · 박종화와 《백조》를 발간하였으며, <타락자>, <운수 좋은 날>, <불>을 발표함으로써 김동인과 더불어 근대 단편 소설의 선구자가 되었다. 1935년 조선일보 사회부장 때 일장기 말소 사건으로 1년간 옥고를 치르고 풀려난 후 신문사를 떠났다.

1939년에는 동아일보에 장편 <흑치상지>를 연재했지만 내용이 불온하다는 이유로 연재가 중단됐다. 이후 장편 <적도>, <무영탑> 등을 발표하면서 작품 활동을 이어갔으나, 1943년 마흔 세 살의 나이로 세상을 떠났다.

그는 자연주의 문학의 대표 작가이며 '한국의 모파상'이라는 별명을 들을 정도였다. 백조 동인 중에서도 가장 예술성이 높은 작가라는 평을 들었다. 그의 작품으로는 <빈처>, <술 권하는 사회>, <할머니의 죽음>, <운수 좋은 날>, <B사감과 러브레터>, <불>, <사립 정신 병원장>등의 단편이 있고, <적도> 등의 장편이 있다.

운수 좋은 날

현진건

운수 좋은 날

이 작품은 1920년대 하층 노동자의 삶을 날카로운 관찰로 생생하게 그려 놓은 현진건의 대표작이다. 지식인 중심의 인물 설정에서 벗어나 하층 노동자를 주인공으로 설정한 점도 특색 있고, 기교적인 측면에서는 작품 전후의 명암 대비를 통해 아이러니를 유발시킨다.

이 소설의 주인공인 김 첨지는 그 당시 하층민의 고난과 역경의 삶을 상징하는 전형적 인물이다. 따라서 김 첨지의 집안에 관한 이 작품은 한 개인의 고난을 뜻하는 것이 아니라 당시 하층민의 삶의 고뇌를 대변한다.

이 소설의 표제가 된 '운수 좋은 날'은 인력거꾼으로 큰 벌이를 한 운수 좋은 날이 아니라 병든 아내가 죽은 비운의 날을 표현한 것이다. 김 첨지는 운수가 좋아 돈도 벌고 선술집에서 건주정까지 부리는 표면적 행동과 아내가 죽을지도 모른다는 불안한 내면 심리가 대립과 갈등을 일으킨다. 이는 김 첨지의 행운이 '아내의 죽음'으로 이어지는 극적 반전을 이루고 있지만, 치밀한 구성과 복선으로 그 죽음은 개연성이 있는 죽음이 된다.

〈운수 좋은 날〉은 김 첨지의 행운과 불행을 선명하게 대비하여 그의 비극적 운명을 더욱 강조한 현진건의 놀라운 통찰력과 뛰어난 표현력 덕분에 그 시대 단편 소설의 수준을 한 단계 끌어올린 수작으로 평가된다.

　　동소문동에 사는 인력거꾼 김 첨지는 열흘 동안 돈 구경도 못하다가 이날은 이상할 만큼 운수 좋게 손님이 계속 생겼다. 그는 눈물이 날 만큼 기뻤다. 오랫동안 앓아누워 있는 아내에게 설렁탕 한 그릇을 사다 줄 수 있으니까 말이다.

　　그의 행운은 그걸로 그치지 않았다. 오늘 아침에 나가지 말라는 병든 아내의 말이 생각나서 주저하였지만 비를 맞으면서 한 학생을 남대문 정거장까지 데려다 주고 1원 50전을 번다. 그는 기뻤지만 한편으론 겁이 났다. 오늘따라 운수가 무척 좋으니 말이다.

　　남대문 정거장으로 가는 동안은 이상할 정도로 다리가 가뿐하더니 집 가까이에 오자 다리가 무거워지고 나가지 말라던 아내의 말이 귀에 울렸다. 그리고 자녀의 울음소리가 들리는 듯하여 자신도 모르게 멈춰 섰다가 손님의 재촉에 정신을 차리고 다시 가기 시작했다. 집에서 멀어질수록 발은 가벼워졌다. 남대문 정거장에서 운 좋게 또 한 명의 손님을 인사동까지 데려다 주었다. 기적 같은 벌이였다. 아무래도 이 기쁨이 계속되지 않을 것같은 예감이 들었다. 집에 가기가 두려웠다.

　　집에 가다가 친구 치삼이를 만나 함께 술을 하고 술이 과하자 머리를 억누르는 불안을 풀어 버리기 위해 벼락같이 고함을 지르다가 금방 껄껄거리며 웃고, 그러다가 또다시 목 놓아 울기도 하며 법석을 떤다. 그는 그만하라며 말리는 치삼이에게 아내가 죽었다고 농을 한다. 추적추적 내리는 비를 맞으면서 아내가 그토록 먹고 싶어 하던 설렁탕을 사 들고 집으로 돌아간다.

　　김 첨지는 목청을 있는 대로 내어 욕을 퍼부으며 발을 들어 누운 아내의 다리를 찼다. 그러나 아무 반응이 없다. 아내는 죽어 있었다. 남편은 아내 머리를 흔들었다. "이년아, 죽었단 말이냐? 왜 말이 없어?" 김 첨지의 눈에서 떨어진 눈물이 죽은 아내의 뻣뻣한 얼굴을 적신다. 김 첨지는 미친 듯이 제 얼굴을 죽은 아내의 얼굴에 비비며 중얼거린다. "설렁탕을 사다 놓았는데 왜 먹지를 못하니, 왜 먹지를 못하니……　괴상하게도 오늘은 운수가 좋더니만!" 하고 한탄한다.

핵심정리

갈래: 사실주의 소설

시점: 전지적 작가 시점

배경: 일제 강점기 겨울 비 오는 서울 빈민가

주제: 일제 강점기 하층민의 비참한 생활상

출전: 개벽

운수 좋은 날

새침하게 흐린 품이 눈이 올 듯하더니 눈은 아니 오고 얼다가 만 비가 추적추적 내리었다.

이날이야말로 동소문 안에서 인력거꾼 노릇을 하는 김 첨지에게는 오래간만에도 닥친 운수 좋은 날이었다. 문안에(거기도 문밖은 아니지만) 들어간답시는 앞집 마나님을 전찻길까지 모셔다 드린 것을 비롯으로, 행여나 손님이 있을까 하고 정류장에서 어정어정하며 내리는 사람 하나하나에게 거의 비는 듯한 눈길을 보내고 있다가 마침내 교원인 듯한 양복쟁이를 동광학교까지 태워다 주기로 되었다.

첫 번에 삼십 전, 둘째 번에 오십 전, 아침 댓바람에 그리 흔치 않은 일이었다. 그야말로 재수가 옴 붙어서 근 열흘 동안 돈 구경도 못한 김 첨지는 십 전짜리 백동화 서 푼, 또는 다섯 푼이 찰깍하고 손바닥에 떨어질 때 거의 눈물을 흘릴 만큼 기뻤었다. 더구나 이날 이때에 이 팔십 전이라는 돈이 그에게 얼마나 유용한지 몰랐다. 컬컬한 목에 모주 한 잔도 적실 수 있거니와 그보다도 앓는 아내에게 설렁탕 한 그릇도 사다 줄 수 있음이다.

그의 아내가 기침으로 쿨룩거리기는 벌써 달포가 넘었다. 조밥도 굶기를 먹다시피 하는 형편이니 물론 약 한 첩 써 본 일이 없다. 구태여 쓰려면 못 쓸 바도 아니로되, 그는 병이란 놈에게 약을 주어 보내면 재미를 붙여서 자꾸 온다는 자기의 신조에 어디까지 충실하였다. 따라서 의사에게 보인 적이 없으니 무슨 병인지는 알 수 없으되 반듯이 누워 가지고, 일어나기는 새로 모로도 못 눕는 걸 보면 중증은 중증인 듯.

병이 이대도록 심해지기는 열흘 전에 조밥을 먹고 체한 때문이다. 그때도 김 첨지가 오래간만에 돈을 얻어서 좁쌀 한 되와 십 전짜리 나물 한 단을 사다 주었더니 김 첨지의 말에 의하면 그 오라질 년이 천방지축으로 냄비에 대고 끓였다. 마음은 급하고 불길은 달지 않아 채 익지도 않은 것을 그 오라질 년이 숟가락은 고만두고 손으로 움켜서 두 뺨에 주먹덩이 같은 혹이 불거지도록 누가 빼앗을 듯이 처박질하더니만 그날 저녁부터 가슴이 땅긴다, 배가 켕긴다고 눈을 흡뜨고 지랄병을 하였다. 그때 김 첨지는 열화와 같이 성을 내며,

"에이, 오라질 년, 조랑복은 할 수가 없어. 못 먹어 병, 먹어서 병, 어쩌란 말이야! 왜 눈을 바루 뜨지 못해!"

하고 김 첨지는 앓는 이의 뺨을 한 번 후려갈겼다. 흡뜬 눈은 조금 바루어졌건만 이슬이 맺히었다. 김 첨지의 눈시울도 뜨끈뜨끈하였다.

이 환자가 그러고도 먹는 데는 물리지 않았다. 사흘 전부터 설렁탕 국물이 마시고 싶다고 남편을 졸랐다.

"이런 오라질 년! 조밥도 못 먹는 년이 설렁탕은. 또 처먹고 지랄병을 하게."

라고 야단을 쳐 보았건만, 못 사 주는 마음이 시원치는 않았다.

인제 설렁탕을 사 줄 수도 있다. 앓는 어미 곁에서 배고파 보채는 개똥이(세 살 먹이)에게 죽을 사 줄 수도 있다. 팔십 전을 손에 쥔 김 첨지의 마음은 푼푼하였다.

그러나 그의 행운은 그걸로 그치지 않았다. 땀과 빗물이 섞여 흐르는 목덜미를 기름 주머니가 다 된 광목 수건으로 닦으며, 그 학교 문을 돌아 나올 때였다. 뒤에서,

"인력거!"

하고 부르는 소리가 난다. 자기를 불러 멈춘 사람이 그 학교 학생인 줄 김 첨지는 한 번 보고 짐작할 수 있었다. 그 학생은 다짜고짜로,

"남대문 정거장까지 얼마요?"

라고 물었다. 아마도 그 학교 기숙사에 있는 이로 동기 방학을 이용하여 귀향하려 함이리라. 오늘 가기로 작정은 하였건만 비는 오고, 짐은 있고 해서 어찌할 줄 모르다가 마침 김 첨지를 보고 뛰어나왔음이리라. 그렇지 않으면 왜 구두를 채 신지 못해서 질질 끌고, 비록 '고쿠라' 양복 일망정 노박이로 비를 맞으며 김 첨지를 뒤쫓아 나왔으랴.

"남대문 정거장까지 말씀입니까?"

하고 김 첨지는 잠깐 주저하였다. 그는 이 우중에 우장도 없이 그 먼 곳을 철벅거리고 가기가 싫었음일까? 처음 것, 둘째 것으로 그만 만족하였음일까? 아니다, 결코 아니다. 이상하게도 꼬리를 맞물고 덤비는 이 행운 앞에 조금 겁이 났음이다.

그러고 집을 나올 제 아내의 부탁이 마음에 켕기었다. ― 앞집 마나님한테서 부르러 왔을 제 병인은 그 뼈만 남은 얼굴에 유일의 생물 같은 유달리 크고 움푹한 눈을 애걸하는 빛을 띠며,

"오늘은 나가지 말아요. 제발 덕분에 집에 붙어 있어요. 내가 이렇게 아픈데……."

라고 모기 소리같이 중얼거리고 숨을 걸그렁걸그렁하였다. 그때에 김 첨지는 대수롭지 않은 듯이,

"아따, 젠장맞을 년, 별 빌어먹을 소리를 다 하네. 맞붙들고 앉았으면 누가 먹여 살릴 줄 알아?"

하고 훌쩍 뛰어나오려니까 환자는 붙잡을 듯이 팔을 내저으며,

"나가지 말래도 그래, 그러면 일찍이 들어와요."

하고 목메인 소리가 뒤를 따랐다.

정거장까지 가잔 말을 들은 순간에 경련적으로 떠는 손, 유달리 큼직한 눈, 울듯한 아내의 얼굴이 김 첨지의 눈앞에 어른어른하였다.

"그래 남대문 정거장까지 얼마란 말이오?"

하고 학생은 초조한 듯이 인력거꾼의 얼굴을 바라보며 혼잣말같이,

"인천 차가 열한 점에 있고, 그다음에는 새로 두 점이던가."

라고 중얼거렸다.

"1원 오십 전만 줍시오."

이 말이 저도 모를 사이에 불쑥 김 첨지의 입에서 떨어졌다. 제 입으로 부르고도 스스로 그 엄청난 돈 액수에 놀랐다.

한꺼번에 이런 금액을 불러라도 본 지가 그 얼마 만인가? 그러

자 그 돈 벌 용기가 병자에 대한 염려를 사르고 말았다. 설마 오늘 내로 어쩌랴 싶었다. 무슨 일이 있더라도 제일 제이의 행복을 곱친 것보다도 오히려 갑절이 많은 이 행운을 놓칠 수 없다 하였다.

"1원 오십 전은 너무 과한데."

이런 말을 하며 학생은 고개를 기웃하였다.

"아니올시다. 이수로 치면 여기서 거기가 시오 리가 넘는답니다. 또 이런 진날에 좀 더 주셔야지요."

하고 빙글빙글 웃는 차부의 얼굴에는 숨길 수 없는 기쁨이 넘쳐흘렀다.

"그러면 달라는 대로 줄 터이니 빨리 가요."

관대한 어린 손님은 그런 말을 남기고 총총히 옷도 입고 짐도 챙기러 갈 데로 갔다.

그 학생을 태우고 나선 김 첨지의 다리는 이상하게 거뿐하였다. 달음질을 한다느니보다 거의 나는 듯하였다. 바퀴도 어떻게 속히 도는지 구른다느니보다 마치 얼음을 지쳐나가는 스케이트 모양으로 미끄러져 가는 듯하였다. 언 땅에 비가 내려 미끄럽기도 하였지만.

이윽고 끄는 이의 다리는 무거워졌다. 자기 집 가까이 다다른 까닭이다. 새삼스러운 염려가 그의 가슴을 눌렀다.

'오늘은 나가지 말아요. 내가 이렇게 아픈데!'

이런 말이 잉잉 그의 귀에 울렸다. 그리고 병자의 움쑥 들어간 눈이 원망하는 듯이 자기를 노리는 듯하였다. 그러자 엉엉 하고 우는 개똥이의 곡성을 들은 듯싶다. 딸꾹딸꾹 하고 숨 모으는 소리도 나는 듯싶다.

"왜 이러우, 기차 놓치겠구먼."

하고 탄 이의 초조한 부르짖음이 간신히 그의 귀에 들어왔다. 언뜻 깨달으니 김 첨지는 인력거를 쥔 채 길 한복판에 엉거주춤 멈춰 있지 않은가.

"예, 예."

하고 김 첨지는 또다시 달음질하였다. 집이 차차 멀어질수록 김 첨지의 걸음에는 다시금 신이 나기 시작하였다. 다리를 재게 놀려야만 쉴 새 없이 자기의 머리에 떠오르는 모든 근심과 걱정을 잊을 듯이.

정거장까지 끌어다 주고 그 깜짝 놀랄 1원 오십 전을 정말 제 손에 쥐매, 제 말마따나 십 리나 되는 길을 비를 맞아 가며 질퍽거리고 온 생각은 아니 하고, 거저나 얻은 듯이 고마웠다. 졸부나 된 듯이 기뻤다. 제 자식뻘밖에 안 되는 어린 손님에게 몇 번이나 허리를 굽히며,

"안녕히 다녀옵시오."

하고 깍듯이 재우쳤다.

그러나 빈 인력거를 털털거리며 이 우중에 돌아갈 일이 꿈밖이었다. 노동으로 하여 흐른 땀이 식어지자 굶주린 창자에서, 물 흐르는 옷에서 어슬어슬 한기가 솟아나기 비롯하매, 1원 오십 전이란 돈이 얼마나 귀찮고 괴로운 것인 줄 절절히 느끼었다. 정거장을 떠나는 그의 발길은 힘 하나 없었다. 온몸이 웅송그려지며 당장 그 자리에 엎어져 못 일어날 것 같았다.

"젠장맞을 것! 이 비를 맞으며 빈 인력거를 털털거리고 돌아를 간담. 이런 빌어먹을, 제 할미를 붙을 비가 왜 남의 상판을 딱딱 때려!"

그는 몹시 화증을 내며 누구에게 반항이나 하는 듯이 게걸거렸다. 그럴 즈음에 그의 머리엔 또 새로운 광명이 비쳤나니, 그것은 '이러구 갈 게 아니라 이 근처를 빙빙 돌며 차 오기를 기다리면 또 손님을 태우게 될는지도 몰라.'란 생각이었다. 오늘 운수가 괴상하게도 좋으니까 그런 요행이 또 한 번 없으리라고 누가 보증하랴. 꼬리를 굴리는 행운이 꼭 자기를 기다리고 있다고 내기를 해도 좋을 만한 믿음을 얻게 되었다.

그렇다고 정거장 인력거꾼의 등쌀이 무서우니 정거장 앞에 섰을 수는 없었다. 그래 그는 이전에도 여러 번 해 본 일이라 바로 정거장 앞 전차 정류장에서 조금 떨어지게 사람 다니는 길과 전찻길 틈에 인력거를 세워 놓고 자기는 그 근처를 빙빙 돌며 형세를 관망하기로 하였다. 얼마 만에 기차는 왔고 수십 명이나 되는 손이 정류장으로 쏟아져 나왔다. 그중에서 손님을 물색하는 김 첨지의 눈엔 양머리에 뒤축 높은 구두를 신고 망토까지 두른 기생 퇴물인 듯, 난봉 여학생인 듯한 여편네의 모양이 띄었다. 그는 슬근슬근 그 여자의 곁으로 다가들었다.

"아씨, 인력거 아니 타시랍시오?"

그 여학생인지 뭔지가 한참은 매우 태깔을 빼며 입술을 꼭 다문 채 김 첨지를 거들떠보지도 않았다. 김 첨지는 구걸하는 거지나 무엇같이 연해연방 그의 기색을 살피며,

"아씨, 정거장 애들보담 아주 싸게 모셔다 드리겠습니다. 댁이

어디신가요?"

하고 추근추근하게도 그 여자의 들고 있는 일본식 버들고리짝에 제 손을 대었다. 

"왜 이래, 남 귀찮게."

소리를 벽력같이 지르고는 돌아선다. 김 첨지는 어랍시오 하고 물러섰다.

전차는 왔다. 김 첨지는 원망스럽게 전차 타는 이를 노리고 있었다. 그러나 그의 예감은 틀리지 않았다. 전차가 빡빡하게 사람을 싣고 움직이기 시작하였을 제 타고 남은 손 하나가 있었다. 굉장하게 큰 가방을 들고 있는 걸 보면 아마 붐비는 차 안에 짐이 크다 하여 차장에게 밀려 내려온 눈치였다.

김 첨지는 대어 섰다.

"인력거를 타시랍시오."

한동안 값으로 실랑이를 하다가 육십 전에 인사동까지 태워다 주기로 하였다. 인력거가 무거워지매 그의 몸은 이상하게도 가벼워졌고 그리고 또 인력거가 가벼워지니 몸은 다시금 무거워졌건만 이번에는 마음조차 초조해 온다. 집의 광경이 자꾸 눈앞에 어른거리어 인제 요행을 바랄 여유도 없었다.

나뭇등걸이나 무엇 같고 제 것 같지도 않은 다리를 연해 꾸짖으며 갈팡질팡 뛰는 수밖에 없었다.

"저놈의 인력거꾼이 저렇게 술이 취해 가지고 이 진땅에 어찌 가노."

라고 길 가는 사람이 걱정을 하리만큼 그의 걸음은 황급하였다.

흐리고 비 오는 하늘은 어둠침침하게 벌써 황혼에 가까운 듯하다.

창경원 앞까지 다다라서야 그는 턱에 닿은 숨을 돌리고 걸음도 늦추잡았다. 한 걸음 두 걸음 집이 가까워 갈수록 그의 마음조차 괴상하게 누그러웠다. 그런데 이 누그러움은 안심해서 오는 게 아니요, 자기를 덮친 무서운 불행을 빈틈없이 알게 될 때가 박두한 것을 두리는 마음에서 오는 것이다. 그는 불행에 다닥치기 전 시간을 얼마쯤이라도 늘리려고 버르적거렸다. 기적에 가까운 벌이를 하였다는 기쁨을 할 수 있으면 오래 지니고 싶었다. 그는 두리번두리번 사면을 살피었다. 그 모양은 마치 자기 집, 곧 불행을 향하여 달려가는 제 다리를 제 힘으로는 도저히 어찌할 수 없으니 누구든지 나를 좀 잡아다고, 구해다고 하는 듯하였다.

그럴 즈음에 마침 길가 선술집에서 그의 친구 치삼이가 나온다. 그의 우글우글 살찐 얼굴에 주홍이 돋는 듯, 온 턱과 뺨을 시커멓게 구레나룻이 덮였거늘, 노르탱탱한 얼굴이 바짝 말라서 여기저기 고랑이 패고, 수염도 있대야 턱 밑에만 마치 솔잎 송이를 거꾸로 붙여 놓은 듯한 김 첨지의 풍채하고는 기이한 대상을 짓고 있었다.

"여보게 김 첨지, 자네 문안 들어갔다 오는 모양일세그려, 돈 많이 벌었을 테니 한잔 빨리게."

뚱뚱보는 말라깽이를 보던 맡에 부르짖었다. 그 목소리는 몸짓과 딴판으로 연하고 싹싹하였다. 김 첨지는 이 친구를 만난 게 어떻게 반가운지 몰랐다. 자기를 살려 준 은인이나 무엇같이 고맙기도 하였다.

"자네는 벌써 한잔한 모양일세그려. 자네도 오늘 재미가 좋아

보이.”

하고 김 첨지는 얼굴을 펴서 웃었다.

“아따, 재미 안 좋다고 술 못 먹을 낸가. 그런데 여보게, 자네 왼몸이 어째 물독에 빠진 생쥐 같은가? 어서 이리 들어와 말리게.”

선술집은 훈훈하고 뜨뜻하였다. 추어탕을 끓이는 솥뚜껑을 열 적마다 뭉게뭉게 떠오르는 흰 김, 석쇠에서 뻐지짓뻐지짓 구워지는 너비아니 구이며 저육이며 간이며 콩팥이며 북어며 빈대떡…… 이 너저분하게 늘어놓인 안주 탁자에 김 첨지는 갑자기 속이 쓰려서 견딜 수 없었다. 마음대로 할 양이면 거기 있는 모든 먹음먹이를 모조리 깡그리 집어삼켜도 시원치 않았다. 하되 배고픈 이는 우선 분량 많은 빈대떡 두 개를 쪼기로 하고 추어탕을 한 그릇 청하였다.

주린 창자는 음식 맛을 보더니 더욱더욱 비어지며 자꾸자꾸 들이라 들이라 하였다. 순식간에 두부와 미꾸리 든 국 한 그릇을 그냥 물같이 들이켜고 말았다. 셋째 그릇을 받아 들었을 제 데우던 막걸리 곱빼기 두 잔이 더웠다. 치삼이와 같이 마시자 원원이 비었던 속이라 찌르르하고 창자에 퍼지며 얼굴이 화끈하였다. 눌러 곱빼기 한 잔을 또 마셨다. 김 첨지의 눈은 벌써 게게 풀리기 시작하였다. 석쇠에 얹힌 떡 두 개를 숭덩숭덩 썰어서 볼을 불룩거리며 또 곱빼기 두 잔을 부어라 하였다.

치삼은 의아한 듯이 김 첨지를 보며,

“여보게 또 붓다니, 벌써 우리가 넉 잔씩 먹었네. 돈이 40전일세.”

하고 주의시켰다.

"아따 이놈아, 사십 전이 그리 끔찍하냐? 오늘 내가 돈을 막 벌었어. 참 오늘 운수가 좋았느니."

"그래 얼마를 벌었단 말인가?"

"삼십 원을 벌었어, 삼십 원을! 이런 젠장맞을 술을 왜 안 부어…… 괜찮다, 괜찮다. 막 먹어도 상관이 없어. 오늘 돈 산더미같이 벌었는데."

"어, 이 사람 취했군. 그만두세."

"이놈아, 이걸 먹고 취할 내냐, 어서 더 먹어."

하고는 치삼의 귀를 잡아채며 취한 이는 부르짖었다.

그리고 술을 붓는 열다섯 살 됨 직한 중대가리에게로 달려들며,

"이놈, 오라질 놈, 왜 술을 붓지 않어."

라고 야단을 쳤다. 중대가리는 히히 웃고 치삼을 보며 문의하는 듯이 눈짓을 하였다. 주정꾼이 이 눈치를 알아보고 화를 버럭 내며,

"에미를 붙을 이 오라질 놈들 같으니, 이놈 내가 돈이 없을 줄 알고."

하자마자 허리춤을 흠칫흠칫하더니 1원짜리 한 장을 꺼내어 중대가리 앞에 펄쩍 집어 던졌다. 그 사품에 몇 푼 은전이 잘그랑하며 떨어진다.

"여보게, 돈 떨어졌네, 왜 돈을 막 끼었나."

이런 말을 하며 일변 돈을 줍는다. 김 첨지는 취한 중에도 돈의 거처를 살피는 듯이 눈을 크게 떠서 땅을 내려다보다가 불시에 제 하는 짓이 너무 더럽다는 듯이 고개를 소스라치자 더욱 성을 내며,

"봐라, 봐! 이 더러운 놈들아, 내가 돈이 없나, 다리 뼉다구를 꺾어놓을 놈들 같으니."

하고 치삼의 주워 주는 돈을 받아,

"이 원수엣돈! 이 육시를 할 돈!"

하면서 팔매질을 친다. 벽에 맞아 떨어진 돈은 다시 술 끓이는 양푼에 떨어지며 정당한 매를 맞는다는 듯이 쨍하고 울었다.

곱빼기 두 잔은 또 부어질 겨를도 없이 말려 가고 말았다. 김 첨지는 입술과 수염에 붙은 술을 빨아들이고 나서 매우 만족한 듯이 그 솔잎 송이 수염을 쓰다듬으며,

"또 부어, 또 부어."

라고 외쳤다. 또 한 잔 먹고 나서 김 첨지는 치삼의 어깨를 치며 문득 껄껄 웃는다. 그 웃음소리가 어떻게 컸던지 술집에 있는 이의 눈은 모두 김 첨지에게로 몰리었다. 웃는 이는 더욱 웃으며,

"여보게 치삼이, 내 우스운 이야기 하나 할까? 오늘 손을 태우고 정거장에까지 가지 않았겠나."

"그래서?"

"갔다가 그저 오기가 안됐데그려, 그래 전차 정류장에서 어름어름하며 손님 하나를 태울 궁리를 하지 않았나. 거기 마침 마나님이신지 여학생이신지 — 요새야 어디 논다니(웃음과 몸을 파는 여자를 속되게 이름)와 아가씨를 구별할 수가 있던가 — 망토를 두르고 비를 맞고 서 있겠지. 슬근슬근 가까이 가서 '인력거 타시랍시오.' 하고 손가방을 받으려니까 내 손을 탁 뿌리치고 홱 돌아서더니만 '왜 남을 이렇게 귀찮게 굴어!' 그

소리야말로 꾀꼬리 소리지, 허허!"

김 첨지는 교묘하게도 정말 꾀꼬리 같은 소리를 내었다. 모든 사람은 일시에 웃었다.

"빌어먹을 깍쟁이 같은 년, 누가 저를 어쩌나, '왜 남을 귀찮게 굴어!' 어이구, 소리가 처신도 없지. 허허."

웃음소리들은 높아졌다. 그러나 그 웃음소리들이 사라지기 전에 김 첨지는 훌쩍훌쩍 울기 시작하였다.

치삼은 어이없이 주정뱅이를 바라보며,

"금방 웃고 지랄을 하더니 우는 건 또 무슨 일인가?"

김 첨지는 연해 코를 들이마시며,

"우리 마누라가 죽었다네."

"뭐, 마누라가 죽다니, 언제?"

"이놈아 언제는 오늘이지."

"예끼 미친 놈, 거짓말 마라."

"거짓말은 왜, 참말로 죽었어, 참말로…… 마누라 시체를 집에 뼈들쳐 놓고 내가 술을 먹다니, 내가 죽일 놈이야, 죽일 놈이야."

하고 김 첨지는 엉엉 소리를 내어 운다.

치삼은 흥이 조금 깨지는 얼굴로,

"원 이 사람이, 참말을 하나, 거짓말을 하나, 그러면 집으로 가세, 가."

하고 우는 이의 팔을 잡아당기었다.

치삼의 끄는 손을 뿌리치더니 김 첨지는 눈물이 글썽글썽한 눈으로 싱그레 웃는다.

"죽기는 누가 죽어."

하고 득의가 양양.

"죽기는 왜 죽어, 생때같이 살아만 있단다. 그 오라질 년이 밥을 죽이지. 인제 나한테 속았다."

하고 어린애 모양으로 손뼉을 치며 웃는다.

"이 사람이 정말 미쳤단 말인가? 나도 아주먼네가 앓는단 말은 들었는데."

하고 치삼이도 어느 불안을 느끼는 듯이 김 첨지에게 또 돌아가라고 권하였다.

"안 죽었어, 안 죽었대도 그래."

김 첨지는 화증을 내며 확신 있게 소리를 질렀으되 그 소리엔 안 죽은 것을 믿으려고 애쓰는 가락이

있었다. 기어이 1원어치를 채워서 곱빼기 한 잔씩 더 먹고 나왔다.

궂은 비는 의연히 추적추적 내린다.

김 첨지는 취중에도 설렁탕을 사 가지고 집에 다다랐다. 집이라 해도 물론 셋집이요, 또 집 전체를 세 든 게 아니라 안과 뚝 떨어진 행랑방 한 칸을 빌려 든 것인데 물을 길어 대고 한 달에 1원씩 내는 터이다. 만일 김 첨지가 주기를 띠지 않았던들 한 발을 대문에 들여놓았을 제 그곳을 지배하는 무시무시한 정적 — 폭풍우가 지나간 뒤의 바다 같은 정적에 다리가 떨렸으리라. 쿨룩거리는 기침 소리도 들을 수 없다. 그르렁거리는 숨소리조차 들을 수 없다. 다만 이 무덤 같은 침묵을 깨뜨리는, 깨뜨린다느니보다 한층 더 침묵을 깊게 하고 불길하게 하는 빡빡 하는 그윽한 소리, 어린애

의 젖 빠는 소리가 날 뿐이다. 만일 청각이 예민한 이 같으면 그 빡빡 소리는 빨 나름이요, 꿀떡꿀떡하고 젖 넘어가는 소리가 없으니 빈 젖을 빤다는 것도 짐작할는지 모르리라.

혹은 김 첨지도 이 불길한 침묵을 짐작했는지도 모른다. 그렇지 않으면 대문에 들어서자마자 전에 없이,

"이 난장맞을 년, 남편이 들어오는데 나와 보지도 않아, 이 오라질 년."

이라고 고함을 친 게 수상하다. 이 고함이야말로 제 몸을 엄습해 오는 무시무시한 증을 쫓아 버리려는 허장성세인 까닭이다.

하여간 김 첨지는 방문을 왈칵 열었다. 구역을 나게 하는 추기, 떨어진 삿자리 밑에서 나온 먼지내, 빨지 않은 기저귀에서 나는 똥내와 오줌내, 가지각색 때가 켜켜이 앉은 옷내, 병인의 땀 썩은 내가 섞인 추기가 무딘 김 첨지의 코를 찔렀다.

방 안에 들어서며 설렁탕을 한구석에 놓을 사이도 없이 주정꾼은 목청을 있는 대로 다 내어 호통을 쳤다.

"이런 오라질 년, 주야장천 누워만 있으면 제일이야! 남편이 와도 일어나지를 못해."

라는 소리와 함께 발길로 누운 이의 다리를 몹시 찼다. 그러나 발길에 채는 건 사람의 살이 아니고 나뭇등걸과 같은 느낌이 있었다.

이때에 빡빡 소리가 응아 소리로 변하였다. 개똥이가 물었던 젖을 빼어 놓고 운다. 운대도 온 얼굴을 찡그려 붙여서 운다는 표정을 할 뿐이다. 응아 소리도 입에서 나는 게 아니고 마치 뱃속에서 나는 듯하였다. 울다가 울다가 목도 잠겼고 또 울 기운조차 시진

한 것 같다.

발로 차도 그 보람이 없는 걸 보자 남편은 아내의 머리맡으로 달려들어 그야말로 까치집 같은 환자의 머리를 꺼들어 흔들며,

"이년아, 말을 해, 말을! 입이 붙었어, 이 오라질 년!"

"……."

"으응, 이것 봐, 아무 말이 없네."

"……."

"이년아, 죽었단 말이냐, 왜 말이 없어?"

"……."

"으응. 또 대답이 없네, 정말 죽었나 버이."

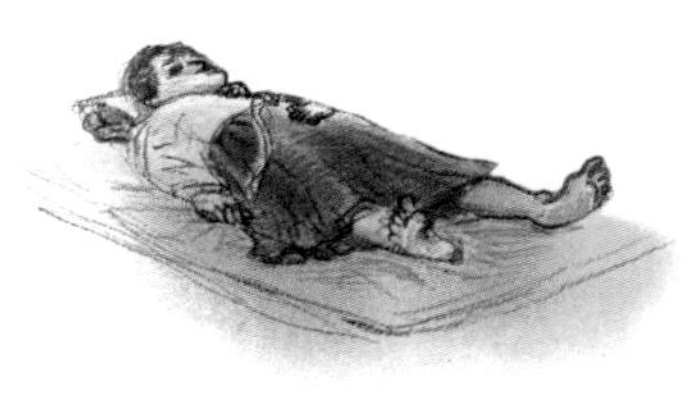

이러다가 누운 이의 흰 창을 덮은 위로 치뜬 눈을 알아보자마자,

"이 눈깔! 이 눈깔! 왜 나를 바라보지 못하고 천장만 보느냐, 응?"

하는 말끝엔 목이 메었다. 그러자 산 사람의 눈에서 떨어진 닭의 똥 같은 눈물이 죽은 이의 뻣뻣한 얼굴을 어룽어룽 적시었다. 문득 김 첨지는 미친 듯이 제 얼굴을 죽은 이의 얼굴에 한데 비비대며 중얼거렸다.

"설렁탕을 사다 놓았는데 왜 먹지를 못하니, 왜 먹지를 못하니……. 괴상하게도 오늘은! 운수가 좋더니만……."

고향

현진건

고향

　　이 작품은 1920년대 일제의 수탈로 황폐해진 농촌의 참상과, 삶의 터전을 빼앗기고 유랑하는 우리 민족의 참담한 모습을 그리고 있다. 조선일보에 〈그의 얼굴〉이란 제목으로 발표된 단편 소설이다. 1926년 발표된 단편집 《조선의 얼굴》에 〈고향〉으로 개제(改題)하여 수록한, 일제의 식민지 수탈 정책을 비판한 현실 고발적 소설이다.

　　이 작품에는 흥미를 자아내는 극적인 사건이나 특징적인 개성을 보여 주는 인물은 등장하지 않지만 일제 강점기의 한국 농민의 비참한 생활상을 극명하게 보여 주고 있다. '그'가 중국인과 일본인에게 말을 거는 처음 부분은 당시 강대국인 일본, 중국에 비해 약소국인 우리나라가 겪는 역사적 수난을 상징적으로 보여 주고 있다.

　　'그'의 삶은 단순히 한 개인의 과거에 머무는 것이 아니라, 당시 우리 민족의 아픔과 역사를 잘 대변하고 있다.

　　상징법과 구체적인 외양(外樣) 묘사, 어조의 변화 등으로 점층적인 성격을 표출하고 있으며, 대화를 사용해 사건을 효과적으로 서술하고 있다. 또 노래를 제시하여 주제를 집약하는 등 광범위한 제재를 단편의 형식 안에 수용, 형상화하기에 성공했다. 마지막 결말에 삽입된 노래는 식민지 시대를 살아가는 조선 사람의 황막한 삶을 분명하게 보여 주어 당시 민족의 고뇌를 함축하고 있으며, 동시에 이 소설의 주제를 전달하는 데 이바지하고 있다.

'나'는 서울로 가는 기차 안에서 기이한 차림새의 옷을 입은 '그'와 자리를 마주 앉게 된다. 좌석에는 각기 국적이 다른 사람들이 앉아 있었다. 일본인과 중국인 사이에 한국인인 '그'와 '나'가 합석하고 있다.

'그'에 대하여 '나'는 남다른 흥미를 느끼고 바라보다가 싫증을 느껴 그를 외면하려 하였지만, 그의 딱한 신세타령을 듣자 차차 연민의 정을 느끼게 된다. '그'는 정처 없이 떠돌아다니는 실향민이었으며 '나'는 '그'의 유랑 동기와 내력을 듣게 된다. 여기서 '나'는 '그'의 얼굴에서 '조선의 얼굴'을 발견하게 된다.

대구 근교 평화롭고 조용한 농촌 마을의 농민이었던 '그'는 동양척식주식회사에 강제로 농토를 빼앗긴다. '그'는 떠돌이가 되어 간도(間島)로 떠났으나 부모는 거기서 굶어 죽고, 규슈 탄광을 거쳐 다시 폐허가 된 고향으로 돌아오게 된다. 고향에 돌아온 '그'는 가난 때문에 20원에 유곽(遊廓)에 팔려 갔다가 질병과 빚을 얻어 돌아온 여인과 만난다. 그 여인은 '그'의 아내가 될 뻔했던 여인이다. '그'는 지금 괴로운 심정으로 일자리를 찾아 서울로 올라가는 중이었다. 그는 취흥에 겨워 어릴 때 부르던 아픔의 노래를 읊조린다.

고향

대구에서 서울로 올라오는 차 중에서 생긴 일이다. 나는 나와 마주 앉은 그를 매우 흥미 있게 바라보았다. 두루마기 격으로 기모노를 둘렀고, 그 안에서 옥양목 저고리가 내어 보이며, 아랫도리엔 중국식 바지를 입었다. 그것은 그네들이 흔히 입는 유지 모양으로 번질번질한 암갈색 피륙으로 지은 것이었다. 그리고 발은 감발을 하였는데 짚신을 신었고, 고부가리로 깎은 머리엔 모자도 쓰지 않았다. 우연히 이따금 기묘한 모임을 꾸미는 것이다. 우리가 자리를 잡은 찻간에는 공교롭게 세 나라 사람이 다 모였으니, 내 옆에는 중국 사람이 기대었다. 그의 옆에는 일본 사람이 앉아 있었다. 그는 동양 삼국 옷을 한 몸에 감은 보람이 있어 일본 말로 곧잘 철철 대거니와 중국말에도 그리 서툴지 않은 모양이었다.

"도코마데 오이데 데스카?(어디까지 가십니까)"

하고 첫마디를 걸더니만 동경이 어떠니 대판이 어떠니 조선 사람은 고추를 끔찍이 많이 먹는다는 둥, 일본 음식은 너무 싱거워서 처음에는 속이 느글거린다는 둥 횡설수설 지껄이다가 일본 사람이 엄지와 검지 손가락으로 짧게 끊은 꼿꼿한 윗수염을 비비면

서 마지못해 까딱까딱하는 고개와 함께

"소오데스카?(그렇습니까)"

한마디로 코대답을 할 따름이요, 잘 받아 주지 않으매 그는 또 중국인을 붙들고서 실랑이를 한다.

"니쌍나올취 니씽섬마"

하고 덤벼 보았으니 중국인 또한 그 기름 낀 뚱한 얼굴에 수수께끼 같은 웃음을 띨 뿐이요, 별로 대꾸를 하지 않았건만, 그래도 무에라고 연해 웅얼거리면서 나를 보고 웃어 보였다.

그것은 마치 짐승을 놀리는 요술쟁이가 구경꾼을 바라볼 때처럼 훌륭한 제 재주를 갈채해 달라는 웃음이었다. 나는 쌀쌀하게 그의 시선을 피해 버렸다. 그 주적대는(아는 체하며 요란스럽게 떠들어대는) 꼴이 어쭙지 않고 밉살스러웠다. 그는 잠깐 입을 닫치고 무료한 듯이 머리를 박박 긁기도 하며 손톱을 이로 물어뜯기도 하고 멀거니 창밖을 내다보기도 하다가 암만 해도 지절대지 않고는 못 참겠던지 문득 나에게로 향하며, "어디꺼정 가는 기오?"

라고 경상도 사투리로 말을 붙인다.

"서울까지 가오."

"그런기오. 참 반갑구마. 나도 서울꺼정 가는데. 그러면 우리 동행이 되겠구마."

나는 이 지나치게 반가워하는 말씨에 대하여 무어라고 대답할 말도 없고 또 굳이 대답하기도 싫기에 덤덤히 입을 닫쳐 버렸다.

"서울에 오래 살았는기오?"

그는 또 물었다.

"육칠 년이나 됩니다."

조금 성가시다 싶었으되 대꾸 않을 수도 없었다.

"에이구, 오래 살았구마. 나는 처음 길인데 우리 같은 막벌이꾼이 차를 내려서 어디로 찾아가야 되겠는기오? 일본으로 말하면 '기진야도' 같은 것이 있는기오."

하고 그는 답답한 제 신세를 생각했던지 찡그려 보였다. 그때 나는 그의 얼굴이 웃기보다 찡그리기에 가장 적당한 얼굴임을 발견하였다.

군데군데 찢어진 경성드뭇한 눈썹이 올올이 일어서며 아래로 축 처지는 서슬에 양미간에는 여러 가닥 주름이 잡히고, 광대뼈 위로 뺨 살이 실룩실룩 보이자 두 볼은 쪽 빨아든다. 입은 소태나 먹은 것처럼 왼편으로 삐뚤어지게 찢어 올라가고 조이던 눈엔 눈물이 괸 듯, 삼십 세밖에 안 되어 보이는 그 얼굴이 십 년가량은 늙어진 듯하였다. 나는 그 신산스러운 표정에 얼마쯤 감동이 되어서 그에 대한 반감이 풀리는 듯하였다.

"글쎄요, 아마 노동 숙박소란 것이 있지요."

노동 숙박소에 대해서 미주알고주알 묻고 나서,

"시방 가면 무슨 일자리를 구하겠는기오."

라고 그는 매달리는 듯이 또 재우쳤다.

"글쎄요, 무슨 일자리를 구할 수 있을는지요."

나는 내 대답이 너무 냉랭하고 불친절한 것이 죄송스러웠다. 그러나 일자리에 대하여 아무 지식이 없는 나로서는 이외에 더 좋은 대답을 해줄 수가 없었던 것이다. 그 대신 나는 은근하게 물었다.

"어디서 오시는 길입니까?"

"흠, 고향에서 오누마."

하고 그는 휘 — 한숨을 쉬었다. 그러자 그의 신세타령의 실마리는 풀려 나왔다. 그의 교향은 대구에서 멀지 않은 K군 H란 외딴 동리였다. 한 백 여호 남짓한 그곳 주민은 전부가 역둔토(역의 급전으로 준 둔토)를 파먹고 살았는데. 역둔토로 말하면 사삿집(개인이 살림하는 집) 땅을 붙이는 것보다 떨어지는 것이 후하였다. 그러므로 넉넉지는 못할망정 평화로운 농촌으로 남부럽지 않게 지낼 수 있었다. 그러나 세상이 뒤바뀌자 그 땅은 전부가 동양척식회사의 소유에 들어가고 말았다. 직접으로 회사에 소작료를 바치게나 되었으면 그래도 나으련만 소위 중간 소작인이란 것이 생겨나서 저는 손에 흙 한번 만져 보지도 않고 동척엔 소작인 노릇을 하며 실작인에게는 지주 행세를 하게 되었다. 동척에 소작료를 물고 나서 또 중간 소작인에게 긁히고 보니 실작인의 손에는 소출(논밭에서 생산되는 곡식)의 3할도 떨어지지 않았다. 그 후로 '죽겠다' 하는 소리는 중이 염불하듯 그들의 입길에서 오르내리게 되었다. 남부여대(남자는 짐을 등에 지고 여자는 짐을 머리에 인다는 뜻. 가난한 사람이 떠돌아다님을 이르는 말)하고 타처로 유리하는 사람만 늘고 동리는 점점 쇠진해 갔다.

　지금으로부터 9년 전 그가 열일곱 살 되던 해 봄에 — 그의 나이는 실상 스물여섯이었다. 가난과 고생이 얼마나 사람을 늙히는가 — 그의 집안은 살기 좋다는 바람에 서간도로 이사를 갔었다. 쫓겨 가는 운명이거늘 어디를 간들 신신하랴. 그곳의 비옥한 전야도 그들을 위하여 열려질 리 없었다. 조금 좋은 땅은 먼저 간 사람이 모조리 차지를 하였고 황무지는 비록 많다 하나 그곳에 당도하던 날부터 아침거리 저녁거리 걱정이라, 무슨 행세로 적어도 1년이란 장구한 세월을 먹고 입어 가며 거친 땅을 풀 수가 있으랴. 남의 밑천을 얻어서 농사를 짓고 보니 가을이 되어 얻는 것은 빈주먹뿐이었다. 이태 동안을 사는 것이 아니라 억지로 버티어 갈 제, 그의 아버지는 우연히 병을 얻어 타국의 외로운 혼이 되고 말았다. 열아홉 살밖에 안 된 그가 홀어머니를 모시고 악으로 모진 목숨을 이어 가는 중 4년이 못 되어 영양 부족한 몸이 심한 노동에 지친 탓으로 그의 어머니 또한 죽고 말았다.

　"모친꺼정 돌아갔구마."

　"돌아가실 때 흰 죽 한 모금 못 자셨구마."

　하고 이야기하던 이는 문득 말을 뚝 끊는다. 그의 눈이 번들번들함은 눈물이 쏟아졌음이리라. 나는 무엇이라고 위로할 말을 몰랐다. 한동안 머뭇거리고 있다가 나는 차를 탈 때에 친구들이 사준 정종 병마개를 빼었다. 찻잔에 부어서 그도 마시고 나도 마셨다. 악착한 운명이 던져 준 깊은 슬픔을 술로 녹이려는 듯이 연거푸 다섯 잔을 마신 그는 다시 말을 계속하였다. 그 후 그는 부모 잃은 땅에 오래 머물기 싫었다. 신의주로, 안동현으로 품을 팔다가 일본으로 또 벌이를 찾아가게 되었다. 규슈 탄광에 있어도 보고, 오사카 철공장에도 몸을 담아 보았다. 벌이는 조금 나았으나 외롭고 젊은 몸은 자연히 방탕해졌다. 돈을 모으려야 모을 수 없고 이따금 울화만 치받치기 때문에 한 곳에 주접을 하고 있을 수 없었다. 화도 나고 고국산천이 그립기도 하여서 훌쩍 뛰어나왔다가 오래간만에 고향을 둘러보고 벌이를 구할 겸 서울로 올라가는 길이라 한다.

"고향에 가시니 반가워하는 사람이 있습디까?"

나는 탄식하였다.

"반가워하는 사람이 다 뭐기오, 고향이 통 없어졌더마."

"그렇겠지요. 9년 동안이면 퍽 변했겠지요."

"변하고 뭐고 간에 아무것도 없더마. 집도 없고 사람도 없고 개 한 마리도 얼씬을 않더마."

"그러면 아주 폐농이 되었단 말씀이오?"

"흥, 그렇구마. 무너지다가 만 담만 즐비하게 남았더마. 우리 살던 집도 터야 안 남았게는기오."

하고 그의 짜는 듯한 목은 높아졌다.

"썩어 넘어진 서까래, 뚤뚤 구르는 주추는 꼭 무덤을 파서 해골을 헐어 젖혀 놓은 것 같더마. 세상에 이런 일도 있는기오? 백 여 호 살던 동리가 십 년이 못 되어 통 없어지는 수도 있는기오? 후!"

하고 그는 한숨을 쉬며 그때의 광경을 눈앞에 그리는 듯이 멀거니 먼 산을 보다가 내가 따라 준 술을 꿀꺽 들이켜고,

"참 가슴이 터지더마. 가슴이 터져."

하자마자 굵직한 눈물 두어 방울이 뚝뚝 떨어진다.

나는 그 눈물 가운데 음산하고 비참한 조선의 얼굴을 똑똑히 본

듯싶었다.

이윽고 나는 이런 말을 물었다.

"그래, 이번 길에 고향 사람은 하나도 못 만났습니까?"

"하나 만났구마, 단지 하나."

"친척 되시는 분이던가요."

"아니구마, 한 이웃에 살던 사람이구마."

하고 그의 얼굴은 더욱 침울해진다.

"여간 반갑지 않으셨겠지요."

"반갑다마다, 죽은 사람을 만난 것 같더마. 더구나 그 사람은 나와 까닭도 좀 있던 사람인데……."

"까닭이라니?"

"나와 혼인 말이 있던 여자구마."

"하!"

나는 놀란 듯이 벌린 입이 닫히지 않았다.

"그 신세도 내 신세만이나 하구마."

하고 그는 또 이야기를 계속하였다.

그 여자는 자기보다 나이 두 살 위였는데 한 이웃에 사는 탓으로 같이 놀기도 하고 싸우기도 하며 자라났었다. 그가 열네 살 적부터 그들 부모 사이에 혼인 말이 있었고 그도 어린 마음에 매우 탐탁하게 생각하였었다. 그런데 그 처녀가 열일곱 살 된 겨울에 별안간 간 곳을 모르게 되었다. 알고 보니 그 아비 되는 자가 이십 원을 받고 대구 유곽(창녀들이 모여서 몸을 팔던 집이나 그 구역)에 팔아먹은 것이었다. 그 소문이 퍼지자, 그 처녀 가족은 그 동리에서 못 살고 멀리 이사를 갔는데 그 후로는 물론 피차에 한 번 만

나 보지도 못하였다. 이번에야 빈 터만 남은 고향을 구경하고 돌아오는 길에 읍내에서 그 아내 될 뻔한 댁과 마주치게 되었다. 처녀는 어떤 일본 사람 집에서 아이를 보고 있었다. 귈녀는 이십 원 몸값을 십 년을 두고 갚았건만 그래도 주인에게 빚이 육십 원이나 남았었는데 몸에 몹쓸 병이 들고 나이 늙어져서 산송장이 되니까 주인 되는 자가 특별히 빚을 탕감해 주고 작년 가을에야 놓아 준 것이었다. 귈녀도 자기와 같이 십 년 동안이나 그리던 고향에 찾아오니까 거기에는 집도 없고 부모도 없고 쓸쓸한 돌무더기만 눈물을 자아낼 뿐이었다. 하루해를 울어 보내고 읍내로 들어와서 돌아다니다가 십 년 동안에 한 마디 두 마디 배워 두었던 일본 말 덕택으로 그 일본 집에 있게 되었던 것이었다.

"암만 사람이 변하기로 어째 그렇게도 변하는기오? 그 숱 많던 머리가 훌렁 다 벗어졌더마. 눈은 푹 들어가고 그 이들이들하던 얼굴빛도 마치 유산을 끼얹은 듯하더마.”

“서로 붙잡고 많이 우셨겠지요?”

“눈물도 안 나오더마. 일본 우동 집에 들어가서 둘이서 정종만 따라 뉘고 헤어졌구마.”

하고 가슴을 짜는 듯이 괴로운 한숨을 쉬더니만 그는 지낸 슬픔을 새록새록이 자아내어 마음을 새기기에 지쳤음이더라.

“이야기를 다 하면 무얼 하는기오.”

하고 쓸쓸하게 입을 다문다. 내 또한 너무도 참혹한 사람살이를 듣기에 신물이 났다.

“자, 우리 술이나 마저 먹읍시다.”

하고 우리는 서로 주거니 받거니 한됫병을 다 말리고 말았다. 그는 취흥에 겨워서 우리가 어릴 때 멋모르고 부르던 노래를 읊조렸다.

볏섬이나 나는 전토는
신작로가 되고요 —
말마디나 하는 친구는
감옥소로 가고요 —
담뱃대나 떠는 노인은
공동묘지 가고요 —
인물이나 좋은 계집은
유곽으로 가고요 —

김동인 <감자, 배따라기>

김동인 (金東仁 1900~1951)

　1900년 평양에서 태어났다. 1912년 평양 숭덕 보통학교를 졸업하고, 1914년 일본으로 건너가 도쿄 아오야마 중학부에 유학하였다. 1917년 아오야마 학교를 졸업하고 그림에 뜻을 두어 가와바타 미술학교에 입학한다. 1919년 김동인은 동경에서 우리나라 최초의 문예 동인지인 《창조》를 출판하여, 창간호에 처녀작 〈약한 자의 슬픔〉을 발표하고, 1920년에는 〈피아노의 울림〉과 〈마음이 옅은 자여〉를 발표하였다. 1921년 〈배따라기〉와 단편 〈유성기〉를 발표했지만 경영난 때문에 《창조》를 폐간했다. 그러다가 1922년에 창작집 〈목숨〉, 〈딸의 업을 이으려고〉, 〈전제자〉를 발표했다. 1924년에는 동인지 《영대》를 간행하였으나, 다음해 제5호를 끝으로 폐간했다. 1929년 〈젊은 그들〉을 동아일보에 연재하였고 1930년에는 단편 〈죄와 벌〉, 〈포플러〉, 탐미주의적인 작품인 〈광염소나타〉를 발표했다. 1933년 조선일보에 〈운현궁의 봄〉을 연재했고, 1935년 《야담》지에 〈광화사〉를 발표했다. 1938년 일본 천황에 대한 불경죄로 옥고를 치르기도 하였고 광복 직후에는 우익 단체인 전조선문필가협회 결성을 주선하는 등 좌익과의 싸움에 앞장섰다. 1951년 1·4 후퇴 때 가족이 피난 간 사이에 홀로 서울 성동구 자택에서 죽었다.

　첫 단편 소설 〈약한 자의 슬픔〉은 한국 최초의 리얼리즘 또는 자연주의 작품으로 알려져 있다. 단편 〈마음이 옅은 자여〉, 〈목숨〉, 〈발가락이 닮았다〉 등을 썼고, 자연주의 경향의 작품 〈배따라기〉, 〈태형〉, 〈감자〉, 〈김연실전〉 등을 발표했다. 한편 대조적인 작품인 〈광화사〉, 〈광염소나타〉등은 낭만주의 경향을 보이는 작품이다.

　대표작품으로는 〈여인〉, 〈붉은산〉, 〈젊은 그들〉, 〈대수양〉, 〈왕부의 낙조〉등이 있다. 그를 기념하기 위해 사상계 및 동서문화, 1979년부터는 조선일보사에서 동인문학상을 제정·수여하고 있다.

감자

김동인

감자

〈감자〉는 복녀라는 가난하지만 정직한 농가에서 자란 여인이 환경의 영향을 받아 타락해 가는 과정을 그린 작품으로 1925년 《조선문단》에 발표되었다. 자연주의 경향의 소설로 김동인의 위치를 확고히 해 준 작품이다. 〈감자〉에 나타난 빈궁한 삶의 체험은 당시 식민지 현실을 반영하는 보편성까지 확보하게 된다. 작품 서두에 제시된 칠성문 밖 빈민굴은 도덕성과 윤리 의식이 부재(不在)하는, 정상적인 세계로부터 격리된 생활공간으로서 이후의 사건에 대한 어떤 예감을 제공한다. 이러한 공간에서 일어날 수 있는 일이란 파렴치하고 부도덕한 '싸움, 간통, 살인, 도둑, 구걸, 징역, 이 세상의 모든 비극과 활극의 근원지' 일 수밖에 없다. 복녀 내외가 여기까지 흘러오게 된 것은 가난과 남편의 게으름 때문이다. 원래는 선비의 가통(家統)을 이은 집안의 딸이라 염치도 알고 경우도 아는 복녀였지만, 가난 때문에 밥을 얻으러 다니기도 하고 송충이 잡는 일에서부터 몸을 팔기 시작했다. 복녀의 죽음도 따지고 보면 이러한 불우한 환경이 빚어낸 일종의 숙명으로, 그 운명은 환경에 의해 이미 결정된 것이다. 그녀의 최초 부정은 타율적인 것이었지만 나중에는 자율적인 것으로 변화된다.

'복녀' 라는 한 여인의 삶이 농축되어 있는 이 작품의 특징은 우선 그 간결한 문장과 압축적인 대화가 눈에 띈다. 그리고 작가의 주관적인 설명이나 해석이 없이 객관적인 거리를 유지하는 냉철한 문체도 두드러진 특징이다. 내용 면에서는 환경결정론에 입각한 김동인 특유의 자연주의적인 시각이 잘 드러나고 있다.

　　복녀는 15세 나이에 20년 연상의 동네 홀아비에게 80원에 팔려 시집을 가게 된다. 그러나 남편이 무능하고 게을렀다. 가난하지만 정직한 농가에서 자라 막연하나마 도덕심을 가지고 있던 복녀(福女)는 사느라고 노력했지만 이농민 신세가 되어 평양에서 행랑살이를 전전하다가 결국 칠성문 밖 빈민굴로 들어가게 된다. 당국에서 빈민 구제를 겸하여 시행한 기자묘 솔밭의 송충이 잡이를 하게 된 복녀는 열심히 송충이를 잡는다. 그런데 복녀가 며칠 일을 하다 보니 젊은 여인 몇몇은 일하지 않고 나무 밑에서 노닥거려도 복녀보다 하루 품삯을 8전이나 더 받는다는 사실을 안다. 어느 날 감독관은 복녀를 부르고, 복녀는 감독관에게 몸을 허락한다. 그날부터 그녀의 도덕관은 변하였다. 가을이 되자 복녀는 빈민굴 아낙네들을 따라 중국인 감자밭에 감자를 도둑질하기 위해 드나든다. 그러던 어느 날 밤, 복녀가 감자 한 광주리를 훔쳐서 막 일어나려는 찰나 중국인 왕 서방에게 붙잡힌다. 이번에도 복녀는 왕 서방을 따라가서 몸을 허락하고 얼마간의 돈을 얻어 집으로 돌아온다. 왕 서방은 그녀의 집에까지 드나들고 그 후 복녀 부부의 생활에는 약간의 윤기가 흐르기 시작한다. 왕 서방이 복녀의 집에 오면 복녀의 남편은 복녀가 마음 놓고 몸을 팔 수 있도록 자리를 피해 주곤 한다. 다음 해 봄이 되자 복녀는 왕 서방이 젊은 색시를 얻는다는 소식을 듣고 분노한다. 마침내 색시가 오자 복녀는 새벽에 왕 서방 집을 덮쳐 낫으로 왕 서방을 위협하다가 되레 왕 서방에 의해 살해된다. 복녀의 송장은 사흘이 지나도록 묻히지 못하다가 사흘째 되던 날 밤 왕 서방과 복녀 남편, 한방 의사가 모인다. 그날 밤 왕 서방은 복녀 남편에게 30원을 주고 한방 의사에게는 20원을 준다. 그리고 복녀는 이튿날 뇌일혈로 죽었다는 한방 의사의 진단으로 공동묘지에 묻힌다.

핵심정리

갈래: 순수소설

시점: 3인칭 관찰자 시점

배경: 1920년대 일제 식민지 평양 칠성문 밖 빈민굴

주제: 가난이 빚은 한 여인의 비극적인 삶

출전: 조선 문단

 감자

　싸움, 간통, 살인, 도둑, 구걸, 징역, 이 세상의 모든 비극과 활극의 근원지인 칠성문 밖 빈민굴로 오기 전까지는, 복녀의 부처는(사농공상의 제2위에 드는) 농민이었다.

　복녀는 원래 가난은 하나마 정직한 농가에서 규칙 있게 자라난 처녀였었다. 이전 선비의 엄한 규율은 농민으로 떨어지자부터 없어졌다 하나, 그러나 어딘지는 모르지만 딴 농민보다는 좀 똑똑하고 엄한 가율이 그의 집에 그냥 남아 있었다. 그 가운데서 자라난 복녀는 물론 다른 집 처녀들같이 여름에는 벌거벗고 개울에서 멱 감고, 바지 바람으로 동네를 돌아다니는 것을 예사로 알기는 알았지만, 그러나 그의 마음속에는 막연하나마 도덕이라는 것에 대한 기품을 가지고 있었다.

　그는 열다섯 살 나던 해에 동네 홀아비에게 팔십 원에 팔려서 시집이라는 것을 갔다. 그의 새서방(영감이라는 편이 적당할까)이라는 사람은 그보다 이십 년이나 위로서, 원래 아버지의 시대에는 상당한 농민으로 밭도 몇 마지기가 있었으나, 그의 대로 내려오면서는 하나 둘 줄기 시작하여, 마지막에 복녀를 산 팔십 원이 그의 마지막 재산이었다. 그는 극도로 게으른 사람이었다. 동네 노인의 주선으로 소작 밭깨나 얻어 주면, 종자만 뿌려 둔 뒤에는 훌치질도 안 하고 김도 안 매고 그냥 버려두었다가는 가을에 가서는 되는 대로 거두어서 '금년은 흉년이네' 하고 전주 집에는 가져도 안 가고 자기 혼자 먹어 버리고 하였다. 그러니까 그는 한 밭을 이태를 연하여 부쳐 본 일이 없었다. 이리하여 몇 해를 지내는 동안 그는 그 동네에서는 밭을 못 얻을 만큼 인심과 신용을 잃고 말았다.

복녀가 시집을 온 뒤, 한 3~4년은 장인의 덕으로 이렁저렁 지냈으나, 이전 선비의 꼬리인 장인도 차차 사위를 밉게 보기 시작하였다. 그들은 처가에까지 신용을 잃게 되었다.

그들 부처는 여러 가지로 의논하다가 하릴없이 평양 성안으로 막벌이로 들어왔다. 그러나 게으른 그에게는 막벌이나마 역시 되지 않았다. 하루 종일 지게를 지고 연광정에 가서 대동강만 내려다보고 있으니, 어찌 막벌이인들 될까. 한 서너 달 막벌이를 하다가, 그들은 요행 어떤 집 막간(행랑)살이로 들어가게 되었다.

그러나 그 집에서도 얼마 안 되어 쫓겨 나왔다. 복녀는 부지런히 주인집 일을 보았지만, 남편의 게으름은 어찌할 수가 없었다. 매일 복녀는 눈에 칼을 세워 가지고 남편을 채근하였지만, 그의 게으른 버릇은 개를 줄 수는 없었다.

"벳섬 좀 치워 달라우요."

"남 졸음 오는데, 님자 치우시관."

"내가 치우나요?"

"이십 년이나 밥 처먹구 그걸 못 치워?"

"에이구, 칵 죽구나 말디."

"이 년, 뭘!"

이러한 싸움이 그치지 않다가 마침내 그 집에서도 쫓겨 나왔다.

이젠 어디로 가나? 그들은 하릴없이 칠성문 밖 빈민굴로 밀리어 오게 되었다.

칠성문 밖을 한 부락으로 삼고 그 곳에 모여 있는 모든 사람들의 정업은 거지요, 부업으로는 도둑질과(자기네끼리의) 매음, 그 밖에 이 세상의 모든 무섭고 더러운 죄악이었다. 복녀도 그 정업으로 나섰다.

그러나 열아홉 살의 한창 좋은 나이의 여편네에게 누가 밥인들 잘 줄까.

"젊은 거이 거랑질은 왜?"

그런 소리를 들을 때마다 그는 여러 가지 말로 남편이 병으로 죽어 가거니 어쩌거니 핑계는 대었지만, 그런 핑계에서는 단련된 평양 시민의 동정은 역시 살 수가 없었다. 그들은 이 칠성문 밖에서도 가장 가난한 사람 가운데 드는 편이었다. 그 가운데서 잘 수입되는 사람은 하루에 5리짜리 돈푼으로 1원 칠십~팔십 전의 현금을 쥐고 돌아오는 사람까지 있었다. 극단으로 나가서는 밤에 돈벌이 나갔던 사람은 그날 밤 사십 여 원을 벌어 가지고 와서 그 근처에서 담배 장사를 시작한 사람까지 있었다.

복녀는 열아홉 살이었다. 얼굴도 그만하면 빤빤하였다. 그 동네 여인들의 보통 하는 일을 본받아서, 그도 돈벌이 좀 잘하는 사람의 집에라도 간간이 찾아가면, 매일 오십~육십 전은 벌 수가 있었지만, 선비의 집안에서 자라난 그는 그런 일은 할 수가 없었다.

그들 부처는 역시 가난하게 지냈다. 굶는 일도 흔히 있었다.

기자묘 솔밭에 송충이가 끓었다. 그때 평양부에서는 그 송충이를 잡는 데(은혜를 베푸는 뜻으로) 칠성문 밖 빈민굴의 여인들을 인부로 쓰게 되었다.

빈민굴 여인들은 모두 다 지원을 하였다. 그러나 뽑힌 것은 겨우 오십 명쯤이었다. 복녀도 그 뽑힌 사람 가운데 한 사람이었다.

복녀는 열심히 송충이를 잡았다. 소나무에 사다리를 놓고 올라가서는, 송충이를 집게로 집어서 약물에 잡아넣고, 또 그렇게 하고, 그의 통은 잠깐 사이에 차고 하였다. 하루에 삼십이 전씩의 품삯이 그의 손에 들어왔다.

그러나 대엿새 하는 동안에 그는 이상한 현상을 하나 발견하였다. 그것은 다른 것이 아니라, 젊은 여인부 여남은 사람은 언제나 송충이는 안 잡고, 아래서 지절거리며 웃고 날뛰기만 하고 있는 것이었다. 뿐만 아니라 그 놀고 있는 인부의 품삯은, 일하는 사람의 삯전보다 8전이나 더 많이 내어 주는 것이다.

감독은 한 사람뿐이었는데, 감독도 그들이 놀고 있는 것을 묵인할 뿐 아니라, 때때로는 자기까지 섞여서 놀고 있었다.

어떤 날 송충이를 잡다가 점심때가 되어서, 나무에서 내려와 점심을 먹고 다시 올라가려 할 때에 감독이 그를 찾았다.

"복네! 애, 복네!"

"왜 그릅네까?"

그는 약통과 집게를 놓고 뒤로 돌아섰다.

"좀 오나라."

그는 말없이 감독 앞에 갔다.

"애, 너, 음…… 데 뒤 좀 가 보자."

"뭘 하레요?"

"글쎄, 가야……."

"가디요 ― 형님."

그는 돌아서면서 인부들 모여 있는 데로 고함쳤다.

"형님두 갑세다 가레."

"싫다 애. 둘이서 재미나게 가는데, 내가 무슨 맛에 가갔니?"

복녀는 얼굴이 새빨갛게 되면서 감독에게로 돌아섰다.

"가 보자."

감독은 저편으로 갔다. 복녀는 머리를 수그리고 따라갔다.

"복네 좋갔구나."

뒤에서 이러한 조롱 소리가 들렸다. 복녀의 숙인 얼굴은 더욱 발갛게 되었다.

그날부터 복녀도 '일 안 하고 품삯 많이 받는 인부'의 한 사람이 되었다.

복녀의 도덕관 내지 인생관은 그때부터 변하였다.

그는 아직껏 딴 사내와 관계를 한다는 것을 생각하여 본 일도 없었다. 그것은 사람의 일이 아니요, 짐승의 하는 짓쯤으로만 알고 있었다. 혹은 그런 일을 하면 탁 죽어지는지도 모를 일로 알았다.

그러나 이런 이상한 일이 어디 다시 있을까. 사람인 자기도 그런 일을 한 것을 보면, 그것은 결코 사람으로 못할 일이 아니었었다. 게다가 일 안 하고도 돈 더 받고, 긴장된 유쾌가 있고, 빌어먹는 것보다 점잖고…… 일본말로 하자면, '삼박자(三拍子)' 갖춘 좋은 일은 이것뿐이었다. 이것이야말로 삶의 비결이 아닐까. 뿐만 아니라 이 일이 있은 뒤부터 처음으로 한 개 사람이 된 것 같은 자신까지 얻었다.

그 뒤부터는, 그의 얼굴에 조금씩 분도 발리게 되었다.

1년이 지났다.

그의 처세의 비결은 더욱더 순탄히 진척되었다. 그의 부처는 이제는 그리 궁하게 지내지는 않게 되었다.

그의 남편은, 이것이 결국은 좋은 일이라는 듯이 아랫목에 누워서 벌씬벌씬 웃고 있었다.

복녀의 얼굴은 더욱 예뻐졌다.

"여보, 아즈바니, 오늘은 얼마나 벌었소?"

복녀는 돈 좀 많이 번 듯한 거지를 보면 이렇게 찾는다.

"오늘은 많이 못 벌었쉐다."

"얼마?"

"도무지 열서너 냥."

"많이 벌었쉐다. 한 댓 냥 꿰주소고래."

"오늘은 내가……."

어쩌고저쩌고하면, 복녀는 곧 뛰어가서 그의 팔에 늘어진다.

"나한테 들킨 댐에는 꿰구야 말아요."

"나 원, 이 아즈마니 만나믄 야단이더라. 자 꿰주디, 그 대신 응? 알아있디?"

"난 몰라요. 해해해해."

"모르믄 안 줄 테야."

"글쎄, 알았대두 그런다."

— 그의 성격은 이만큼까지 진보되었다.

가을이 되었다.

칠성문 밖 빈민굴의 여인들은 가을이 되면 칠성문 밖에 있는 중국인의 채마밭에 감자(고구마)며 배추를 도둑질하러, 밤에 바구니를 가지고 간다. 복녀도 감자깨나 잘 도둑질하여 왔다.

어떤 날 밤, 그는 고구마를 한 바구니 잘 도둑질하여 가지고, 이젠 돌아오려고 일어설 때에 그의 뒤에 시꺼먼 그림자가 서서 그를 꽉 붙들었다. 보니, 그것은 그 밭의 주인인 중국인 왕 서방이었다. 복녀는 말도 못하고 멀찐멀찐 발아래만 내려다보고 있었다.

"우리 집에 가!"

왕 서방은 이렇게 말하였다.

"가재믄 가디. 원, 것두 못 갈까."

복녀는 엉덩이를 한 번 홱 두른 뒤에, 머리를 젖히고 바구니를 저으면서 왕 서방을 따라갔다.

1시간쯤 뒤에 그는 왕 서방의 집에서 나왔다. 그가 밭고랑에서 길로 들어서려 할 때에, 문득 뒤에서 누가 그를 찾았다.

"복네 아니야?"

복녀는 홱 돌아서 보았다. 거기는 자기 곁집 여편네가 바구니를 끼고, 어두운 밭고랑을 더듬더듬 나오고 있었다.

"형님이댔쉐까? 형님두 들어갔댔쉐까?"

"님자두 들어갔댔나?"

"형님은 뉘 집에?"

"나? 눅(陸) 서방네 집에. 님자는?"

"난 왕 서방네…… 형님 얼마 받았소?"

"눅 서방네 그 깍쟁이 놈, 배추 세 페기……."

"난 3원 받았다."

복녀는 자랑스러운 듯이 대답하였다.

십 분쯤 뒤에 그는 자기 남편과 그 앞에 돈 3원을 내어 놓은 뒤에, 아까 그 왕 서방의 이야기를 하면서 웃고 있었다.

그 뒤부터 왕 서방은 무시로 복녀를 찾아왔다.

한참 왕 서방이 눈만 멀찐멀찐 앉아 있으면, 복녀의 남편은 눈치를 채고 밖으로 나간다. 왕 서방이 돌아간 뒤에 그들 부처는 1원 혹은 2원을 가운데 놓고 기뻐하고는 하였다.

복녀는 차차 동네 거지들한테 애교를 파는 것을 중지하였다. 왕 서방이 분주하여 못 올 때가 있으면 복녀는 스스로 왕 서방의 집까지 찾아갈 때도 있었다.

복녀의 부처는 이제 이 빈민굴의 한 부자였다.

그 겨울도 가고 봄이 이르렀다.

그때 왕 서방은 돈 백 원으로 어떤 처녀를 하나 마누라로 사 오게 되었다.

“흥!”

복녀는 다만 코웃음만 쳤다.

“복녀, 강짜하갔구만.”

동네 여편네들이 이런 말을 하면, 복녀는 ‘흥’ 하고 코웃음을 웃고 하였다.

내가 강짜를 해? 그는 늘 힘 있게 부인하곤 하였다. 그러나 그의 마음에 생기는 검은 그림자는 어찌할 수가 없었다.

“이 놈 왕 서방, 네 두고 보자.”

왕 서방이 색시를 데려오는 날이 가까워졌다. 왕 서방은 아직껏 자랑하던 길다란 머리를 깎았다. 동시에 그것은 새색시의 의견이라는 소문이 퍼졌다.

“흥!”

복녀는 역시 코웃음만 쳤다.

마침내 색시가 오는 날이 이르렀다. 칠보단장에 사인교를 탄 색시가 칠성문 밖 채마밭 가운데 있는 왕 서방의 집에 이르렀다.

밤이 깊도록 왕 서방의 집에는 중국인들이 모여서 별난 악기를 뜯으며 별난 곡조로 노래하며 야단하였다. 복녀는 집 모퉁이에 숨어 서서 눈에 살기를 띠고 방 안의 동정을 듣고 있었다.

다른 중국인들이 새벽 2시쯤 하여 돌아가는 것을 보면서, 복녀는 왕 서방의 집 안에 들어갔다. 복녀의 얼굴에는 분이 하얗게 발리어 있었다.

신랑, 신부는 놀라서 그를 쳐다보았다. 그것을 무서운 눈으로 흘겨보면서, 그는 왕서방에게 가서 팔을 잡고 늘어졌다. 그의 입에서는 이상한 웃음이 흘렀다.

“자, 우리 집으로 가요.”

왕 서방은 아무 말도 못하였다. 눈만 정처 없이 두룩두룩하였다. 복녀는 다시 한 번 왕 서방을 흔들었다.

“자, 어서.”

“우리, 오늘 밤 일이 있어 못 가.”

“일은 밤중에 무슨 일.”

“그래두, 우리 일이…….”

복녀의 입에 아직껏 떠돌던 이상한 웃음은 문득 없어졌다.

“이까짓 것.”

그는 발을 들어서 치장한 신부의 머리를 찼다.

“자, 가자우, 가자우.”

왕 서방은 와들와들 떨었다. 왕 서방은 복녀의 손을 뿌리쳤다.

복녀는 쓰러졌다. 그러나 곧 다시 일어섰다. 그가 다시 일어설 때는, 그의 손에는 얼른얼른하는 낫이 한 자루 들리어 있었다.

"이 되놈, 죽어라. 이놈, 나 때렸디! 이놈아, 아이구 사람 죽이누나."

그는 목을 놓고 처울면서 낫을 휘둘렀다. 칠성문 밖 외딴 밭 가운데 홀로 서 있는 왕 서방의 집에서는 일장의 활극이 일어났다. 그러나 그 활극도 곧 잠잠하게 되었다. 복녀의 손에 들리어 있던 낫은 어느덧 왕 서방의 손으로 넘어가고, 복녀는 목으로 피를 쏟으면서 그 자리에 고꾸라져 있었다.

복녀의 송장은 사흘이 지나도록 무덤으로 못 갔다. 왕 서방은 몇 번을 복녀의 남편을 찾아갔다. 복녀의 남편도 때때로 왕 서방을 찾아갔다. 둘의 사이에는 무슨 교섭하는 일이 있었다. 사흘이 지났다.

밤중 복녀의 시체는 왕 서방의 집에서 남편의 집으로 옮겨졌다. 그리고 시체에는 세 사람이 둘러앉았다. 한 사람은 복녀의 남편, 또 한 사람은 어떤 한방 의사 — 왕 서방은 말없이 돈주머니를 꺼내어, 십 원짜리 지폐 석 장을 복녀의 남편에게 주었다. 한방 의사의 손에도 십 원짜리 두 장이 갔다.

이튿날, 복녀는 뇌일혈로 죽었다는 한방의의 진단으로 공동묘지로 가져갔다.

배따라기

김동인

배따라기

　〈배따라기〉는 1921년 《창조》에 발표된 작품으로 헤어짐과 만남이라는 인생의 역정을 펼쳐 보이면서 현실적인 삶이 예술에 의해 아름답게 묘사된 작품이다. '배따라기'는 평안도 민요의 하나이며 '배따라기'라는 이름은 '배떠나기'의 방언인 것으로 알려져 있다.

　이 작품은 낭만적이며 탐미주의적인 경향이 드러나 있다. 운명 앞에선 인간의 무력함과 끝없는 회한, 바다를 배경으로 한 서정적 비애감이 소설의 주조를 이루고 있다.

　외부 이야기의 화자인 나와 내부 이야기의 주인공인 그가 느끼는 삶의 비극과 허무함이 동일한 지평 위에 놓여 있다는 점이 주목되는 작품으로 우리나라의 단편 소설사에서 액자 소설의 구조를 취하고 있다. '배따라기'라는 노래로 표상되는 예술의 아름다움이 현실적인 삶의 희생 위에서 얻어진다는 김동인 특유의 예술 지상주의적인 시각도 잘 드러나 있다.

　의처증과 오해가 증오로 표출되면서, 평범하게 살아가던 사람들의 관계를 와해시키고 운명 앞에 선 인간의 무력한 모습, 그리고 끝없는 자책과 회한(悔恨)의 정서는 특히 바다의 이미지와 어울려 서정적인 심미감을 더해 준다.

　배따라기의 애절한 노래와 어울려 있는 형제의 방랑은 비극적인 운명이면서도 아름다움을 느끼게 한다. 삶의 비극이 예술적인 아름다움으로 승화되고 있는 것이다.

　이 작품의 주인공인 '그'는 도덕이나 윤리, 혹은 이성의 규제를 의식하기보다는 충동적인 감정과 본능에 의해 행동하는 인물이다. 그의 감정적인 분노는 아내의 죽음이라는 파괴적인 결과를 불러온다.

나는 대동강에 첫 뱃놀이하는 날인 삼월삼짇날 대동강에서 영유 배따라기를 구슬프게 부르는 어떤 사내를 만난다. 그의 고향은 영유이며 20년간 고향에 가지 않았다고 한다. '나'는 궁금증이 생겨 그 이유를 묻고, '영유 배따라기'를 부르는 '그'의 사연을 듣는다.

그의 형제는 영유에서 조금 떨어진 조그만 어촌에 사는 부자로 배따라기 노래를 잘 부른다. 형제는 모두 장가를 들었고 부부 사이 못지않게 의가 좋았다. 형인 '그'는, 아름다운 아내와 늠름하고 잘생긴 동생을 두었다. 그는 성품이 쾌활하고 친절한 젊은 아내가 미남인 동생에게 친절한 것을 못마땅해하며 아내를 자주 괴롭힌다. 그 후 아내와 아우 사이의 관계가 유난히 좋자 형은 둘 사이를 의심하고 기회만 있으면 꼬투리를 잡아 혼내 주려고 벼른다. 그런 참에 아우가 영유에 자주 출입하면서 첩을 얻었다는 소문을 들은 아내가 형에게 동생을 단속하라고 보채자 의심은 더욱 깊어진다.

그는 명절에 쓸 장도 보고 아내가 갖고 싶어 하던 거울도 하나 살 겸해서 장으로 간다. 기쁜 마음에 집에 당도해 보니, 아내와 동생이 옷매무새가 흐트러진 채 씩씩거리며 한방에 있었다. 그전부터 아내가 동생에게 살갑게 구는 것이 눈엣가시였던 그는 아내와 아우의 변명도 듣지 않고 아내를 두들겨 패고 그들을 쫓아낸다. 집을 나간 아내는 밤이 깊어도 돌아오지 않았다.

저녁때 방에 들어와 성냥을 찾던 형은 낡은 옷 뭉치에서 쥐가 나오는 것을 보고 자신의 경솔한 행동을 후회했으나 기다리던 아내는 다음 날 시체가 되어 바다 위에 떠오르고, 이 때문에 아우는 집을 나가 행방이 묘연하게 된다. 결국 형은 20년 동안 배따라기 노래를 부르며 뱃사람이 되어 떠돌아다닌다는 동생을 찾아 방랑 생활을 계속한다.

그가 영유를 떠난 지 10년이 지난 어느 날, 그는 어느 바닷가에서 동생을 만난다. 그러나 "형님, 그저 다 운명이외다!"라고 하는 이 한마디와 함께 동생은 환상처럼 떠나 버린다. 그러고 다시 10년 세월을 유랑하지만 동생을 다시 만나지는 못한다.

그날 밤 '나'는 '그'의 숙명적 경험담에 잠을 못 이룬다. 다음 날 아침 대동강에 나갔지만 '그'의 모습은 보이지 않았다.

핵심정리

갈래: 액자소설

시점: 1인칭 관찰자 시점

배경: 1920년대 일제 강점기 평양과 영유

주제: 오해가 빚은 형제간의 비극적인 인간의 비애

출전: 창조

 # 배따라기

좋은 일기이다.

좋은 일기라도 하늘에 구름 한점 없는 — 우리 '사람' 으로서는 감히 접근도 못할 위엄을 가지고, 높이서 우리 조그만 사람을 비웃는 듯이 내려다보는 그런 교만한 하늘이 아니고, 가장 우리 '사람' 의 이해자인 듯이 낮게 뭉글뭉글 엉기는 분홍빛 구름으로서 우리와 서로 손목을 잡자는 그런 하늘이다. 사랑의 하늘이다. 나는 잠시도 멎지 않고 푸른 물을 황해로 부어 내리는 대동강을 향한 모란봉 기슭 새파랗게 돋아나는 풀 위에 뒹굴고 있었다.

이날은 3월 삼질, 대동강에 첫 뱃놀이를 하는 날이다. 까맣게 내려다보이는 물 위에는, 결결이 반짝이는 물결을 푸른 놀잇배들을 타고 넘으며 거기서는 봄향기에 취한 형형색색의 선율이 우단보다도 부드러운 봄 공기를 흔들면서 날아온다. 그리고 거기서 기생들의 노래와 함께 날아오는 조선 아악(雅樂)은 느리게, 길게, 유창하게, 부드럽게, 그리고 또 애처롭게 — 모든 봄의 정다움과 끝까지 조화하지 않고는 안 두겠다는 듯이 대동강에 흐르는 시꺼먼 봄물, 청류벽에 돋아나는 푸르른 풀어음, 심지어 사람의 가슴속에

봄에 뛰노는 불붙는 핏줄
기까지라도, 습기 많은 봄
공기를 다리 놓고 떨리지
않고는 두지 않는다.

봄이다. 봄이 왔다.

부드럽게 부는 조그만 바람이 시꺼먼 조선 솔을 꿰며, 또는 돋
아나는 풀을 스치고 지나갈 때의 그 음악은 다른 데서는 듣지 못
할 아름다운 음악이다.

아아, 사람을 취케 하는 푸르른 봄의 아름다움이여! 열다섯 살
부터의 동경(東京) 생활에 마음껏 이런 봄을 보지 못하였던 나는,
늘 이것을 보는 사람보다 곱 이상의 감명을 여기서 받지 않을 수
없다.

평양성 내에는 겨우 툭툭 터진 땅을 헤치며 파릇파릇 돋아나려
는 버들의 어음으로 봄이 온 줄 알 뿐, 아직 완전히 봄이 안 이르
렀지만, 이 모란봉 일대와 대동강을 넘어 보이는 가나안 옥토를
연상시키는 장림(長林)에는 마음껏 봄의 정다움이 이르렀다.

그리고 또 꽤 자란 밀보리들로 새파랗게 장식한 장림의 그 푸른
빛, 만족한 웃음을 띠고, 그 벌에 서서 내려다보는 농부의 모양은
보지 않아도 생각할 수가 있다.

구름은 자꾸 하늘을 날아다니는 모양이다. 그 밀 위에서 비치었
던 구름의 그림자는 그 구름과 함께 저편으로 물러가며 거기는 세
계를 아까 만들어 놓은 것 같은 새로운 녹빛이 퍼져 나간다.

바람이나 조금 부는 때는 그 잘 자란 밀들은 물결같이 누웠다
일어났다, 일록 일청으로 춤을 춘다. 그리고 봄의 한가함을 찬송

하는 솔개들은 높은 하늘에서 동그라미를 그리며 더욱더 아름다
운 봄의 향기로운 정취를 더한다.

"다스한 봄정에 솟아나리라. 다스한 봄정에 솟아나리라."

나는 두어 번 소리 나게 읊은 뒤에 담배를 붙여 물었다. 담뱃내
는 무럭무럭 하늘로 올라간다.

하늘에도 봄이 왔다.

하늘은 낮았다. 모란봉 꼭대기에 올라가면 넉넉히 만질 수가 있
으리만큼 하늘은 낮다. 그리고 그 낮은 하늘보다는 오히려 더 높
이 있는 듯한 분홍빛 구름은 몽글몽글 엉기면서 이리저리 날아다
닌다.

나는 이러한 아름다운 봄 경치에 이렇게 마음껏 봄의 속삭임을
들을 때는 언제든 유토피아를 아니 생각할 수 없다. 우리가 시시
각각으로 애를 쓰며 수고하는 것은 ─ 그 목적은 무엇인가? 역시
유토피아 건설에 있지 않을까? 유토피아를 생각할 때는 언제든 그
'위대한 인격의 소유자' 며 '사람의 위대함을 끝까지 즐긴' 진시
황(秦始皇)을 생각지 않을 수 없다.

우리가 어찌하면 죽지를 아니할까 하여, 소년 삼백을 배를 태워
불사약을 구하러 떠나 보내며, 예술의 사치를 다하여 아방궁을 지
으며, 매일 신하 몇천 명과 잔치로써 즐기며, 이리하여 여기 한 유
토피아를 세우려던 시황은, 몇만의 역사가가 어떻다고 욕을 하든
그는 정말로 인생의 향락자며 역사 이후의 제일 큰 위인이라고 할
수가 있다. 그만한 순전한 용기 있는 사람이 있고야 우리 인류의
역사는 끝이 날지라도 한 사람을 가졌었다고 할 수 있다.

"큰사람이었었다."

하면서 나는 머리를 들었다.

이때 기자묘 근처에서 무슨 슬픈 소리가 들리면서 봄 공기를 진동시켜 날아오는 것이 들렸다.

나는 무심코 귀를 기울였다.

'영유 배따라기'다. 그것도 웬만한 광대나 기생은 발꿈치에도 미치지 못하리만큼 ─ 그만큼 그 배따라기의 주인은 잘 부르는 사람이었다.

비나이다, 비나이다.
산천후토 일월성신 하나님전 비나이다.
실날 같은 우리 목숨 살려 달라 비나이다.
에 ─ 야, 어그여지야.

여기까지 이르렀을 때에 저편 아래 물에서 장구 소리와 함께 기생의 노래가 울리어 오며 배따라기는 그만 안 들리게 되었다. 나는 2년 전 한여름을 영유서 지내 본 일이 있다. 배따라기의 본고장인 영유를 몇 달 있어 본 사람은 그 배따라기에 대하여 언제든 한 속절없는 애처로움을 깨달을 것이다.

영유, 이름은 모르지만 ×산에 올라가서 내려다보면 앞은 망망한 황해이니, 그곳 저녁때의 경치는 한 번 본 사람은 영구히 잊을 수가 없으리라. 불덩이 같은 커다란 시뻘건 해가 남실남실 넘치는 바다에 도로 빠질 듯, 도로 솟아오를 듯 춤을 추며, 때때로 보이지 않는 배에서 배따라기만 슬프게 날아오는 것을 들을 때엔 눈물 많은 나는 때때로 눈물을 흘렸다. 이로 보아서 어떤 원의 아내가 자기의 모든 영화를 낡은 신같이 내어 던지고 뱃사람과 정처 없는 물길을 떠났다 함도 믿지 못할 말이랄 수가 없다.

영유서 돌아온 뒤에도 그 '배따라기'는 내 마음에 깊이 새겨져 잊으려야 잊을 수가 없었고, 언제 한 번 영유를 가서 그 노래를 한 번 들어 보고 그 경치를 다시 한 번 보고 싶은 생각이 늘 떠나지를 않았다.

장구 소리와 기생의 노래는 멎고 배따라기만 구슬프게 날아온다.

결결이 부는 바람으로 말미암아 때때로는 들을 수가 없으되, 나의 기억과 곡조를 종합하여 들은 배따라기는 이 대목이다 —

강변에 나왔다가
나를 보더니만
혼비백산하여
꿈인지 생시인지, 생시인지 꿈인지,
와르륵 달려들어
섬섬옥수로 부처 잡고
호천망극하는 말이
"하늘로서 떨어지며
땅으로서 솟아났다
바람결에 묻어 오고
구름길에 싸여 왔다."
이리 서로 붙들고 울음 울 제

인리 제인이며
일가친척이 모두 모여

여기까지 들은 나는 마침내 참지 못하고 벌떡 일어서서 소나무
가지에 걸었던 모자를 내려 쓰고 그곳을 찾으러 모란봉 꼭대기에
올라섰다. 꼭대기는 좀 더 노랫소리가 잘 들린다. 그는 배따라기
의 맨 마지막, 여기를 부른다.

밥을 빌려서
죽을 쑬지라도
제발 덕분에
뱃놈 노릇은 하지 마라
에 — 야 어그여지야 —.

그의 소리로써 방향을 찾으려던 나는 그만 그 자리에 섰다.
"어딘가? 기자묘? 혹은 을밀대?"
그러나 나는 오래 서 있을 수가 없었다. 어떻든 찾아보자 하고
현무문으로 가서 문 밖에 썩 나섰다. 기자묘의 깊은 솔밭은 눈앞
에 쫙 퍼진다.
"어딘가?"
나는 또 물어보았다.
이때에 그는 또다시 배따라기를 시초부터 부른다. 그 소리는 왼
편에서 온다.
왼편이구나 하면서, 소리 나는 곳을 더듬어서 소나무 틈으로 한

참 돌다가 겨우 기자묘 치고는 그중 하늘이 넓고 밝은 곳에 혼자서 뒹굴고 있는 그를 찾아내었다. 내가 생각한 바와 같은 얼굴이다. 얼굴, 코, 입, 눈, 몸집이 모두 네모나고 그의 이마의 굵은 주름살과 시꺼먼 눈썹은 고생 많이 함과 순진한 성격을 나타낸다.

그는 어떤 신사가 자기를 들여다보는 것을 보고 노래를 그치고 일어나 앉는다.

"왜 그냥 하지요."

하면서 나는 그의 곁에 가 앉았다.

"뭐……."

할 뿐 그는 눈을 들어서 터진 하늘을 쳐다본다.

좋은 눈이었다. 바다의 넓고 큼이 유감없이 그의 눈에 나타나 있다. 그는 뱃사람이라 나는 짐작하였다.

"고향이 영유요?"

"예, 뭐, 영유서 나기는 했디만, 한 이십 년 영윤 가 보디두 않았어요."

"왜 집에, 이십 년씩 고향엘 안 가요?"

"사람의 일이라니 마음대로 됩대까?"

그는 왜 그러는지 한숨을 짓는다.

"거저, 운명이 제일 힘셉디다."

운명의 힘이 제일 세다는 그의 소리는 삭이지 못할 원한과 뉘우침이 섞여 있다.

"그래요?"

나는 다만 그를 건너다볼 뿐이다.

한참 잠잠하니 있다가 나는 다시 말하였다.

"자, 노 형의 경험담이나 한번 들어 봅시다. 감출 일이 아니면 한번 이야기해 보소."

"뭐, 감출 일은……."

"그럼 어디 한번 들어 봅시다그려."

그는 다시 하늘을 쳐다보았다. 그러나 좀 있다가,

"하디요."

하면서 내가 담배를 붙이는 것을 보고 자기도 담배를 붙여 물고 이야기를 꺼낸다.

"잊히디두 않는 십구 년 전 8월 열하룻날 일인데요."

하면서 그가 이야기한 바는 대략 이와 같은 것이다.

그의 살던 마을은 영유 고을서 한 이십 리 떠나 있는 바다를 향한 조그만 어촌이다. 그의 살던 조그만 마을(서른 집쯤 되는)에서는 꽤 유명한 사람이었다.

그의 부모는 모두 열댓에 났을 때 돌아갔고, 남은 사람이라고는 곁집에 딴살림하는 그의 아우 부처와 자기 부처뿐이었다. 그들 형제가 그 마을에서 제일 부자고 또 제일 고기잡이를 잘하였고 그중 글이 있었고, 배따라기도 그 마을에서 빼나게 그 형제가 잘 불렀다. 말하자면 그 형제가 그 동네의 대표적 사람이었다.

8월 보름은 추석 명절이다. 8월 열하룻날 그는 명절에 쓸 장도 볼 겸, 그의 아내가 늘 부러워하는 거울도 하나 사 올 겸 장으로 향하였다.

"당손네 집에 있는 것보다 큰 거이요. 잊디 말구요."

그의 아내는 길까지 따라오면서 잊지 않도록 부탁하였다.

"안 잊어."

하면서 그는 떠오르는 새빨간 햇빛을 앞으로 받으면서 자기 마을을 나섰다.

그는 아내를(이렇게 말하기는 우습지만) 고와했다. 그의 아내는 촌에서는 드물게 연연하고도 예쁘게 생겼다(그는 나에게 이렇게 말하였다).

"성내(평양) 덴줏골(갈보촌)을 가두 그만한 거 쉽디 않갔이요."

그러니까 촌에서는, 그리고 그 당시에는 남에게 우습게 보이도록 그 내외의 사이는 좋았다. 늙은이들은 계집에게 혹하지 말라고 흔히 그에게 권고하였다.

부처의 사이는 좋았지만 — 아니, 오히려 좋으므로 그는 아내에게 샘을 많이 하였다. 그리고 그의 아내는 시기를 받을 일을 많이 하였다.

품행이 나쁘다는 것이 아니라, 그의 아내는 대단히 천진스럽고 쾌활한 성질로서 아무에게나 말 잘하고 애교를 잘 부렸다.

그 동리에서는 무슨 명절이나 되면, 집이 그중 정결함을 핑계 삼아 젊은이들은 모두 그의 집에 모이고 하였다. 그 젊은이들은 모두 그의 아내에게 '아즈마니'라 부르고, 그의 아내는 '아즈바니, 아즈바니' 하며 그들과 지껄이고 즐기며, 그 웃기 잘하는 입에는 늘 웃음을 흘리고 있었다. 그럴 때마다 그는 한편 구석에서 눈만 흘근거리며 있다가 젊은이들이 돌아간 뒤에는 불문곡직하고 아내에게 덤벼들어 발길로 차고 때리며 이전에 사다 주었던 것을 모두 거둬 올린다. 싸움을 할 때에는 언제든 곁집에 있는 아우 부처가 말리러 오며, 그렇게 되면 언제든 그는 아우의 부처까지 때려 주었다.

그가 아우에게 그렇게 구는 데는 이유가 있었다. 그의 아우는 시골 사람에게는 다시 없도록 늠름한 위엄이 있었고, 매일 바닷바람을 쐬었지만 얼굴이 희었다. 이것뿐으로도 시기가 된다 하면 되지만, 특별히 아내가 그의 아우에게 친절히 하는 데는 속이 끓어 못 견디었다.

그가 영유를 떠나기 반년 전쯤 — 다시 말하자면 그가 거울을 사러 장에 갈 때부터 반년 전쯤 그의 생일날이었다. 그의 집에서는 음식을 차려서 잘 먹었는데 그에게는 괴상한 버릇이 있었으니, 맛있는 음식은 남겨 두었다 좀 있다 먹고 하는 것이 습관이었다. 그의 아내도 이 버릇은 잘 알 터인데 그의 아우가 점심때쯤 오니까 아까 그가 아껴서 남겨 두었던 그 음식을 아우에게 주려 하였다. 그는 눈을 부릅뜨고 '못 주리라'고 암호를 하였지만 아내는 그것을 보았는지 못 보았는지 그의 아우에게 주어 버렸다. 그는 마음속이 자못 편치 못하였다. 트집만 있으면 이년을…… 그는 마음먹었다.

그의 아내는 시아우에게 상을 준 뒤에 물러 오다가 그만 그의 발을 조금 밟았다.

"이년!"

그는 힘껏 발을 들어서 아내를 냅다 찼다. 그의 아내는 상 위에 거꾸러졌다가 일어난다.

"이년, 사나이 발을 짓밟는 년이 어디 있어!"

"거 좀 밟아서 발이 부러뎃쉐까?"

아내는 낯이 새빨개져서 울음 섞인 어조로 고함친다.

"이년! 말대답이……."

그는 일어서서 아내의 머리채를 휘어잡았다.

"형님! 왜 이러십니까?"

아우가 일어서면서 그를 붙잡았다.

"가만 있거라, 이놈의 자식."

하며 그는 아우를 밀친 뒤에 아내를 되는 대로 내리찧었다.

"죽일 년, 이년! 나가거라!"

"죽여라, 죽여라! 난 죽어도 이 집에선 못 나가!"

"못 나가?"

"못 나가디 않구. 뉘 집이게……."

이때다. 그의 마음에는 그 못 나가겠다는 아내의 마음이 푹 들이박혔다. 그 이상 때리기가 싫었다. 우두커니 눈만 흘기고 있다가 그는,

"망할 년, 그럼 내가 나갈라."

하고 그만 문밖으로 뛰어나가서,

"형님, 어디 갑니까?"

하는 아우의 말에는 대답도 안 하고, 곁동네 탁주집으로 뒤도 안 돌아보고 가서, 거기 있는 술 파는 계집과 술상 앞에 마주 앉았다.

그날 저녁 얼근히 취한 그는 아내를 위하여 떡 한 돈어치 사 가지고 집으로 돌아왔다. 이리하여 또 서너 달은 평화가 이르렀다. 그러나 이 평화가 언제까지든 계속될 수가 없었다. 그의 아우로 말미암아 또 평화는 쪼개져 나갔다.

5월 초승부터 영유 고을 출입이 잦던 그의 아우는 5월 그믐께

부터는 고을서 며칠씩 묵어 오는 일이 많았다. 함께 고을에 첩을 얻어 두었다는 소문이 퍼졌다. 이 소문이 있은 뒤로 아내는 그의 아우가 고을 들어가는 것을 벌레보다도 더 싫어하고, 며칠 묵어서 오는 때면 곧 아우의 집으로 가서 그와 담판을 하며, 심지어 동서 되는 아우의 처에게까지 못 가게 하지 않는다고 싸우는 일이 있었다. 7월 초승께 그의 아우는 고을에 들어가서 열흘쯤 묵어 오는 일이 있었다. 이때도 전과 같이 그의 아내는 그의 아우며 제수와 싸우다 못하여 마침내 그에게까지 와서 아우가 그런 못된 데를 다니는 것을 그냥 둔다고 해 보자 한다. 그 꼴을 곱게 보지 않았던 그는 첫마디로 고함을 쳤다.

"네가 상관이 무에가? 듣기 싫다."

"못난둥이. 아우가 그런 델 댕기는 걸 말리디두 못하고!"

분김에 이렇게 그의 아내는 고함쳤다.

"이년, 무얼?"

그는 벌떡 일어섰다.

"못난둥이!"

그 말이 채 끝나기도 전에 그의 아내는 악 소리와 함께 그 자리에 거꾸러졌다.

"이년! 사나이에게 그따우 말버릇 어디서 배완!"

"에미네 때리는 건 어디서 배웠노? 못난둥이!"

그의 아내는 울음소리로 부르짖었다.

"상년 그냥? 나갈! 우리 집에 있디 말구 나갈!"

그는 내리찧으면서 부르짖었다. 그리고 아내를 문을 열고 밀쳤다.

"나가디 않으리!"

하고 그의 아내는 울면서 뛰어나갔다.

"망할 년!"

토하는 듯이 중얼거리고 그는 그 자리
에 주저앉았다.

그의 아내는 해가 져서 어두워져도 돌아오지 않았다. 일단
내쫓기는 하였지만 그는 아내의 돌아옴을 기다리고 있었다. 어두
워져도 그는 불도 안 켜고 성이 나서 우들우들 떨면서 아내가 돌
아오기를 기다렸다. 그러나 그의 아내의 참 기쁜 듯이 웃는 소리
가 그의 아우의 집에서 밤새도록 울리었다. 그는 움쩍도 안 하고
그 자리에 앉아서 밤을 새운 뒤에 새벽 동터 올 때 아내와 아우를
죽이려고 부엌에 가서 식칼을 가지고 들어와서 문을 벌컥 열었다.

그의 아내로서 만약 근심스러운 얼굴을 하고 그 문 밖에 우두커
니 서서 문을 들여다보고 있지 않았다면, 그는 아내와 아우를 죽
이고야 말았으리라.

그는 아내를 보는 순간 마음에 가득 차는 사랑을 깨달으면서 칼
을 내던지고 뛰어나가서 아내의 머리채를 휘어잡고, 이년! 하면서
들어오더니 뺨을 물어뜯으면서 함께 이리저리 자빠져서 뒹굴었
다.

그런 이야기를 다 하려면 끝이 없으되 그만 '그', '그의 아내',
'그의 아우' 세 사람의 삼각관계는 대략 이와 같다.

각설 ―

거울은 마침 장에 마음에 맞는 것이 있었다. 지금 것과 대보면
어떤 때는 코도 크게 보이고 입이 작게도 보이는 것이지만, 그 당

시에는 그리고 그런 촌에서는 둘도 없는 귀물이었다. 거울을 사 가지고 장을 본 뒤에 그는 이 거울을 아내에게 주면 그 기뻐할 모양을 생각하며 새빨간 저녁 햇빛을 받은 넘치는 듯한 바다를 안고 자기 집으로 늘 들르던 탁주집에도 안 들르고 돌아왔다.

그러나 그가 그의 집 방 안에 들어설 때에는 뜻도 안 하였던 광경이 그의 눈앞에 벌어져 있었다.

방 한가운데는 떡상이 있고, 그의 아우는 수건이 벗어져서 목 뒤로 늘어지고, 저고리 고름이 모두 풀어져 가지고 한편 모퉁이에 서 있고, 아내도 머리채가 모두 뒤로 늘어지고, 치마가 배꼽 아래 늘어지도록 되어 있으며, 그의 아내와 아우는 그를 보고 어찌할 줄을 모르는 듯이 움쩍도 안 하고 서 있었다.

세 사람은 한참 동안 어이가 없어서 서 있었다. 그러나 좀 있다가 마침내 그의 아우가 겨우 말했다.

"그놈의 쥐 어디 갔나?"

"흥! 쥐? 훌륭한 쥐 잡댔구나!"

그는 말을 끝내지도 않고 짐을 벗어 버리고 뛰어가서 아우의 멱살을 그러쥐었다.

"형님! 정말 쥐가!"

"쥐? 이놈, 형수하고 그런 쥐 잡는 놈이 어디 있니?"

그는 아우의 따귀를 몇 대 때린 뒤에 등을 밀어서 문 밖에 내어던졌다.

그런 뒤에 이제 자기에게 이를 매를 생각하고 우들우들 떨면서 아랫목에 서 있는 아내에게 달려들었다.

"이년! 시아우와 그런 쥐 잡는 년이 어디 있어!"

그는 아내를 거꾸러뜨리고 함부로 내리찧었다.

"정말 쥐가…… 아이 죽갔다."

"이년! 너두 쥐? 죽어라!"

그의 팔다리는 함부로 아내의 몸에 오르내렸다.

"아이 죽갔다. 정말 아까 적은이(시아우) 왔기에 떡 자시라고 내 놓았더니……."

"듣기 싫다! 시아우 붙은 년이, 무슨 잔소릴……."

"아이, 아이 정말이야요. 쥐가 한 마리 나……."

"그냥 쥐?"

"쥐 잡을래다가……."

"상년! 죽어라! 물에라두 빠데 죽어!"

그는 실컷 때린 뒤에, 아내도 아우처럼 등을 밀어 쫓았다. 그 뒤에 그의 등으로,

"고기 배때기에 장사해라!"

하고 토하였다.

분풀이는 실컷 하였지만, 그래도 마음속이 자못 편치 못하였다. 그는 아랫목으로 가서 바람벽을 의지하고 실신한 사람같이 우두커니 서서 떡상만 들여다보고 있었다.

1시간…… 2시간…….

서편으로 바다를 향한 마을이라 다른 곳보다는 늦게 어둡지만, 그래도 술시(戌時)쯤 되어서는 깜깜하니 어두웠다. 그는 불을 켜려고 바람벽에서 떠나 성냥을 찾으러 돌아갔다.

성냥은 늘 있던 자리에 있지 않았다. 그래서 여기저기 뒤적이노라니까 어떤 낡은 옷뭉치를 들칠 때에 문득 쥐 소리가 나면서 후덕덕 뛰어나온다.

그리하여 저편으로 기어 도망한다.

"역시 쥐댔구나!"

그는 조그만 소리로 부르짖었다. 그리고 그만 맥없이 털썩 주저앉았다.

아까 그가 보지 못한 때의 광경이 활동사진과 같이 그의 머리에 지나갔다.

아우가 집에를 온다. 아우에게 친절한 아내는 떡을 먹으라고 아우에게 떡상을 내놓는다. 그때에 어디선가 쥐가 한 마리 뛰어나온다. 둘이서는 쥐를 잡노라고 돌아간다. 한참 성화시키던 쥐는 어느 구석에 숨어 버린다. 그들은 쥐를 찾느라고 두룩거린다. 그럴 때에 그가 집에 들어선 것이다.

"상년, 좀 있으믄 안 들어오리……."

그는 억지로 마음먹고 그 자리에 드러누웠다. 그러나 그의 아내는 밤이 가고 날이 밝기는커녕 해가 중천에 올라도 돌아오지를 않았다. 그는 차차 걱정이 나서 찾아보러 나섰다.

아우의 집에도 없었다. 동리를 모두 찾아보아도 본 사람도 없다 한다.

그리하여 낮쯤 한 삼십 리 내려간 바닷가에서 겨우 아내를 찾기는 찾았지만, 그 아내는 이전 같은 생기로 찬 산 아내가 아니요, 몸은 물에 불어서 곱이나 크게 되고, 이전에 늘 웃음을 흘리던 예쁜 입에는 거품을 잔뜩 문 죽은 아내였다.

그는 아내를 업고 집으로 돌아오기까지 정신이 없었다.

이튿날 간단하게 장사를 하였다. 뒤에 따라오는 아우의 얼굴에는,

'형님, 이게 웬일이오니까.'

하는 듯한 원망이 있었다.

장사를 지낸 이튿날부터 아우는 그 조그만 마을에서 없어졌다. 하루 이틀은 심상히 지냈지만, 닷새가 지나도 아우는 돌아오지 않았다. 그래서 알아보니까, 꼭 그의 아우같이 생긴 사람이 5~6일 전에 멧산자 보따리를 하여 진 뒤에 시뻘건 저녁 해를 등으로 받고 더벅더벅 동쪽으로 가더라 한다. 그리하여 열흘이 지나고, 스무 날이 지났지만, 한 번 떠난 그의 아우는 돌아올 길이 없고, 혼자 남은 아우의 아내는 매일 한숨으로 세월을 보내게 되었다.

그도 이것을 잠자코 보고 있을 수가 없었다. 그 불행의 모든 죄는 그에게 있었다.

그도 마침내 뱃사람이 되어, 적으나마 아내를 삼킨 바다와 늘 접근하여 가는 곳마다 아우의 소식을 알아보려고 어떤 배를 얻어 타고 물길을 나섰다.

그는 가는 곳마다 아우의 이름과 모습을 물었으나 아우의 소식은 알 수가 없었다.

이리하여 꿈결같이 십 년을 지나서 9년 전 가을, 탁탁히 낀 안

개를 깨며 연안(延安) 바다를 지나가던 그의 배는 몹시 부는 바람으로 말미암아 파선을 하여 벗 몇 사람은 죽고 그는 정신을 잃고 물 위에 떠돌고 있었다.

그가 겨우 정신을 차린 때는 밤이었다. 그리고 어느덧 그는 물 위에 올라와 있었고, 그를 말리느라고 새빨갛게 피워 놓은 불빛으로 자기를 간호하는 아우를 보았다.

그는 이상히도 놀라지도 않고, 천연하게 물었다.

"너, 어딯게(어떻게) 여기 완?"

아우는 잠자코 한참 있다가 겨우 대답하였다.

"형님, 거저 다 운명이외다."

따뜻한 불기운에 깜박 잠이 들려다가 그는 화다닥 깨면서 또 말했다.

"십 년 동안에 되게 파리했구나."

"형님, 나두 변했거니와 형님도 몹시 늙으셨쉐다."

이 말을 꿈결같이 들으면서 그는 또 혼혼히 잠이 들었다. 그리하여 두어 시간, 꿀보다도 단잠을 잔 뒤에 깨어 보니 아까 빨간 불은 피어 있지만 아우는 형의 얼굴을 물끄러미 들여다보고 있다가 새빨간 불빛을 등으로 받으면서, 더벅더벅 아무 말 없이 어두운 가운데로 사라졌다 한다.

이튿날 아무리 알아보아야 그의 아우는 종적이 없어지고 알 수 없으므로, 그는 하릴없이 다른 배를 얻어 타고 또 물길을 떠났다. 그리하여 그의 배가 해주에 이르렀을 때 그는 해수욕장에 들어가서 무엇을 사려다 저편 맞은편 가게에 얼핏 그의 아우 같은 사람이 있으므로 뛰어가서 보니 그는 벌써 없어졌다. 배가 해주에는 오래 머물지 않으므로 그는 마음은 해주에 남겨 두고, 또다시 바닷길을 떠났다.

그 뒤에 3년을 이리저리 돌아다녔어도 아우는 다시 볼 수가 없었다.

그리하여 3년을 지나서 지금부터 6년 전에, 그의 탄 배가 강화도를 지날 때에, 바다를 향한 가파로운 뫼켠에서 바다를 향하여 날아오는 '배따라기'를 들었다. 그것은 어떤 구절과 곡조는 그의 아우 특색으로 변경된 그의 아우가 아니면 부를 사람이 없는 '배따라기'이다.

배가 강화도에 머무르지 않아서 그저 지나갔으나 인천서 열흘쯤 머무르게 되었으므로, 그는 곧 내려서 강화도로 건너가 보았다. 거기서 이리저리 찾아다니다가, 어떤 조그만 객주집에서 물어보니, 이름도 그의 아우요, 생긴 모습도 그의 아우인 사람이 묵어 있기는 하였으나, 사나흘 전에 도로 인천으로 갔다 한다. 그는 돌아서서 인천으로 건너서 찾아보았지만 그 조그만 인천에서도 그의 아우를 찾을 바가 없었다.

그 뒤에 눈 오고 비 오며 6년이 지났지만, 그는 다시 아우를 만나 보지 못하고 아우의 생사까지도 알 수 없었다.

말을 끝낸 그의 눈에는 저녁 해에 반사하여 몇 방울의 눈물이 반짝인다. 나는 한참 있다가 겨우 물었다.

"노형 계수는?"

"모르디오. 이십 년을 영유는 안 가 봤으니까요."

"노형은 이제 어디루 갈 테요?"

"것두 모르디요. 정처가 있나요? 바람 부는 대로 몰려댕기디요."

그는 다시 한 번 나를 위하여 배따라기를 불렀다. 아아, 그 속에 잠겨 있는 삭이지 못할 뉘우침, 바다에 대한 애처로운 그리움.

노래를 끝낸 다음에 그는 일어서서 시뻘건 저녁 해를 잔뜩 등으로 받고, 을밀대를 향하여 더벅더벅 걸어갔다. 나는 그를 말릴 힘이 없어서 멀거니 그의 등만 바라보고 앉아 있었다.

그날 밤, 집에 돌아와서도 그 배따라기와 그의 숙명적 경험담이 귀에 쟁쟁히 울리어서 잠을 못 이루고 이튿날 아침 깨어서 조반도 안 먹고 기자묘로 뛰어가서 또다시 그를 찾아보았다. 그가 어제 깔고 앉았던 풀은 모두 한편으로 누워서 그가 다녀감을 기념하되 그는 그 근처에 보이지 않았다. 그러나 ― 그러나 배따라기는 어디선가 쟁쟁히 울리어서 모든 소나무들을 떨리지 않고는 안 두겠다는 듯이 날아온다.

"모란봉(牡丹峰)이다. 모란봉에 있다."

하고 나는 한숨에 모란봉으로 뛰어갔다. 모란봉에는 사람이 하나도 없다.

부벽루(浮碧樓)에도 없다.

"을밀대(乙密臺)다."

하고 나는 다시 을밀대로 갔다. 을밀대에서 부벽루를 연한, 지옥까지 연한 듯한 골짜기에 물 한 방울도 안 새리라, 빽빽이 난 소나무의 그 모든 잎잎은 떨리는 배따라기를 부르고 있지만 그는 여기도 있지 않다. 기자묘의 하늘을 향하여 퍼져 나간 그 모든 소나무의 천만의 잎잎도, 그 아래쪽 퍼진 천만의 풀들도 모두 그 배따라기를 슬프게 부르고 있지만, 그는 이 조그만 모란봉 일대에서 찾을 수가 없었다.

강가에 나가서 알아보니 그의 배는 오늘 새벽에 떠났다 한다.

그 뒤에 여름과 가을이 가고 1년이 지나서 다시 봄이 이르렀으되, 잠깐 평양을 다녀간 그는 숙명적 경험담과 슬픈 배따라기를 남겨 두었을 뿐, 다시 조그만 모란봉에 나타나지 않았다.

모란봉과 기자묘에 다시 봄이 이르러서, 작년에 그가 깔고 앉았던 부러졌던 풀들도 다 곧게 대가 나서 자줏빛 꽃이 피려 하지만, 끝없는 뉘우침을 다만 한낱 '배따라기'로 하소연하는 그는 이 조그만 모란봉과 기자묘에서 다시 볼 수가 없었다. 다만 그가 남기고 간 '배따라기'만 추억하는 듯이 모든 잎잎이 속삭이고 있을 따름이다.

나도향 <물레방아>

나도향(羅稻香 1902~1926)

나도향의 본명은 경손(慶孫)이고, 도향(稻香)은 호이다.

그는 1902년 3월 30일 서울에서 태어났고, 1914년 기독교청년회관 안에 있던 공옥보통학교를 거쳐 1919년 배재고보(培材高普)를 졸업하고 경성의전(京城醫專)에 입학했다가 일본으로 밀항했으나 학비를 마련할 길이 없어 귀국하였다.

1921년 《계명》에서 편집 일을 했고, 1922년 홍사용·현진건·이상화·박영희 등과 함께 《백조》 동인으로 참여했다. 1922년 《백조》 창간호에 〈젊은이의 시절〉로 문단에 나온다. 그 뒤 1923년에 〈17원 50전〉, 〈행랑자식〉을 《개벽》에, 〈여이발사〉를 《백조》에 발표하면서 냉정하고 객관적인 자세를 보여 주었고, 1925년에 객관적인 사실주의 경향을 보여 준 작품 〈물레방아〉, 〈뽕〉, 〈벙어리 삼룡이〉를 발표했다.

1925년 말경 공부하러 일본으로 건너갔으나 뜻대로 되지 않아 1926년 귀국했다. 그해 8월 26일 급성 폐렴으로 24세의 나이로 요절했다.

물레방아

나도향

물레방아

〈물레방아〉는 1925년 《조선문단》에 소개된 작품으로 아내를 주인에게 빼앗긴 종의 비애를 그린 단편 소설이다. 애정과 죽음, 지배자와 피지배자 간의 갈등을 내용으로 하여 농촌에서 떠도는 머슴의 삶을 사실적으로 묘사하였고, 동시에 그의 애정과 꿈을 낭만적으로 표현하였다. 이 작품은 신분 문제, 성적 문제, 가난 문제 등이 상승적으로 작용하는 나도향 후기 작품의 특징을 보여 주고 있다. 특히 성 충동을 삶의 중요한 국면으로 이해한 것은 나도향 문학이 성숙하였음을 입증한다. 이 작품이 계급의식과 본능 문제를 다루면서도 추악하게 느껴지지 않는 것은 물레방아가 인생의 덧없음을 표상하는 동시에 성 충동을 암시하는 문학적 상징을 활용했기 때문이다.

이방원은 지주인 신치규의 막실살이를 하며 그날그날 살아가는 처지이지만 스물두 살의 예쁜 아내를 사랑한다. 그러나 방원의 처는 '이기적인 동시에 창부형' 으로, 전 남편을 두고 방원과 눈이 맞아 도망쳐 나올 만큼 윤리 의식과는 거리가 멀다. 그녀는 신치규와 눈이 맞아 다시 방원을 버리려 하다가 결국 방원의 손에 의해 죽는다.

이 작품은 가난보다 성적 본능과 탐욕스런 욕망이 뒤얽힌 치정 문제에 더 큰 비중을 두었다고 할 수 있다. 방원의 분노가 개인적인 원한에서 비롯된다는 점, 방원의 처가 전혀 도덕적으로 갈등하는 모습을 보이지 않는다는 점, 결말에서 보는 것처럼 감옥에서 나온 방원이 계집을 찾아 결국 죽이고 만다는 점 등이 그런 모습을 단적으로 보여 준다.

결국 이 소설은 경제적인 빈궁의 문제에 따르는 계급적인 갈등과 함께 인간의 본능에 관한 사실적 묘사가 두드러지게 표현되었다.

이방원은 마을에서 가장 세력 있고 부자인 신치규의 집에서 아내와 함께 막실살이를 하며 연명한다. 아내는 스물두 살로 본디 행실이 좋지 못한 여자다.

달이 유난히 밝은 가을밤, 물레방앗간 옆에 어떤 남녀가 서서 수작을 한다. 늙은 남자(신치규)는 달래는 듯한 말로 젊은 여자(방원의 아내)를 꾀고 있다.

둘은 방원을 쫓아낼 약속을 하고 물레방앗간에서 부정을 저지른다. 사흘이 지난 뒤 방원은 신치규로부터 돌연 자기 집에서 나가 달란 말을 듣는다. 애걸해 봐도 소용이 없자 방원은 아내에게 안주인마님께 사정 얘기를 해 보라고 하지만, 아내는 오히려 앞으로 자기를 어떻게 먹여 살릴 것이냐며 앙탈이다. 그날 밤, 방원은 술이 얼큰하여 돌아왔으나 아내는 없고, 옆집 아주머니로부터 아내가 단장을 하고 물레방아께로 가더라는 소리를 듣는다. 그가 방앗간으로 돌아들자 신치규와 아내가 나오는 것이 보인다. 한동안 주저하던 방원은 끝내 신치규의 멱살을 잡고 넘어뜨린 후, 목을 누른다. 방원은 순경의 구두 소리를 듣자 비로소 자기가 무슨 짓을 저질렀는지 깨닫고는 미친 듯이 일어나 옆에 있는 계집에게 도망치자고 끈다. 그러나 방원은 순경의 포승에 묶인 채 끌려가고 만다. 상해죄로 석 달 동안 감옥에서 복역한 방원은 출옥했으나, 신치규는 아무 일 없이 방원의 계집을 데리고 살고 있다.

그는 신치규와 아내를 죽이려고 신치규의 집에 몰래 들어가지만 정든 아내의 목소리를 듣자 마음이 흔들려 아내를 물레방앗간으로 데리고 가서 함께 도망치자고 위협한다. 하지만 그녀 에게 거절당하자 결국 계집을 찌르고 자신도 자결한다.

갈래: 순수소설

시점: 전지적 작가 시점

배경: 1920년대 일제 강점기 농촌 물레방앗간

주제: 물질적 탐욕과 도덕적 인간성의 타락

출전: 조선 문단

 물레방아

덜컹덜컹 홈통에 들었다가 다시 쏟아져 흐르는 물이 육중한 물레방아를 번쩍 쳐들었다가 쿵 하고 확 속으로 내던질 제, 머슴들의 콧소리는 허연 것가루가 켜켜이 앉은 방앗간 속에서 청승스럽게 들려 나온다.

쏼쏼쏼, 구슬이 되었다가 은가루가 되고 댓줄기같이 뻗치었다가 다시 쾅쾅 쏟아져 청룡이 되고 백룡이 되어 용솟음쳐 흐르는 물이 저쪽 산모퉁이를 십 리나 두고 돌아, 다시 이쪽 들 복판을 5리쯤 꿰뚫은 뒤에, 이방원(李芳源)이가 사는 동네 앞 기슭을 스쳐 지나가는데 그 위에 물레방아 하나가 놓여 있다.

물레방아에서 들여다보면 동북간으로 큼직한 마을이 있으니, 이 마을에서 가장 부자요, 가장 세력이 있는 사람은 그 이름을 신치규(申治圭)라고 부른다. 이방원이라는 사람은 그 집의 막실(幕室)살이를 하여 가며 그의 땅을 경작하여 자기 아내와 두 사람이 그날그날을 지내 간다.

어떤 가을밤 유난히 밝은 달이 고요한 이 촌을 한적하게 비칠 때, 그 물레방앗간 옆에 어떤 여자 하나와 어떤 남자 하나가 서서

이야기를 하는 소리가 들리었다.

그 여자는 방원의 아내로 지금 나이가 스물두 살, 한창 정열에 타는 가슴으로 가장 행복스러울 나이의 젊은 여자요, 그 남자는 오십이 반이 넘어 인생으로 살아올 길을 다 살고서 거의거의 쇠멸의 구렁텅이를 향해 가는 늙은이다.

그의 말소리는 마치 그 여자를 달래는 것같이,

"얘, 내 말이 조금도 그를 것이 없지? 쇤네 할멈에게서도 자세한 말을 들었을 테지만 너 생각해 보아라. 네가 허락만 하면 무엇이든지 네가 하고 싶다는 것을 내가 전부 해 줄 테란 말이야. 그까짓 방원이 녀석하고 네가 몇백 년 살아야, 언제든지 막실 구석을 면하지 못할 테니…… 허허, 사람이란 젊어서 호강해 보지 못하면 평생 한 번 해 보지 못하고 죽을 것이 아니냐. 내가 말하는 것이 조금도 잘못한 것이 없느니라! 대강 네 말을 쇤네 할멈에게서 들기는 들었으나 그래도 네게 한 번 바로 대고 듣는 것만 못해서 이리로 만나자고 한 것이다. 네 마음은 어떠냐? 어디, 허허, 내 앞 이라고 조금도 어떻게 알지 말고 이야기해 봐, 응?”

이 늙은이는 두말할 것 없이 신치규다. 그는 탐욕스러운 눈으로 방원의 계집을 들여다보며 한 손으로 등을 두드린다.

새침한 얼굴이 파르족족하고 길다란 눈썹과 검푸른 두 눈 가장 자리에 예쁜 입, 뽀로통한 뺨이며 콧날이 오똑한 데다가 후리후리 한 키에 떡 벌어진 엉덩이가 아무리 보더라도 무섭게 이지적(理智 的)인 동시에 또는 창부형(娼婦型)으로 생긴 것이다.

계집은 아무 말이 없이 서서 짐짓 부끄러운 태를 지으며 매혹적 인 웃음을 생긋 웃고는 고개를 돌렸다. 그 웃음이 얼마나 짐승 같 은 신치규의 만족을 사게 되었으며, 또는 마음을 충동시켰는지 희 끗희끗한 수염이 거의 계집의 뺨에 닿도록 더 가까이 와서,

“응? 왜 대답이 없니? 부끄러워서 그러니? 그렇게 부끄러워할 일은 아닌데.”

하고 계집의 손을 잡으며,

“손도 이렇게 예쁜 줄은 이제까지 몰랐구나. 참 분결 같다. 이 렇게 얌전히 생긴 애가 방원 같은 천한 놈의 계집이 되어 일평생 을 그대로 썩는다는 것은 너무 가엾고 아깝지 않느냐? 얘.”

계집은 몸을 돌리려고 하지도 않고 영감이 하는 대로 내버려 두 며 눈으로 땅만 내려다보고 섰다가 가까스로 입을 떼는 듯하더니,

“제 말이야 모두 쇤네 할멈이 여쭈었지요. 저에게는 너무 분수 에 과한 말씀이니까요.”

“온, 천만에 소리를 다 하는구나. 그게 무슨 소리냐? 너도 아다

시피 내가 너를 장난삼아 그러는 것도 아니겠고, 후사(後嗣)가 없어 그러는 것이니까 네가 내 아들이나 하나 낳아 주렴. 그러면 내 것이 모두 네 것이 되지 않겠니? 자아, 그러지 말고 오늘 허락을 하렴. 그러면 내일이라도 방원이란 놈을 내쫓고 너를 불러들일 테니.”

“어떻게 내쫓을 수가 있에요?”

“허어, 그게 그리 어려울 게 뭐 있니. 내가 나가라는데 제가 안 나가고 배길 줄 아니?”

“그렇지만 너무 과하지 않을까요?”

“무엇? 그런 생각을 하니까 네가 이 모양으로 이때까지 있었지. 어떻단 말이냐? 그런 것은 조금도 염려하지 말구. 자아, 또 네 서방에게 들킬라, 어서 들어가자.”

“먼저 들어가세요.”

“왜?”

“남이 보면 수상히 알 게요.”

“뭘, 나하고 가는데 수상히 알 게 뭐야…… 어서 가자.”

계집은 천천히 두어 걸음 따라가다가,

“영감!”

하고 머츰하고 서있다.

“왜 그러니?”

계집은 다시 말없이 서 있다가,

“아니에요.”

하고,

“먼저 들어가세요.”

하며 돌아선다. 영감이 간이 달아서 계집의 손을 잡으며,

"가자, 집으로 들어가자."

그의 가슴은 두근거리는지 숨소리가 잦아진다. 계집은 손을 빼려고 하며,

"점잖으신 어른이 이게 무슨 짓이에요."

하면서도 그 몸짓에는 모든 것을 허락한다는 뜻이 보였다. 영감은 계집의 몸을 끌어안더니 방앗간 뒤로 돌아 들어섰다. 계집은 영감 가슴에 안겨 정욕이 가득 찬 눈으로 그를 보면서,

"영감."

말 한마디 하고 침 한 번 삼키었다.

"영감이 거짓말은 안 하시지요?"

"아니."

그의 말은 떨리었다. 계집은 영감의 팔을 한 손으로 잡고 또 한 손으로는 방앗간 속을 가리켰다.

"저리로 들어가세요."

영감과 계집은 방앗간에서 이십~삼십 분 후에 다시 나왔다.

2

사흘이 지난 뒤에 신치규는 방원이를 자기 집 사랑 마당 앞으로 불렀다.

"얘."

방원은 상전이라 고개
를 숙이고,

“예.”

공손하게 대답을 하였다.

“네가 그간 내 집에서 정성스럽게 일을 한 것은 고마운 일이지마는…….”

점잔과 주짜를 빼면서 신치규는 말을 꺼내었다. 방원의 가슴은 이 ‘마는’ 이라는 말 뒤에 이어질 말을 미리 깨달은 듯이 온몸의 피가 가슴으로 모여드는 듯하더니 다시 터럭이라는 터럭은 전부 거꾸로 일어서는 듯하였다.

“오늘부터는 우리 집에 사정이 있어 그러니, 내 집에 있지 말고 다른 곳에 좋은 곳을 찾아가 보아라.”

아무 조건이 없다. 또한 이곳에서도 할 말이 없다. 죽으라고 하면 죽는 시늉이라도 해야 하는 것이다. 주인은 돈 가지고 사람을 사고팔 수도 있는 것이다.

방원은 가슴이 답답하였다. 자기 혼자몸 같으면 어디 가서 어떻게 빌어먹더라도 살 수가 있지마는 사랑하는 아내를 구해 갈 길이 막연하다. 그는 고개를 굽히고 허리를 굽히고 나중에는 마음을 굽히어 사정도 하여 보고 애걸도 하여 보았다. 그러나 그것은 헛된 일이다. 주인의 마음은 쇠나 돌보다도 더 굳었다.

그는 하는 수 없이 자기 아내에게 그 이야기를 하였다. 그리고 아내더러 안주인 마님께 사정을 좀 하여 얼마간이라도 더 있게 해 달라고 하여 보라고 하였다. 그러나 아내는 방원의 말을 들을 리가 없었다. 도리어,

“그러면 어떻게 한단 말이오. 이제부터 나를 어떻게 먹여 살릴

테요?”

“너는 그렇게 먹고살 수가 없을까 봐 겁이 나니?”

“겁이 나지 않고. 생각을 해 보구려. 인제는 꼼짝할 수 없이 죽지 않았소?”

“죽어?”

“그럼 임자가 나를 데리고 이곳까지 올 때에 무엇이라고 하였소. 어떻게 해서든지 너 하나야 먹여 살리지 못하겠느냐고 하셨지요?”

“그래.”

“그래 얼마나 나를 잘 먹여 살리고 나를 호강시켰소? 이때까지 이태나 되도록 끌구 돌아다닌다는 것이 남의 집 행랑이었지요.”

“애, 그것을 네가 모르고 하는 말이냐? 내가 하려고 하지 않아서 그렇게 된 것이냐? 차차 살아가는 동안에 무슨 일이든지 생기겠지. 설마 요대로 늙어 죽기야 하겠니?”

“듣기 싫소! 뿔 떨어지면 구워 먹지, 어느 천년에.”

방원이는 가뜩이나 내쫓기고 화가 나는데 계집까지 그리하니까 속에서 열화가 치밀어 올라왔다.

“이 육시를 하고도 남을 년! 남의 마음을 글컹거리니?”

“왜 사람에게 욕을 해!”

“이년아, 욕 좀 하면 어떠냐?”

“왜 욕을 해!”

계집이 얼굴이 노래지며 대든다.

“이년이 발악인가?”

“누가 발악이야. 계집년 하나 건사 못하는 위인이 계집보고 욕만 하고, 한 게 뭐야? 그래 은가락지 은비녀나 한 벌 사 주어 보았어? 내가 임자 하자고 하는 대로 하지 않은 것은 없지!”

“이 년아, 은가락지 은비녀가 그렇게 갖고 싶으냐? 더러운 년아.”

“무엇이 더러워? 너는 얼마나 정한 놈이냐!”

계집의 입 속에서는 ‘놈’ 소리가 나오기 시작한다.

“이년 보게! 누구더러 놈이래.”

하고 손길이 계집의 낭자를 후려잡더니 그대로 집어 들고 주먹으로 등줄기를 후렸다.

“이 주릿대를 안길 년!”

발길이 엉덩이를 두어 번 지르니까 계집은 그대로 거꾸러졌다가 다시 일어났다. 풀어헤뜨린 머리가 치렁치렁 끌리고 씰룩한 눈에는 독기가 섞이었다.

“왜 사람을 치니? 이놈! 죽여라, 죽여. 어디 죽여 보아라. 이놈, 나 죽고 너 죽자!”

하고 달려드는 계집을 후려쳐서 거꾸러뜨리고서,

“이년아, 죽으려고 기를 쓰나!”

방원이가 계집을 치는 것은 그것이 주먹을 가지고 하는 일종의 농담이다. 그는 주먹이나 발길이 계집의 몸에 닿을 때 거기에 얻어맞는 계집의 살이 아픈 것보다 더 찌르르하게 가슴 복판을 찌르는 아픔을 방원은 깨닫는 것이다. 홧김에 계집을 치는 것이 실상은 자기의 마음을 자기의 이빨로 물어뜯는 것이나 다름이 없는 것이다. 때리는 그에게는 몹시 애처로움이 있고 불쌍함이 있는 것이다. 그러나 자기의 화풀이를 받아 주는 사람은 아직까지도 계집밖

에는 없었다. 제일 만만하다는 것보다도 가장 마음 놓고 화풀이할
수 있음이다. 싸움한 뒤, 하루가 못 되어 두 사람이 베개를 나란히
하고 서로 꼭 끼고 잘 때에는 그렇게 고맙고 그렇게 감격이 일어
나는 위안이 또다시 없음이다. 계집을 치고 화풀이를 하고 난 뒤
에 다시 가슴을 에는 듯한 후회와 더 뜨거운 포옹으로 위로를 받
을 그때에는 두 사람 아니라 방원에게는 그만큼 힘있고 뜨거운 믿
음이 또다시 없는 까닭이다.

계집은 일부러 소리를 높여서 꺼이꺼이 운다.

온 마을 사람들이 거의 귀를 기울였으나,

"응, 또 사랑싸움을 하는군!"

하고 도리어 그 싸움을 부러워하였다. 옆집 젊은 것이 와서 싱
글싱글 웃으며 들여다보며,

"인제 고만두라구."

하며 말리는 시늉을 한다. 동네 아이들만 마당 앞에 죽 늘어서
서 눈들이 뚱그래서 구경을 한다.

3

그날 저녁에 방원이는 술이 얼근하여 들어
왔다. 아까 계집을 차던 마음은 어느덧 풀
어지고 술로 흥분된 마음에 그는 계집의
품이 몹시 그리워져서 자기 아내에게 사
과를 할 마음까지 생기었다. 본시 사람이
좋고 마음이 약하고 다정한 그는 무식하게

자라난 까닭에 무지한 짓을 하기는 하나, 그것은 결코 그의 성격을 말하는 무지함이 아니다.

그는 비척거리면서 집으로 향하는 길에 거슴츠레하게 풀린 눈을 스르르 내리감고 혼잣소리로,

"빌어먹을 놈! 나가라면 나가지 무서운가? 제집 아니면 살 곳이 없는 줄 아는 게로군! 흥, 되지 않게 다 무엇이냐? 돈만 있으면 제일이냐? 이놈, 네가 그러다가는 이 주먹맛을 언제든지 볼라. 그대로 곱게 뒈질 줄 아니?"

하고 개천 하나를 건너뛴 후에,

"돈! 돈이 무엇이냐?"

한참 생각하다가,

"에후."

한숨을 쉬고 나서,

"돈이 사람을 죽이는구나! 돈! 돈! 흥, 사람 나고 돈 났지 돈 나고 사람 났니?"

또 징검다리를 비척비척하고 건넌 뒤에,

"고 배라먹을 년이 왜 고렇게 포달을 부려서 장부의 마음을 긁어 놓아!"

그의 목소리에는 말할 수 없이 다정한 맛이 있었다. 그는 자기 계집을 생각하면 모든 불편이 스러지는 듯이, 숙였던 고개를 쳐들어 하늘을 보면서,

"허어, 저도 고생은 고생이지."

하고 다시 고개를 숙인 후,

"내가 너무해, 너무 그럴 게 아닌데."

그는 자기 집에 와서 문고리를 붙잡고 흔들면서,

"애! 자니! 자?"

그러나 대답이 없고 캄캄하다.

"이년이 어디를 갔어!"

그는 문짝을 깨어져라 하고 닫은 후에 다시 길거리로 나와 그 옆집으로 가서,

"여보, 아주머니! 우리 집 색시 어디 갔는지 보았소?"

밥을 먹던 옆엣집 내외는,

“어디서 또 취했소그려! 애 어머니가 아까 머리 단장을 하더니
저 방아께로 갑디다.”

“방아께로?”

“네.”

“빌어먹을 년! 방아께로는 뭘 먹으러 갔누!”

다시 혼자 방아를 향하여 가면서 혼자 중얼거린다.

그는 방앗간을 막 뒤로 돌아서자 신치규와 자기 아내가 방앗간
에서 나오는 것을 보았다.

“아!”

그는 너무 뜻밖의 일이므로 아무 말도 하지 못하고 그대로 한참
이나 멀거니 서서 보기만 하였다.

그의 눈에서는 쌍심지가 거꾸로 섰다. 열이 올라와서 마치 주홍
을 칠한 듯이 그의 눈은 붉어지고 번개 같은 광채가 번뜩거리었
다.

그는 한참이나 사지를 떨었다. 두 이가 서로 마주쳐서 달그락달
그락하여졌다. 그의 주먹은 부서질 것같이 단단히 쥐어졌다.

계집과 신치규는 방원이 와 선 것을 보고서 처음에는 조금 간담
이 서늘하여졌으나 다시 태연하게 내려앉았다. 일이 이렇게 되었
으매 할 대로 하라는 뜻이다.

방원은 달려들어서 계집의 팔목을 잡았다. 그리고 이를 악물고
부르르 떨었다.

“나는 네가 이럴 줄은 몰랐다.”

계집은,

“뭘 이럴 줄을 몰라?”

하며 파란 눈을 흘겨보더니,

"나중에는 별꼴을 다 보겠네. 으레 그럴 줄을 인제 알았나? 놔요! 왜 남의 팔을 잡고 요 모양이야. 오늘부터는 나를 당신이 그리함부로 하지는 못해요! 더러운 녀석 같으니! 계집이 싫다고 그러면 국으로 물러갈 일이지, 이게 무슨 사내답지 못한 일이야! 놔요!"

팔을 뿌리쳤으나 분노가 전신에 가득 찬 그는 그렇게 쉽게 손을 놓지 않았다.

"애! 네가 이것이 정말이냐?"

"정말이 아니구, 비싼 밥 먹고 거짓말할까."

"네가 참으로 환장을 했구나!"

"아니, 누구더러 환장을 했대? 온, 기가 막혀 죽겠지! 놔요! 놔! 왜 추근추근하게 이 모양이야? 놔."

하고서 힘껏 뿌리치는 바람에 계집의 손이 쑥 빠지었다. 계집은 손목을 주무르면서 암상맞게 돌아섰다.

이때까지 이 꼴을 멀찍이 서서 보고 있던 신치규는 두어 발자국 나서더니 기침 한 번을 서투르게 하고서,

"애! 네가 술이 취했으면 일찍 들어가 자든지 할 것이지 웬 짓이냐? 네 눈깔에는 아무것도 보이는 것이 없단 말이냐? 너희 연놈이 싸우는 것은 너희 연놈이 어디든지 가서 할 일이지 여기 누가 있는지 없는지 눈깔에 보이는 것이 없어?"

"엣, 괘씸한 놈!"

눈깔을 부라리었다. 방원은 한참이나 쳐다볼 뿐 말이 없었다.

생각대로 하면 한 주먹에 때려눕힐 것이지마는, 그러나 그의 머리 속에는 아까까지의 상전이라는 관념이 남아 있었다.

번갯불같이 그 관념이 그의 입과 팔을 얽어 놓았다. 어려서부터 오늘날까지 남을 섬겨 보기만 한 그의 마음은 상전이라면 모두 두려워하는 성질이 깊이깊이 뿌리를 박아 놓았다. 그러나 오늘부터는 신치규가 자기의 상전이 아니요, 자기가 신치규의 종도 아니다. 다만 똑같은 사람으로 서로 마주섰을 뿐이다. 아니다, 지금부터는 신치규도 방원의 원수였다. 그의 간을 씹어 먹어도 오히려 나머지 한이 있는 원수다.

신치규는 똑바로 쳐다보는 방원을 마주 쳐다보며,

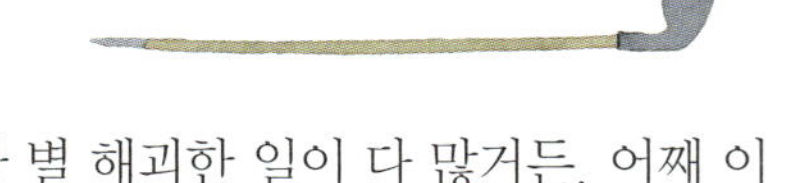

"똑바로 쳐다보면 어쩔 테냐? 온, 세상이 망하려니까 별 해괴한 일이 다 많거든. 어째 이놈아!"

"이 놈아?"

방원은 한 걸음 들어섰다. 나무같이 힘센 다리가 성큼 하고 나설 때 신치규는 머리끝이 으쓱하였다. 쇠몽둥이 같은 두 주먹이 쑥 앞으로 닥칠 때 그의 가슴은 덜컥 내려앉았다.

"네 입에서 이 놈이라는 소리가 나오니? 이 사지를 찢어발겨도 오히려 시원치 못할 놈아! 네가 내 계집을 빼앗으려고 오늘 날더러 나가라고 그랬지?"

"어허, 이거 그놈이 눈깔이 삐었군. 얘, 나는 먼저 들어가겠다. 너는 네 서방하구 나중 들어오너라."

신치규는 형세가 위험하니까 슬금슬금 꽁무니를 빼려고 돌아서

서 들어가려 했다. 방원은 돌아서는 신치규의 멱살을 잔뜩 쥐어 한 팔로 바싹 쳐켜들고,

"이놈 어디를 가? 네가 이때까지 맛을 몰랐구나!"

하며 한 번 집어쳐 땅바닥에다가 태질을 한 뒤에 그대로 타고 앉아서 목줄띠를 누르니까, 마치 뱀이 개구리 잡아먹을 적 모양으로 깩깩 소리가 나며 말 한마디 못 한다.

"이놈, 너 죽고 나 죽으면 고만 아니냐."

하고 방원은 주먹으로 사정없이 닥치는 대로 들이팬다. 나중에는 주먹이 부족하여 옆에 있는 모루 돌멩이를 집어서 죽어라 하고 내리친다. 그의 팔, 그의 몸에 끓어오르는 분노가 극도에 달하자 사람의 가슴속에 본능적으로 숨어 있는 잔인성이 조금도 남지 않고 그대로 나타났다. 그의 눈은 마치 펄떡펄떡 뛰는 미끼를 가로 채고 앉은 승냥이나 이리와 같이, 뜨거운 피를 보고야 만족한다는 듯이 무섭게 번쩍거렸다. 그에게는 초자연의 무서운 힘이 그의 팔 과 다리에 올라왔다.

이 꼴을 보는 계집은 무서웠다. 끔찍끔찍한 일이 목전에 생길 것이다. 그의 맥이 풀린 다리는 마음대로 놓여지지 않았다.

"야! 사람 살류! 사람 살류!"

적적한 밤중 쓸쓸한 마을에는 처참한 여자 목소리가 으스스하 게 울리었다. 이 소리를 들은 방원은 더욱 힘을 주어서 눈을 딱 감 고 죽어라 내리 짓찧었다. 뼈가 돌에 맞은 소리가 살이 얼크러지 는 소리와 함께 퍽퍽 하였다. 피 묻은 돌이 여기저기 흩어지고 갈 가리 찢긴 옷에는 살점이 묻었다.

동네 쪽에서는 수군수군하더니 구두 소리가 나며 칼 소리가 덜

거덕거리었다. 방원의 머리에는 번갯불같이 무엇이 보이었다. 그는 손에 주먹을 쥔 채 잠깐 정신을 차려 그쪽으로 귀를 기울였다.

"순검……."

그는 신치규의 배를 타고 앉아서 순검의 구두 소리를 듣자 비로소 자기가 무슨 짓을 하였는지 깨달았다.

그는 미친 사람처럼 일어났다. 그러고는 옆에 서서 벌벌 떠는 계집에게로 갔다.

"애! 가자! 도망가자! 너하고 나하고 같이 가자! 자, 어서 어서!"

계집은 자기에게 또 무슨 일이 있을까 해 겁내어 도망하려 한다. 방원은 계집을 따라가며,

"애! 애! 네가 이렇게도 나를 몰라주니? 내가 너를 어떻게 생각하는지 알지를 못하니? 자! 어서 도망가자. 어서 어서, 뒤에서 순검이 쫓아온다."

계집은 그대로 서서 종종걸음을 치며,

"싫소! 임자나 가구려! 나는 싫어요, 싫어."

"가자! 응! 가!"

그는 미친 사람처럼 계집의 팔을 붙잡고 끌었다. 그때 누구인지 그의 팔을 마치 형틀에 매다는 것같이 꽉 뒤로 끼어안는 사람이 있었다.

"이놈아! 어디를 가?"

그는 뒤를 돌아보지 않고도 그가 누구인지 알았다. 그는 온몸에 맥이 풀리어 그대로 뒤로 자빠지려 할 때, 어느덧 널빤지 같은 주먹이 그의 뺨을 사정없이 갈겼다.

"정신 차려!"

“네.”

그는 무의식적으로 고개가 숙여지고 말소리가 공손하여졌다.

땅바닥에는 신치규가 꿈지럭거리며 이리저리 뒹군다. 청승스러운 비명이 들린다. 방원은 포승 지인 채, 계집은 그대로 주재소로 끌려가고, 신치규는 머슴들이 업어 들였다.

4

석 달이 지났다. 상해죄(傷害罪)로 감옥에서 복역을 하던 방원은 만기가 되어 출옥을 하였다. 그러나 신치규는 아무 일 없이 자기 집에서 치료하고 방원의 계집을 데려다 산다. 신치규는 온몸이 나은 뒤에 홀로 생각하였다.

‘죽은 줄만 알았더니 그래도 이렇게 살아 있으니!’

하고 얼굴에 흠이 진 것을 만져 보며,

‘오히려 그놈이 그렇게 한 짓이 나에게는 다행이지, 얼굴이 아프기는 좀 하였으나! 허어.’

‘어떻게 그 놈을 떼어 버릴까 하고 그렇지 않아도 걱정을 하던 차에 잘되었지. 그놈 한 십 년 감옥에서 콩밥을 먹었으면 좋겠다.’

방원은 감옥에서 생각하기를 나가기만 하면 연놈을 죽여 버리고 제가 죽든지 요정을 내리라 하였다.

집에서 내쫓기고 계집까지 빼앗기고, 그것을 생각하면 이가 갈리고 치가 떨리었다. 그것이 모두 자기의 돈 없는 탓인 것을 생각하며 더욱 분한 생각이 났다.

"에, 더러운 년!"

그는 홍바지에 쇠사슬을 차고서 일을 할 때에도 가끔 침을 땅에다 뱉으면서 혼자 중얼거리었다.

"사람이 이러고서야 살아서 무엇 하나. 멀쩡한 놈이 계집 빼앗기고 생으로 콩밥까지 먹으니……."

그가 감옥에서 나올 때에는 감옥소를 다시 한 번 돌아보고, 내가 여기서 마지막으로 목숨을 잃어버리든지, 그렇지 않으면 내가 내 손으로 내 목을 찔러 죽든지, 무슨 요정이 날 것을 생각하고 다시 온몸에 힘을 주고 쓸쓸한 웃음을 웃었다.

그는 이백 리나 되는 길을 걸어서 계집이 사는 촌에를 왔다.

그러나 아무도 그를 아는 체하는 사람이 없었다. 전에 친하게 지내던 사람들도 그를 보고 피해 갔다.

마치 문둥병자나 마찬가지 대우를 하였다. 감옥에서 나온 뒤로부터는 더욱 세상이 차디차졌다. 자기가 상상하던 것보다도 더 무정하여졌다. 그는 하는 수 없이 밤이 될 때까지 그 근처 산속으로 돌아다녔다. 그러다가 깊은 밤에 촌으로 내려왔다. 그는 그 방앗간을 다시 지나갔다. 석 달 전 생각이 났다. 자기가 여기서 잡혀갔다는 것을 생각할 때 더욱 억울하고 분한 생각이 치밀어 올라왔다. 그는 한참이나 거기 서서 그때 일을 생각하고 몸서리를 친 후에 다시 그전 집을 찾아갔다.

날이 몹시 추워지고 눈이 쌓였다. 입은 옷은 가을에 입고 감옥에 들어갔던 그것이므로 살을 에는 듯하였으나, 그는 분한 생각과 흥분된 마음에 그것도 몰랐다.

'연놈을 모두 처치를 해 버려?'

혼자 속으로 궁리를 하다가,

'그렇지, 그까짓 것들은 살려 두어야 쓸데없는 인생들야.'

하면서 옆구리에 지른 기름한 단도를 다시 만져 보았다. 그는
감격스런 마음으로 그것을 쓰다듬었다. 그는 신치규의 집 울을 넘
어 들어갔다. 그의 발은 전에 다닐 적같이 익숙하였다. 그는 사랑
을 엿보고 다시 뒤로 돌아서 건넌방 창 밑에 와 섰다. 귀를 기울였
으나 아무 말도 들리지 않았다. 그는 손에 칼을 빼 들었다. 그러고
는 일부러 뒤 창문을 달각달각 흔들었다.

"그 뉘?"

하고 계집의 머리가 쑥 나오며 문이 열리었다. 그는 얼른 비켜
섰다. 문은 다시 닫혀지고 계집은 들어갔다.

방원의 마음은 이상하게 동요가 되었다. 예쁜 계집의 목소리가
오래간만에 귀에 들릴 때 마치 자기가 감옥에서 꿈을 꿀 적 모양
으로 요염하고도 황홀하게 그의 마음을 꾀는 것 같았다. 그는 꿈
속에서 다시 만난 것 같고 오래간만에 그를 만나 보매 모든 결심
은 얼음같이 녹는 듯하였다. 그래도 계집이 설마 나를 영영 잊어
버리랴 하고 옛날의 정리를 생각할 때 그것이 거짓말이 아니고 무
엇이냐는 생각이 났다.

아무리 자기를 감옥에까지 가게 하였다 하더라도 그는 감히 칼
을 들어 죽이려는 용기가 단번에 나지 않아서 주저하기 시작하였
다.

'아니다, 다시 한 번만 물어보자!'

그는 들었던 칼을 다시 집고 생각하였다.

'거짓말이다, 거짓말이다! 그럴 리가 없다.'

그는 반신반의하였다.

'그렇다, 한 번만 다시 물어 보고 죽이든 살리든 하자!'

그는 다시 문을 달각달각하였다. 계집은 이번에도 다시 문을 열
고 사면을 둘러보더니 헌 짚신짝을 신고 나왔다.

"뉘요?"

그가 방원이 서 있는 집 모퉁이를 돌아서려 할 제,

"내다!"

하고 입을 틀어막고 칼을 가슴에 대었다.

"떠들면 죽어!"

방원은 계집의 입을 수건으로 틀어막고 결박한 후 들쳐 업고서
번개같이 달음질쳤다.

그는 어느 결에 계집을 업어다가 물레방아 앞에 내려놓은 후 결
박을 풀었다. 그리고 한숨을 쉬었다.

"나를 모르겠니?"

캄캄한 그믐밤에 얼굴을 바짝 계집의 코앞에 들이댔다. 계집은
얼굴을 자세히 보더니,

"아!"

소리를 지르더니 뒤로 물러섰다.

"조금도 놀랄 것이 없다. 오늘 네가 내 말을 들으면 살려 줄 것
이요, 그렇지 않으면 이거야."

하고 시퍼런 칼을 들이대었다. 계집은 다시 태연하게,

"말이요? 임자의 말을 들으렬 것 같으면 벌
써 들었지요, 이때까지 있겠소? 임자도 나의
마음을 알지요? 임자와 나와 2년 전에 이곳
으로 도망해 올 적에도 전 남편이 나를 죽이
겠다고 허리를 찔러 그 흠이 있는 것을 날마다
밤에 당신이 어루만졌지요? 내가 그까짓 칼쯤을
무서워서 나 하고 싶은 것을 못 한단 말이오? 힝, 이
게 무슨 비겁한 짓이오, 사내자식이. 자! 찌르려거든 찔러 봐아,
자, 자."

계집은 두 가슴을 벌리고 대들었다. 방원은 계집의 태도가 너무
대담하므로 들었던 칼이 도리어 뒤로 움찔할 만큼 기가 막혔다.
그는 무의식중에,

"정말이냐?"

하고 한 걸음 더 가까이 나섰다.

“정말이 아니고? 내가 비록 여자이지마는 당신같이 겁쟁이는 아니라오! 이것이 도무지 무엇이오?”

계집은 그래도 두려웠던지 방원의 손에 든 칼을 뿌리쳐 땅에 떨어뜨리었다.

이 칼이 땅에 떨어지자 방원은 이때까지 용사와 같이 보이던 계집이 몹시 비겁스럽고 더러워 보이어 다시 칼을 집어 들고 덤비었다.

“에잇! 간사한 년! 어쩔 테냐? 나하고 당장에 멀리 가지 않을 테냐? 자아, 가자!”

그는 눈물 어린 눈으로 타일러 보기도 하고 간청도 하여 보았다.

“자아, 어서 옛날과 같이 나하고 멀리멀리 도망을 가자! 나는 참으로 내 칼로 너를 죽일 수는 없다!”

계집의 눈에는 독이 올라왔다. 광채가 어두운 밤에 번개같이 번쩍거리며,

“싫어요. 나는 죽으면 죽었지 가기는 싫어요. 이제 나는 고만 그렇게 구차하고 천한 생활을 다시 하기는 싫어요. 고만 물렸어요.”

“너의 입으로 정말 그런 말이 나오느냐? 너는 나를 우리 고향에 다시 돌아가지 못하게 만들어 놓고, 나의 모든 것을 다 잃어버리

게 한 후에, 또 나중에는 세상에서 지옥이라고 하는 감옥소에까지 가게 했지! 그러고도 나의 맨 마지막 원을 들어 주지 않을 테냐?”

“나는 언제든지 당신 손에 죽을 것까지도 알고 있소! 자! 오늘 죽으나 내일 죽으나 언제든지 죽기는 일반, 이렇게 된 이상 어서 죽이시오.”

“정말이냐? 정말이야?”

“정말이오!”

계집은 결심한 뜻을 나타내었다. 방원의 손은 떨리었다. 그리고 그는 눈을 감고,

“에, 여우 같은 년!”

하고 칼끝을 계집의 옆구리를 향하여 힘껏 밀었다. 계집은 이를 악물고,

“사람 죽인다!”

소리 한 번에 그 자리에 거꾸러졌다. 칼자루를 든 손이 피가 몰리는 바람에 우루루 떨리더니 피가 새어 나왔다. 방원은 그 칼을 빼어 들더니 계집 위에 거꾸러져서 가슴을 찌르고 절명하여 버렸다.

채만식 <레디메이드 인생>

채만식(蔡萬植 1902~1950)

채만식의 호는 백릉이며, 1902년 전라북도 옥구에서 태어났다.

어릴 때 서당에서 한문을 익혔으며 1914년 임피보통학교(臨陂普通學校)를 졸업하고, 1918년 경성에 있는 중앙고등보통학교에 입학한다. 재학 중에 집안 어른들의 권고로 결혼했으나 행복하지 못했다. 1922년 중앙고등보통학교를 마치고 일본 와세다 대학(早稻田大學) 부속 제1고등학원 문과에 입학하지만 이듬해 공부를 중단하고 동아일보 기자로 입사했다가 1년여 만에 그만둔다.

1924년 단편 〈세 길로〉가 《조선문단》에 추천되면서 문단에 등단한다. 그 뒤 〈산적〉을 비롯해 다수의 소설과 희곡 작품을 발표하지만 별반 주목을 끌지 못했다. 1932년 〈부촌〉, 〈농민의 회계〉, 〈화물자동차〉 등 동반자적인 경향의 작품을, 1933년 〈인형의 집을 나와서〉, 1934년 〈레디메이드 인생〉 등 풍자적인 작품을 발표하여 작가로서의 기반을 굳힌다. 1936년에는 〈명일〉과 〈쑥국새〉, 〈순공 있는 일요일〉, 〈사호일단〉 등을, 1938년에는 〈탁류〉와 〈금의 열정〉 등의 일제 강점기 세태를 풍자한 작품을 발표한다. 특히 장편 소설 〈태평천하〉와 〈탁류〉는 사회의식과 세태 풍자를 포괄적으로 보여 주고 있는 작품이다. 또한 1940년에 〈치안 속의 풍속〉, 〈냉동어〉 등의 단편 소설을 발표한 그는 1945년 고향으로 내려가 광복 후에 〈민족의 죄인〉 등을 발표하지만 1950년에 생을 마감한다.

레디메이드 인생

채만식

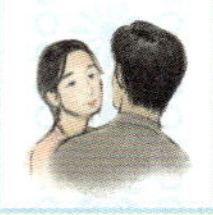

레디메이드 인생

　　이 작품은 1934년 《신동아》에 발표한 소설로 풍자법을 이용했다. 이야기는 주인공 P가 K 사장에게 취직을 부탁하는 장면으로부터 시작되는데, 일자리를 구걸하는 P의 처지와 K 사장의 무관심, 취직에 실패한 P의 절박함과 K 사장의 무반응이 대조를 이루면서 사회 현실이 서서히 드러난다. 이들 사이의 대화나 P의 심중을 통해 나타난 당대의 사회 현실은 1929년의 세계 공황을 만나 실업자가 증가해서 사람들이 생계를 유지하기 어려운 상황이다. 경제적 궁핍이 이 작품의 시대적 배경을 이루고 있는 셈이다. 주인공 P는 그 원인을 역사적 조건에서 찾으려고 한다. 개화의 적당한 시기를 놓쳐 버린 대원군의 정책이나 교육만이 개인과 국가가 살 수 있는 유일한 길이라고 외치던 개화기 이후의 자유주의 물결 같은 것이 결국은 경제적 현실을 망각하게 만든 원인이라고 진단하고 있는 것이다. 수요(需要)는 일정한데 무작정 공급되는 물량과 같은 것이다.

　　이 작품은 이러한 사회 상황에서 양산된 지식층들의 소외되고 궁핍한 경제상을 풍자와 냉소적인 어조로 제시하고 있다. 궁핍한 생활상을 자초한 P의 허위의식은 무직의 지식층 유형으로 제시되는 H와 M의 모습들과 어우러져 식민지 탄압 정책 속에서 희생된 무기력한 지식층들의 관념적 가치 의식을 보여 주고 있다. 사회주의의 실천적인 지식인이 되고자 했던 P는 찌부러진 신세가 되어 '취직'의 길로 나서지만 실패하고 만다. 이러한 P가 20전만으로 정조를 흥정하는 어린 술집 작부를 통해 구체적 현실에 대면하게 되고, 관념의 허울을 벗어던지고 어린 아들을 취직시키는 반어적 태도로 인텔리 계층의 한계를 극복하려 한다. 찾는 사람이 없는 물건, 이것이 P라는 인텔리가 처해 있는 현실이며, 바로 이런 사람들이 레디메이드 인생인 것이다.

주인공 P는 농촌의 가난한 집안 출신으로 한때 향학열에 들뜬 사람들의 열기에 힘입어 어렵사리 신식 공부를 했다. 동경 유학을 떠났다가 돌아온 P는 아내와 이혼하고 아홉 살짜리 아들은 형님에게 맡긴다. 여러 방면으로 취직을 하려던 그는 어느 날 모 신문사 K 사장에게 취직을 부탁했다가 농촌으로 가 보라는 핀잔을 듣자 부당한 말이라며 대들고는 뛰쳐나온다. 사글세 방으로 돌아온 P에게 두 가지 현실이 기다리고 있다. 하나는 주인의 집세 독촉이다. 그리고 다른 하나는 시골 형이 부친 편지다. 편지에는 아들 창선이가 학교에 다니지 못할 뿐 아니라 끼니도 이을 길이 없어 그 애처로움을 견디지 못하겠다고 적혀 있다. 그러고는 차비가 마련되면 아비인 P에게 올려 보내겠다고 쓰여 있었다. 착잡해하고 있는 P의 거처로 M과 H가 찾아온다. M은 법률을 전공해서 육법전서를 줄줄 외우고, H는 경제학을 전공한 지식 청년이다. 그러나 이들은 똑같이 무일푼인 식민지의 지식 청년들이다. 셋은 M의 법률 서적을 잡혀서 돈 6원을 손에 쥔다. 그 돈으로 셋은 술을 마시고, 그곳에서 술 취한 계집이 화대(花貸)로 20전이라도 좋다고 조르는 데서 P는 또 한 번 분노를 느낀다. 밖으로 나온 P는 정조를 빼앗기고 자살하는 여자의 모습과 20전에 정조를 팔려는 무산 계급 여인의 모습을 비교하면서, K 사장의 화려한 생활과 위선적인 행동에 분개한다. 이튿날 정오에 아들이 온다는 전보를 받고 P는 부랴부랴 돈을 변통하여 살림살이를 장만하고 인쇄소에 찾아가 아들 창선의 취직을 부탁한다. 아들에게만은 자신과 같은 인텔리 실직자를 만들지 않겠다고 다짐한 것이다. 다음 날 창선을 인쇄소에 맡기고 나오면서 P는 '레디메이드 인생이 비로소 겨우 임자를 만나 팔리었구나.' 하며 자조한다.

핵심정리

갈래: 풍자소설

시점: 전지적 작가 시점

배경: 일제 강점기 무기력한 지식인들의 암울한 경성

주제: 지식인의 무능함과 물질주의 체제에 대한 비판

출전: 신동아

레디메이드 인생

“뭐, 어디 빈자리가 있어야지.”

K 사장은 안락의자에 폭신 파묻힌 몸을 뒤로 벌떡 젖히며 하품을 하듯이 시원찮게 대답을 한다. 두 팔을 쭉 내뻗고 기지개라도 한번 쓰고 싶은 것을 겨우 참는 눈치다.

이 K 사장과 둥근 탁자를 사이에 두고 공손히 마주 앉아 얼굴에는 ‘나는 선배인 선생님을 극히 존경하고 앙모합니다.’ 하는 비굴한 미소를 띠고 있는 구변 없는 구변을 다하여 직업 동냥의 구걸 문구를 기다랗게 늘어놓던 P……. P는 그러나 취직 운동에 백전백패(百戰百敗)의 노졸(老卒)인지라 K씨의 힘 아니 드는 한마디의 거절에도 새삼스럽게 실망도 아니한다. 대답이 그렇게 나왔으니 인제 더 졸라도 별수가 없는 것이지만 헛일 삼아 한마디 더 해 보는 것이다.

“글쎄올시다. 그러시다면 지금 당장 어떻게 해 주십사고 무리하게 조를 수야 있겠습니까마는……. 그러면 이담에 결원이 있다든지 하면 그때는 꼭…….”

이렇게 말하고 P는 지금까지 외면하였던 얼굴을 돌리어 K 사장을 조심성 있게 바라보았다. 그러나 K 사장은 우선 고개를 좌

"

우로 두어 번 흔들고서는 여전히 하품 섞인 대답을 한다.

"결원이 그렇게 나나 어디……. 그리고 간혹 가다가 결원이 난 다더라도 유력한 후보자가 몇십 명씩 밀려 있어서……."

P는 아무 말도 아니 하고 고개를 숙였다. 인제는 영영 틀어진 것이다. '안녕히 계십시오.' 하고 일어서는 것밖에는 별수가 없다.

별수가 없게 되었으니 '네 그렇습니까.' 하고 선선히 일어서야 할 것이지만, 지금까지의 은근히 모시고 있던 태도에 비하여 그것 이 너무 낮간지러운 표현임을 알기 때문에 실망이나 하는 체하고 잠시 더 앉아 있는 것이다.

"거 참 큰일 났어."

K 사장은 P가 낙심해하는 것을 보고 밑천이 들지 아니하는 일 이라서 알뜰히 걱정을 나누어 준다.

"저렇게 좋은 청년들이 일거리가 없어 서 저렇게들 애를 쓰니."

P는 속으로 코방귀를 '흥' 하고 뀌었으나 아무 대답도 아니하였다.

K 사장은 P가 이미 더 조르지 아니하리라고 안심한지라 먼저 하품 섞어 '빈자리가 있어야지.' 하던 시원찮은 태도는 버리고 그 가 늘 흉중에 묻어 두었다가 청년들에게 한바탕씩 해 들려 주는 훈화를 꺼낸다.

"그렇지만 내가 늘 말하는 것인데 저렇게 취직만 하려고 애를 쓸 게 아니야, 도회지에서 월급 생활을 하려고 할 것만이 아니라 농촌으로 돌아가서……."

"농촌으로 돌아가서 무얼 합니까?"

P는 말 중동을 잘라 불쑥 반문하였다. 그는 기왕 취직 운동은 글러진 것이니 속 시원하게 시비라도 해 보고 싶은 것이다.

"허, 저게 다 모르는 소리야……. 조선은 농업국이요, 농민이 전 인구의 8할이나 되니까 조선 문제는 즉 농촌 문제라고 볼 수 있는 데, 아 지금 농촌에서 할 일이 오죽이나 많다구."

"저는 그 말씀 잘 못 알아듣겠는데요. 저희 같은 사람이 농촌에 가서 할 일이 있을 것 같잖습니다."

"그럴 리가 있나! 가령 응…… 저……."

K 사장은 끝내 대답을 하지 못한다. 그것은 무리가 아니다.

그가 구직하러 오는 지식 청년들에게 농촌으로 돌아가 농촌 사업을 하라는 것과 다음에 또 꺼내는 일거리를 만들라는 것은 결코 현실에서 출발한 이론적 근거가 있는 것이 아니었다. 그저 지식 계급의 구직꾼이 넘치는 것을 보고 막연히 '농촌으로 돌아가라.' '일을 만들어라.' 라고 해 왔을 따름이다. 따라서 거기에 대한 구체적 플랜이 있는 것도 아니었던 것이다. 한편으로는 한 행셋거리로 또 한편으로는 구직꾼 격퇴의 수단으로 자룡이 헌 창 쓰듯 썼을 뿐이지.

그리하여 그동안까지는 대개는 그 막연한 설교를 들은 성 만 성 물러가는 것이 그들의 행투였었는데, 오늘 이 P에게만은 그렇지가 아니하여 불가불 구체적 설명을 해 주어야 하게 말머리가 돌아선 것이다. 그래서 그는 떠듬떠듬 생각해 가면서 생각나는 대로 주워섬기는 것이다.

"가령 응…… 저…… 문맹 퇴치 운동도 있지. 농민의 9할은 언문도 모른단 말이야! 그리고 생활 개선 운동도 좋고…… 헌신적으로.”

“헌신적으로요?”

“그렇지……. 할 테면 헌신적으로 해야지.”

“무얼 먹고 헌신적으로 그런 사업을 합니까? 먹을 것이 있어서 그런 농촌 사업이라도 할 신세라면 이렇게 취직을 못 해서 애를 쓰겠습니까?”

“허! 그게 안 된 생각이야. 자기가 먹고 살 재산이 있으면서 사회를 위해서 일도 아니하고 번들번들 논다는 것은, 그것은 타락된 생각이야.”

P는 K 사장이 억단을 내세우는 것을 보고 속으로 싱그레 웃었다.

“그렇지만 지금 조선 농촌에서는 문맹 퇴치니 생활 개선이니 합네 하고 손끝이 하얀 대학이나 전문학교 졸업생들이 모여 오는 것을 그다지 반겨하기는커녕 머릿살을 앓을 것입니다……. 농민이 우매하다든지 문화가 뒤떨어졌다든지 또 생활이 비참한 것의 근본 원인이, 기역 니은을 모른다든가 생활 개선을 할 줄 몰라서 그런 것이 아니니까요. 그리고 조선의 지식 청년들이 모두 인도주의자가 되어집니까?”

“되면 되지 안 될 건 무어야?”

“그건 인도주의란 그것이 한 개 공상이니까 그렇겠지요.”

“허허…… 그러면 P군은 ××주의잔가?”

“되다가 찌부러진 지스러깁니다. 철저한 ××주의자라면 이렇게 선생님한테 와서 취직 운동도 아니 합니다.”

“못써. 그렇게 과격한 사상으로 기울어서야 쓰나……. 정 농촌으로 돌아가기가 싫거든 서울서라도 몇 사람 마음 맞는 사람이 모여서 무슨 일을 — 조국에 신문이 모자라니 신문을 하나 경영하든지 또 조그맣게 하자면 잡지 같은 것도 좋고 또 영리 사업도 좋고……. 그러면 취직 운동하는 것보담 훨씬 낫잖은가?”

“좋은 줄이야 압니다만 누가 돈을 내놉니까?”

“그거야 성의 있게 하면 자연 돈도 생기는 거지.”

P는 엉터리없는 수작을 더 하기가 싫어 웬만큼 말을 끊고 일어섰다.

속에 있는 말을 어느 정도까지 활활 해 준 것이 시원은 하나 또 취직이 글렀구나 생각하니 입 안에서 쓴 침이 괴어 나온다.

복도에서 편집국장 C를 만났다. P는 C와 자별히 사이가 가까운 터이었다.

“사장 만나러 왔소?”

C는 묻는 것이다.

“아아니.”

P는 거짓말을 하였다. 그는 지금 K 사장을 만나 거절당한 이야기를 하기가 어쩐지 창피하기도 할 뿐 아니라, 또 전부터 C더러 K 사장에게 자기의 취직 운동을 부탁해 왔던 터인데 직접 이렇게 찾아와서 만났다고 하기가 혐의쩍기도 하여 시치미를 뚝 뗀 것이다.

“아주 단념하오.”

C 는 자기에게 부탁한 취직 운동을 단념하란 말이다. 그러면 벌

써 C가 K 사장에게 이야기를 하였고 그 결과 일이 틀어진 것을 P
는 모르고 와서 헛노릇을 한바탕 한 것이다. P는 먼저 C를 만나
보지 아니하고 K 사장을 만난 것을 후회하였다. C는 잠깐 멈췄던
말을 계속한다.

"어제 아침에 사장더러 P군의 사정이 퍽 난처하니 어떻게 생각
해 봐 주면 좋겠다고 여러 말을 했다가 코 떼었소. 신문사가 구제
기관이 아닌데 남의 사정이 난처한 것을 어떻게 하라느냐고 그럽
디다……. 하기야 그게 옳은 말이지만……."

신문사가 구제 기관이 아니라고 한다는 그 말이
P의 머리에는 침 끝으로 찌르는 것같이 정신이 들
게 울리었다.

"흥! 망할 자식들!"

P는 혼잣말로 이렇게 투덜거리며 C와 작별도 아
니 하고 밖으로 나와 버렸다.

2

P는 광화문 네거리의 기념 비각(紀念碑閣) 옆에서 발길을 멈추
고 망설였다. 어디로 갈까 하는 것이다.

봄 하늘이 맑게 개었다. 햇볕이 살아 올라 포근히 온몸을 싸고
돈다. 덕석 같은 겨울 외투를 벗어 버리고 말쑥말쑥하게 새로 지
은 경쾌한 춘추복의 젊은이들이 봄볕처럼 명랑하게 오고 가고 한
다.

멋쟁이로 차린 여자들의 목도리가 나비같이 보드랍게 나부낀

다. 그 오동보동한 비단 다리를 바라다보니 P는 전에 먹던 치킨 커틀릿이 생각났다.

창을 활활 열어젖힌 전차 속의 봄 사람들을 보니 P도 전차를 잡아타고 교외나 나가고 싶었다. 그러나 크림 맛을 못 본 지 몇 달이 된 낡은 구두, 구기적거린 양복바지, 양편 포켓이 오뉴월 쇠불알 같이 축 처진 양복저고리, 땟국 묻은 와이셔츠와 배배 꼬인 넥타이, 엿장수가 2전어치 주마던 낡은 모자, 이렇게 아래로부터 훑어 올려보며 생각하니 교외의 산보는커녕 얼핏 돌아가서 차라리 이불을 뒤쓰고 드러눕고만 싶었다.

마침 기념 비각 앞에 자동차 하나가 머물더니 서양 사람 내외가 내린다. 그들은 사내가 설명하고 여자가 듣고 하면서 기념 비각을 앞뒤로 구경한다. 여자는 사진까지 찍는다.

대원군이 만일 이 꼴을 본다면…… 이렇게 생각하매 P는 저절로 미소가 입가에 떠올랐다.

3

대원군은 한말(韓末)의 돈키호테였다. 그는 바가지를 쓰고 벼락을 막으려 하였다. 바가지는 여지없이 부스러졌다. 역사는 조선이라는 조그마한 땅덩어리나마 너무 오래 뒤떨어뜨려 놓지 아니하였다.

갑신정변(甲申政變)에 싹이 트기 시작하여 가지고 한일 합방의 급격한 역사적 변천을 거치어 자유주의의 사조는 기미년에 비로소 확실한 걸음을 내어 디디었다.

자유주의의 새로운 깃발을 내어 건 시민의 기세는 등등하였다.

"양반? 흥! 누구는 발이 하나기에 너희만 양반이라느냐?"

"법률의 앞에서는 만인이 평등이다."

"돈…… 돈이 있으면 무어든지 할 수 있다."

신흥 부르주아지는 민주주의의 간판을 이용하여 노동자, 농민의 등을 어루만지고 경제적으로 유력한 봉건 귀족과 악수를 하는 동시에 지식 계급을 대량으로 주문하였다.

유자천금이 불여교자일권서(遺子千金不如敎子一卷書)라는 봉건 시대의 진리가 자유주의의 세례를 받아 일단의 더 발전된 얼굴로 민중을 열광시켰다.

"배워라, 글을 배워라……. 지식만 있으면 누구나 양반이 되고 잘살 수가 있다."

이러한 정열의 외침이 방방곡곡에서 소스라쳐 일어났다.

신문과 잡지가 붓이 닳도록 향학열을 고취하고 피가 끓는 지사(志士)들이 향촌으로 돌아다니며 3촌의 혀를 놀리어 권학(勸學)을 부르짖었다.

"배워라! 배워야 한다. 상놈도 배우면 양반이 된다."

"가르쳐라! 논밭을 팔고 집을 팔아서라도 가르쳐라. 그나마도 못하면 고학이라도 해야 한다."

"공자 왈 맹자 왈은 이미 시대가 늦었다. 상투를 깎고 신학문을 배워라."

"야학을 설치하여라."

재등(齋藤) 총독이 문화 정치의 간판을 내걸고 골고루 학교를 증설하였다.

보통학교의 교장이 감발을 하고 촌으로 돌아다니며 입학을 권유하였다. 생도에게는 월사금을 받기는커녕 교과서와 학용품을 대주었다.

민간의 유지는 돈을 거둬 학교를 세웠다. 민립 대학도 생기려다가 말았다. 청년회에서 야학을 실시하였다. ‘갈돕회’가 생겨 갈돕만주 외우는 소리가 서울의 신풍경을 이루었고 일반은 고학생을 존경하였다.

여학생이라는 새 숙어가 생기고 신여성이라는 새 여인이 생겨났다.

이와 같이 조선의 관민이 일치되어 민중의 지식 정도를 높이는데 진력을 하였다. 즉 그들 관민이 일치하여 계획한 조선의 문화 정도는 급속도로 높아 갔다. 그리하여 민중의 지식 보급에 애쓴 보람은 나타났다.

면 서기를 공급하고 순사를 공급하고, 군청 고원을 간이 농업 학교 출신의 농사 개량 기수(技手)를 공급하였다.

은행원이 생기고 회사원이 생겼다. 학교 교원이 생기고 교회의 목사가 생겼다. 신문 기자가 생기고 잡지 기자가 생겼다. 민중의 지식 정도가 높았으니 신문, 잡지 독자가 부쩍 늘고 의사와 변호 사의 벌이가 윤택하여졌다.

소설가가 원고료를 얻어먹고, 미술가가 그림을 팔아먹고, 음악 가가 광대의 천호(賤號)에서 벗어났다.

인쇄소와 책 장사가 세월을 만나고 양복점, 구둣방이 늘비하여 졌다. 연애결혼에 목사님의 부수입이 생기고 문화 주택을 짓느라 고 청부업자가 부자가 되었다. 그리하여 부르주아지는 ‘가보’를 잡고 공부한 일부의 지식꾼은 진주(다섯 끗)를 잡았다.

그러나 노동자와 농민은 무대를 잡았다. 그들에게는 조선 문화의 향상이나 민족적 발전이나가 도리어 무거운 짐을 지워 주었을지언정 덜어 주지는 아니하였다. 그들은 배(梨) 주고 속 얻어먹은 셈이다.

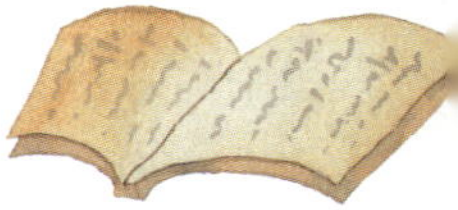

인텔리…… 인텔리 중에도 아무런 손끝의 기술이 없이 대학이나 전문학교의 졸업 증서 한 장을, 또는 조그만 보통 상식을 가진 직업 없는 인텔리…… 해마다 천여 명씩 늘어가는 인텔리…… 뱀을 본 것은 이들 인텔리다.

부르주아지의 모든 기관이 포화 상태가 되어 더 수효가 아니 느니 그들은 결국 꾐을 받아 나무에 올라갔다가 흔들리는 셈이다. 개밥의 도토리다.

인텔리가 아니었으면 차라리…… 일제시구자삭제일편자(日帝時九字削除一編者) 노동자가 되었을 것인데 인텔리인지라 그 속에는 들어갔다가도 도로 달아나오는 것이 구십구 퍼센트다. 그 나머지는 모두 어깨가 축 처진 무직 인텔리요 무력한 문화 예비군 속에서 푸른 한숨만 쉬는 초상집의 주인 없는 개들이다. 레디메이드 인생이다.

4

"제길!"

P는 혼자 두덜거리며 지금까지 섰던 기념 비각 옆을 떠났다.

P는 자기 자신이고 세상의 모든 일이고 모두 짜증이 나고 원수

스러웠다.

광화문 큰 거리를 총독부 쪽으로 어실어실 걸어가노라니 그의 그림자가 짤막하게 앞에 누워 간다. P는 그 자기의 그림자를 콱 밟고 싶었다. 그러나 발을 내어 디디면 그림자도 그만큼 앞으로 더 나가곤 한다. 이 그림자와 자기 자신에게, 그리고 그림자를 밟으려는 자기 자신과 앞으로 달아나는 그림자에게 P는 자기의 이중인격의 모순 상(相)을 발견하였다.

동십자각 옆에까지 온 P는 그 건너편 담배 가게 앞으로 갔다.

"담배 한 갑 주시오."

하고 돈을 꺼내려니까 담배 가게 주인이,

"네, '마꼬' 입니까?"

묻는다.

P는 담배 가게 주인을 한 번 거들떠보고 다시 자기의 행색을 내려 훑어보다가 심술이 번쩍 났다. 그래서 잔돈으로 꺼내려던 것을 일부러 1원짜리로 꺼내 드는데 담배 가게 주인은 벌써 '마꼬' 한 갑 위에다 성냥을 받쳐 내어민다.

"해태 주어요."

P는 돈을 들이밀면서 볼멘소리를 질렀다. 그러나 담배 가게 주인은 그저 무신경하게,

"네!"

하고는 '마꼬'를 '해태'로 바꾸어 주고 팔십오 전을 거슬러 준다.

P는 저편이 무렴해하지 아니하는 것이 더욱 얄미웠다.

그는 '해태' 한 개를 꺼내어 붙여 물고 다시 전찻길을 건너 개

천가로 해서 올라갔다. 인제는 포켓 속에 남은 것이 꼭 3원하고 동전 몇 푼이다. 엊그제 겨울 외투를 4원에 잡혀서 생긴 것이다.

방세와 전깃불 값이 두 달치나 밀렸다. 3원은 방세 한 달치를 주고 1원에서 전등 삯 한 달치를 주고도 싶었으나, 그러고 나면 그 나머지로 설렁탕이나 호떡을 사 먹어도 하루밖에는 못 지낸다. 그래, 그대로 넣어 두고 한 이틀 지내는 동안에 1원이 거진 달아났던 판인데, 공연한 객기를 부리느라고 당치도 아니한 '해태'를 샀기 때문에 인제는 1원 돈은 완전히 달아나고 3원만 남은 것이다.

P는 포켓 속에 손을 넣고 잔돈과 지폐를 섞어 3원 남은 돈을 만지작거렸다. 그러면서 왼편 손으로는 손가락을 꼽아 가며 3원을 곱쟁이쳐 보았다.

6원, 십이 원, 이십사 원, 사십팔 원, 구십육 원, 백구십이 원, 8원 모자라는 이백 원…… 사백 원, 팔백 원, 천육백 원, 삼천이백 원, 육천사백 원, 1만 이천팔백 원, 팔백 원은 떼어 버리고 2만 사천 원, 4만 팔천 원, 9만 육천 원, 십구 만 이천 원, 삼십팔 만 사천 원, 칠십육 만 팔천 원, 백오십삼 만 육천 원…….

3원을 열여덟 번만 곱집으면 백오십삼 만 원, 그놈이 있으면…… 이렇게 생각하매 어깨가 으쓱해졌다. 3원의 열여덟 곱쟁이가 백오십 만 원이니 퍽 쉬운 일이다.

그놈만 있으면 백 만 원을 들여서 오십 전짜리 십육 페이지 신문을 하나 했으면 우선 K 사장의 엉엉 우는 꼴을 볼 수가 있을 것이다.

그러나 아쉬운 대로 십오 만 원만 있어도, 1만 오천 원, 아니 천오백 원만 있어도, 아니 백오십 원만 있어도, 십오 원만 있어도 우

선 방세와 전등 삯을 주고 한 달은 살아가겠다.

P는 한숨을 내쉬었다. 한 달? 한 달만 살고 나면 그담은 어떻게 하나? 그래도 몇백 원은 있어야지, 아니 몇천 원은, 아니 몇만 원은…….

P는 늘 하는 버릇으로 이런 터무니없는 공상을 되풀이하였다. 그는 최근 이러한 공상을 하면서부터 취직을 시들하게 여겼다. 취직이 된댔자, 사십~오십 원이나 오십~육십 원의 월급이다. 그것을 가지고 빠듯빠듯 살아간들 무슨 아기자기한 재미가 있을 턱도 없는 것이다.

가령 근실히 해서 월괘 저금(月掛貯金) 같은 것도 하고 집도 장만하고 여편네도 생기고 사장이나 중역들의 눈에 들어 지위도 부장쯤으로는 올라가고 그리하여 생활의 근거도 안정이 되고 하면 지금 같은 곤란을 당하지 아니하겠지만, 그러나 P에게는 아직도 젊은 때의 야심이 있어 그러한 고식된 안정이나 명색 없는 생활은 도리어 피하고 싶었던 것이다. 좀 더 남의 눈에 띄며 좀 더 재미있고, 그리고 자유로운 생활⋯⋯.

물론 그는 지금이라도 누가 한 달에 삼십 원만 줄 테니 와서 일을 해 달라면 마치 주린 개가 고기를 보고 덤비듯이 덮어놓고 덤벼들 것이다. 그러나 속으로는 그와는 딴판으로 배포를 부리고 있는 것이다.

P가 삼청동으로 올라가느라고 건춘문 앞까지 이르렀을 때에 저편에서 말쑥하게 봄 치장을 한 여자 하나가 마주 내려왔다.

역시 삼청동 근처에 사는 여자인지 P와는 가끔 마주치는 여자다.

P는 그 여자와 만날 때마다 일부러 눈여겨보지 아니하는 체는 하면서도 실상은 고비샅샅 관찰을 하였고, 그리고 속으로는 연애라도 좀 했으면 하던 터였다. 무엇보다도 동그스름한 얼굴에 이목구비가 모두 모지지 아니하고 얼굴의 윤곽이 둥글듯이 모가 나지 아니한 것, 그래서 맘자리도 그렇게 둥글려니 하는 것이 P의 마음을 끈 것이다.

그 여자는 자주 만나는 이 협수룩한 양복쟁이 — P를 먼 빛으로도 알아보았는지 처녀다운 조심스런 몸매로 길을 가로 비켜 가까이 왔다.

P는 고개를 꼿꼿이 쳐들고 앞만 쳐다보면서도 속으로는,

'저 여자가 지금 내 옆으로 다가와서 조그만 소리로 정답게 구애(求愛)를 한다면? 사뭇 들이안긴다면⋯⋯ 어쩔꼬?'

이런 생각을 하면서 히죽이 웃는데 여자는 벌써 지나쳐 버렸다.

'흥! 어쩌긴 뭘 어째? 이년아, 일없다는데 왜 이래! 하고 발길

로 칵 차 내던지지.'

하고 P는 어깨를 으쓱하였다.

삼청동 꼭대기에 있는 집 — 집이 아니라 사글세로 든 행랑방에
돌아왔다. 객지에 혼자 있으니 웬만하면 하숙에 있을 것이로되 밥
값에 밀리고 그것에 졸릴 것이 무서워 P는 방을 얻어 가지고 있었
던 것이다.

먹는 것이야 수중에 돈이 있을 때에 따라 호떡도 설렁탕도 백화
점의 런치도, 그렇잖고 몇 끼씩 굶기도 하여 대중이 없었다.

볕 구경을 잘 못해서 겨울에도 곰팡이가 슬고 이불을 며칠씩 그
대로 펴 두는 방바닥에서는 먼지가 풀신풀신 올랐다.

하도 어설퍼 앉으려고도 아니 하고 방 가운데 우두커니 서서 있
노라니까 안방 문 여닫는 소리가 들리며 주인 노파가 나와서 캑
하고 기침을 한다. P는 또 방세 졸릴 일이 아득하였다.

그러나 노파는 방세보다도 우선 편지 한 장을 들이밀어 준다.
고향의 형에게서 온 것이다. 편지를 뜯어 읽고 난 P는 말 가웃(一
괴斗)이나 되게 한숨을 푸 내쉬었다. 그러고는 편지를 박박 찢어
버렸다.

 5

편지의 요건은 P의 아들에 관한 것이다.

P에게는 연전에 갈린 아내와의 사이에 생긴 창선이라는 아들이
있다. 금년에 아홉 살이다.

아내와 갈릴 때에 저편에서 다만 어린애만이라도 주었으면 그

것을 데리고 길러 가는 재미로 혼자 사는 세상에 낙을 붙이겠다고 사정하였다. 그리고 적어도 중학까지는 마치게 하겠다는 것이었다. 그렇게 했으면 P도 한 짐을 덜었을 것이다. 그러나 그는 듣지 아니하였다.

어릴 적부터 소박데기 어미의 손에서 아비의 원망과 푸념을 들어 가면서 자란 자식은 자란 뒤에 그 아비에게 호감을 가지지 못한다. P는 자식을 꼭 찾고 싶은 것은 아니나 아무튼 장성하면 아비라고 찾아올 터인데 그때에 P는 이미 늙고 자식은 팔팔하게 젊은 놈이 제 어미를 소박한 아비라서 아니 꼽게 군다면 그것은 차마 못 당할 노릇이다.

이러한 생각으로 P는 창선이를 내주지 아니한 것이다. 그러나 빼앗아 놓고 보니 인제 겨우 네댓 살밖에 아니 먹은 것을 자기 손으로 어찌할 수가 없다. 그리하여 할 수 없이 어렵사리 지내는 그 형에게 맡기어 놓고 다시 서울로 올라온 것이다. 보통학교에 다닐 나이가 되면 서울로 데려오겠다고 해두고.

P의 형은 작년에 조카를 보통학교에 입학시켰다. 그러나 극빈 축에 드는 집안인지라 몇 푼 아니 되는 월사금과 학비를 대지 못하여 중도에 퇴학시켰다. 애초에 입학시킬 상의로 P에게 편지를 했을 때에 P는 공부 같은 것은 시켰자 소용이 없으니 차라리 뼈가 보드라운 때부터 생일(노동)을 시키라고 하였다. P의 형은 그러나 백부(伯父)의 도리로나 집안의 체면으로나 창선이를 생일을 시킬 수가 없었다. 차라리 손에 두어 헐벗기고 헐입히면서 공부도 시키지 못하느니 제 아비인 P더러 데려가라고 작년부터 편지를 하던

터이다.

금년도 입학 시기가 당함에 P의 형은 P에게 수차 편지를 하였다. 금년에 입학을 시키지 못하면 명년에는 학령이 초과되어 들어주지 아니할 것이니 어서 데려다가 공부를 시키라는 것이다.

'그 어린 것이 굶기를 먹듯 하고 재주는 있으면서 남의 집 아이들이 학교에 다니는 것을 부러워하는 꼴은 차마 애처로워 볼 수가 없다. 차라리 이 꼴 저 꼴 보지 아니하는 것이 속이나 편하겠다.'

이번 편지에는 이러한 구절이 있고 끝에 가서,

'여비가 몇 원 변통되면 차를 태우고 전보를 칠 테니 정거장에 나와 데려가거라. 나도 웬만하면 객지에 혼자 있는 너에게 어린 자식을 떠맡기듯이 보내겠느냐마는 잘못하다가 그것을 굶겨 죽이겠기에 생각다 못하여 단행하는 것이다.'

이러한 말이 씌어 있었다.

P는 박박 찢은 편지를 돌돌 뭉쳐 방구석에 내던지고 한숨을 푸내쉬었다.

인제는 자식을 데리고 있기가 피할 수 없이 되었는데 어떻게 했으면 좋을까 하는 것이다. 그는 형이 원망스럽고 아니꼬웠다. 굳이 제 아비를 따라 보낸다는 것이 아니라 부둥부둥 공부를 시키라는 것 때문이다. 기왕 서울로 보내나 시골서 데리고 있으나 고생시키기는 일반이니 차라리 시골서 일찍부터 생일이나 시켰으면 P에게는 여러 가지로 좋을 것이었다.

"흥! 체면! 공부! 죽어도 인텔리는 만들잖는다."

P는 혼자 이렇게 두덜거렸다.

"집에서 온 편지유? 무슨 걱정이 생겼수?"

말거리를 찾지 못하여 머뭇거리고 섰던 안방 노인이 동정이나 하는 듯이 이렇게 묻는다.

"아아니오."

P는 마지못해 코대답을 하였다.

"필경 무슨 걱정이 생긴 게구려!"

노인은 자기의 말거리를 만들려고 아니라는데도 이렇게 걱정을 내어 놓는다.

"그게 모두 가난한 탓이지…… 저렇게 젊고 똑똑한 이가, 저게 모두 가난한 탓이야! 어디 구실(職業) 자리 말한다더니 아직 아니 됐수?"

"네, 아직……."

"거 큰일 났구려! 어서 돼야 할 텐데…… 나두 꼭 죽겠수…… 이 늙은 것이…… 돈 좀 마련되잖았수?……."

"네, 아직 좀……."

"저걸 어쩌나! 오늘은 물값이야 전깃불 값이야 사뭇 받으러 달려들 텐데!"

"며칠만 더 미루십시오. 설마 하니 마나님이야 아니 드리겠습니까……."

"아무렴! 실수야 없을 줄 알지만 내가 하도 옹색하니깐 그러는 거지……."

P는 노인이 지껄이게 두어 두고 혼자 생각하였다. 전에 아는 집에서 셋방을 얻어 들었을 때에는 두 달이고 석 달이고 세가 밀려야 조르는 법이 없었다. 밀려도 조르지 아니하는 아는 집…… 이것이 P는 도리어 미안해서 이곳으로 옮겨온 것이다. 옮겨와 가지

고 막상 졸림질을 당하니 미안해도 졸림질을 아니 하던 옛집이 그리워지는 것이다.

노인이 문을 가로막고 서서 수다스런 소리를 더 지껄이려고 하는데 마침 P의 동무 M과 H가 찾아왔다.

"어디 나가나?"

M이 그러잖아도 벌씸한 코를 한 번 더 벌씸하고 사이 벌어진 앞니를 내어 보이며 싱긋 웃는다.

몸집은 M과 같이 뚱뚱하지만 키가 작아 M의 뒤에 가려 섰던 H가 옆으로 나서며,

"안녕하시오."

하고 인사를 한다.

P는 싱긋이 웃었다. 이 M과 H는 같은 하숙에 있는데 두 사람은 곧잘 같이 돌아다닌다. 같이 가는 것을 나란히 세워 놓고 보면 하나는 키가 커서 우뚝하고, 하나는 키가 작아서 납작 붙어 가는 것 같다.

얼굴도 M은 우들부들한 게 정객 타입으로 생기었고 — 잘못하면 복싱 링에 내세워도 좋겠고 — H는 안존한 게 사무원 타입이다.

일상의 언행을 보아도 H는 무슨 이야기가 자기 전문인 법률에 관한 것에 다다르면 육법전서의 조목을 따르고 외우면서 이렇고 저렇고 하다고 설명을 하고, M은 동경서 학생××에 제휴를 했던 만큼, 그리고 전문이 정경과인 만큼 좌익 진영에서 쓰는 어투가 그대로 나온다.

"여전히 모두 동색(冬色)이 창연하군!"

P는 두 사람의 특특한 겨울 양복을 보고, 그리고 자기의 행색을 내려보며 웃었다.

M이 신을 벗고 들어와 먼지 앉은 책상 위에 걸터앉으며,

"춘래 불사춘일세."

하고 한마디 읊는다. H도 따라 들어와 한편에 앉으며 한마디 한다.

"아직 괜찮아……. 거리에서 보니까 동복 입은 사람이 많데……."

"괜찮기는 뭐 괜찮아……. 우리가 길로 돌아다니니까 사방에서 아이구야 소리가 들리데."

"왜?"

"봄이 발밑에서 짓밟히느라고."

"하하하하."

세 사람은 소리를 내어 웃었다.

"참, 시험 본 것 어떻게 되었소?"

P는 H가 일전에 총독부서 본 교원 채용 시험을 생각하고 물어보았다.

"말두 마시우……. 인제는 꼭 들어앉아 공부나 해 가지고 변호사 시험이나 치겠소."

사람이 별로 신통성도 없고, 그렇다고 여기저기 발련도 없어 취직이 여의하게 되지 못하는 것을 볼 때에 P는 가엾은 생각이 늘 들곤 하였다.

"가만있게……. 어서 변호사 시험만 패스하게. 그러면 인제 내가 백 만 원짜리 주식회사를 조직해 가지고 자네를 법률 고문으로 모셔 옴세."

이것은 M이 늘 농삼아 하는 농담이다. M도 1년이나 취직 운동을 하면서 지냈건만 그는 되레 배포가 유하다. 좀 더 재빠르게 했으면 M은 벌써 취직이 되었을지도 모르나 그는 타고난 배포와 그리고 남에게 아유구용을 하기 싫어하는 성질로 말하자면 취직전선의 낙오자다.

별로 만나야 할 일도 없다. 그러나 제가끔 혼자 있으면 우울해지니까 이렇게 서로 찾으며 자주 만나게 된다. 만나 앉아서 이야기라도 지껄이면 그동안만은 명랑하여진다. 지금 서울 안에 P니 M이니 H와 같이 매일 만나 하는 일 없이 돌아다니고 주머니 구석에 돈푼 있으면 서로 털어 선술잔이나 먹고 하는 룸펜의 패가 수없이 많다.

무어나 일을 맡기었으면 불이 번쩍 일게 해낼 팔팔할 젊은 사람들이다. 그렇건만 그들은 몸을 비비 꼬고 있다.

아무 데도 용납지 못하는 사람들이다. ××적 ××에서 그들을 불러들이기에는 ××적 ××의 주관적 정세가 너무도 미약하다. 그것은 그들의 몇 부분이 동경서 학생으로 있을 시절에는 그 속에서 활발하게 ××를 계속하던 것이 조선에 나오면서 탈리되는 것으로 보아 그러한 해석을 내리지 아니할 수가 없다.

그렇다고 부르주아지의 기성 문화 기관에 들어가자니 그곳에서는 수요를 찾지 아니한다. 레디메이드로 된 존재들이니 아무 때라도 저편에서 필요해야만 몇씩 사들여 간다.

　M이 '마꼬'를 꺼내 놓고 붙여 문다. P는 포켓 속에 들어 있는 '해태'를 차마 내놓기가 낯이 따가워 M의 '마꼬'를 집어 당겼다.

　P는 설명을 시작한다. P는 자신 그러한 장난 비슷한 공상은 하면서 일단 해 보라고 하면 주저할 것이지만, 어쨌거나 그랬으면 통쾌하리라는 것이다.

　"먼첨 경무국에 들어가서 아주 까놓고 이야기를 한단 말이야. 우리가 지금 대상으로 하고 있는 것은 총독부가 아니라 조선의 소위 민간 측 유지들이니까 간섭을 말아 달라고."

　"그러면 관허(官許) 메이 데이로구만."

　"그래, 관허도 좋아……. 그래 가지고는 거기에다가는 뭐라고 쓰느냐 하면 '우리에게 향학열을 고취한 놈이 누구냐?' 어때?"

　"좋 — 지."

"인텔리에게 직업을 내라…… 이렇게 노래를 지어 부르거든."

"응, 유지와 명사의 가면을 박탈시키라고 — 한 몇십 명이 그렇게 데모를 한단 말이야."

"하하하하."

M은 이렇게 웃고, H는 시원찮은 핀잔을 준다.

"듣그럽소 여보……. 아, 벌써 멀끔멀끔한 양복쟁이들이 종로 네거리로 기를 받고 그렇게 다녀 봐! 애들이 와서 나 광고지 한 장 주! 하잖나."

"하하하하."

"허허허허."

창밖에서 냉이 장수가 싸구려 소리를 외치고 지나간다. M이 그에 응하여,

"이크, 봄을 덤핑하는구나."

"흥, 경제학자라 다르군……. 참, 우리 하숙에서는 채소를 좀 먹여 주어야지!"

"밥값을 잘 내 보지."

"그도 그렇지만."

"나는 석 달치 밀렸네."

"나도 그렇게 될걸."

"그러니까 나처럼 이렇게 아파트 생활을 해요."

이것은 P의 말이다. 아파트라고 말해 놓고 서글퍼서 허허 웃었다.

"조선식 아파트! 그렇지만 우리가 아파트 생활을 했다면 아마 두어 달 전에 굶어 죽었을걸."

“나는 돈을 보면 초면 인사를 해야 되겠네……. 본 지가 하도 오래라서 낯을 잊었어.”

“여보게.”

하고 M이 의젓하게 H를 달군다.

“돈 구경한 지 오래 됐다지?”

“응.”

“존 수가 있네.”

“자네 책 좀 삼사(三四) 구락부에 보내세.”

“싫으이.”

“자네 돈 구경하고……. 구경하고 나서 그놈으로 한잔 먹고…….”

“한잔 말이 났으니 말이지 요즘 같으면 술이나 실컷 먹고 주정이라도 했으면 속이 시원하겠네.”

“그러니까 말이야……. 가세. 가서 다섯 권 잽혀.”

“일없다.”

“내가 찾아 주지.”

“흥.”

“정말이야.”

“싫어.”

6

그날 밤.

P와 M은 H를 졸라 그의 법률책을 잡혀 돈 6원을 만들어 가지고 나섰다.

선술집에 가서 엔간히 취하도록 먹은 뒤에 C라는 카페에 가서 술 두 병을 놓고 자정이 되도록 노닥거렸다. 그곳에서 나올 때는 6원 돈이 2원 남았다. 2원의 처지를 생각하다 세 사람은 일제히 동관으로 가기로 하였다.

세 사람이 모두 다리가 비틀거렸다. 다 쓰러져 가는 초가집을 세 사람이 아는 집 들어서듯 쑥쑥 들어서니,

"들어오십시오."

"어서 오십시오."

하고 머리 딴 계집애와 배가 북통 같은 애 밴 계집이 마루로 나선다.

P가 무심결에 '해태' 갑을 꺼내어 무니까 머리 딴 계집애가 P의 목을 얼싸안고 불에다 입을 쭉 맞추더니,

"나도 하나."

하고 손을 벌린다. P는 기가 막혀 담뱃갑을 내미는데 H와 M은 박수를 하며,

"브라보……."

하고 굉장하게 큰 소리로 외친다.

건넌방에 들어가 앉으니 마루에서 따그락따그락 소리가 난다. 배부른 계집은 푸대접을 받고 머리 딴 계집애가 H와 M의 손으로 옮아 다니면서 주물린다. 깩깩 소리를 지르며 엄살을 한다. 말을 붙이고 대답을 주고받고 하는 것이 H와 M은 전에 한 번 와 본 집인 듯하다.

잔은 사발만 한데 술 주전자는 눈알만 하다. 술을 부어 놓으니

M이 척 받아 놓고는 노래를 투정한다. 계집애는 그보다 더 약아서 제가 그 술을 쭉 들이마시고는 빈 잔만 M의 입에 대어 준다.

P는 개숫물같이 밍밍한 술을 두어 잔 받아먹는 동안에 비위가 콱 거슬려서 진정하느라고 드러누웠다.

H가 계집애를 무릎에 올려 놓고 신이 나게 노래를 부른다. 물론 고저도 장단도 맞지 아니하는 노래다.

M이 애 밴 계집을 실컷 시달려 주다가 머리 딴 계집애를 빼앗아 가더니 귀에 대고 무어라고 속삭거린다. 그러면서 둘이서 연해 P를 건너다보며 싱긋벙긋 웃는다.

조금 있다가 계집애가 P에게로 오더니 귀에다 입을 대고 속삭인다.

"저이가 나더러 당신하고 오늘 저녁…… 응, 어때?"

"그래라."

P는 불쑥 성난 것처럼 대답했다.

"아이! 싱거워!"

계집애는 P를 한 번 꼬집어 주고 다시 M에게로 달아났다. M에게로 가서 또 무어라고 속삭거리더니 재차 와 가지고는 귓속말을 한다.

"자고 가, 응."

"그래, 글쎄."

"꼭."

"응."

"정말."

"응."

술은 네 주전자가 들어왔는데 세 사람 손님은 두서너 잔씩밖에
아니 먹었다. 그 나머지는 다 저희가 먹었다. 계집애가 술이 곤주
가 되게 취해 가지고 해롱해롱 까분다.

술값을 치르는 것을 보고 P도 따라 일어섰다. M이 몸뚱이로 슬
쩍 밀어서 방 안으로 들여보내고 뒤에서 계집애가 양복 뒷깃을 잡
아당긴다.

"그래라, 자고 간다."

P는 방 가운데 벌떡 드러누웠다.

"너희 집이 어디냐?"

계집애가 옆에 와서 앉는 것을 보고 P가 물었다.

"××도 ××."

"언제 왔니?"

"작년에."

P는 몸을 일으켰다. 또 속이 왈칵 뒤집혀 좀 더 진정하려고 하
는 생각인데 계집애가 콱 밀어뜨린다.

"나이 몇 살이냐?"

"열여덟."

"부모는?"

"부모가 있으면 여기서 이 짓을 해?"

"왜, 이 짓이 나쁘냐?"

"흥…… 나도 사람이야."

"에꾸! 나는 제가 신선일 줄 알았더니 인제 보니까 사람이로구
나!"

"듣그러!"

계집에는 눈을 쪽 흘기고는 갑자기 웃으면서 P의 목을 끌어안 는다.

"자고 가, 응."

"우리 마누라한테 자볼기 맞고 쫓겨난다."

"그러면 나한테 와서 나하고 살지⋯⋯. 여기 내 빚 팔십 원만 물 어 주면⋯⋯."

"팔십 원이냐?"

"응."

"가겠다."

P는 또 일어나려는 것을 계집이 껴안고 놓지 아니한다.

"자고 가⋯⋯. 내가 반했어."

"아서라."

"정말!"

"놓아."

"아니야, 안 놓아. 자고 가요, 응……. 자고…… 나 돈 좀 주어."

"돈? 내가 돈이 있어 보이니?"

"돈 소리가 절렁절렁 나는데."

미상불 P의 포켓 속에는 아까부터 잔돈 소리가 잘랑거렸다.

"자고 나 돈 조…… 금 주고 가, 응."

"얼마나?"

"암만도 좋아…… 오십 전도, 아니 이십 전도."

계집애의 말이 떨어지기도 전에 P는 불에 덴 것같이 벌떡 일어섰다. 일어서면서 그는 포켓 속에 손을 넣어 있는 대로 돈을 움켜쥐고 방바닥에 홱 내던졌다. 1원짜리 지전 두 장과 백동전이 방바닥에 요란스럽게 흐트러진다.

"앗다, 돈!"

내던지고는 P는 뛰어나왔다. 그의 눈에는 눈물이 괴었다.

7

P는 정조적(貞操的)으로 순진한 사나이가 아니다.

열네 살 때 소꿉질 같은 장가를 갔고 그 뒤 동경 가서 있을 동안에 거기 여자와 살림도 하였다. 조선에 돌아와 직업을 가지고 있는 사이에 기생과 사귀어 한동안 죽을 둥 살 둥 모르게 지내기도 하였다.

그 밖에도 정 두어 지낸 여자가 두엇 더 있다. 그러나 삼십이 되도록 지금까지 유곽을 가거나, 은근짜 집을 가거나, 동관의 색주가 집에 가서 잠자리를 한 일은 없다.

그것은 P의 괴벽이다. 어떠한 여자를 물론하고 그가 정이 들지 아니한 여자이면 절대로 관계를 아니 한다는 것이다.

그 대신 한번 P의 눈에 들고, 따라서 정이 들면 아무것도 돌아보지 아니하고 심각한 열정에 맡기어 완전히 그 여자를 움켜쥐어 버리며 또한 그 여자에게 전부를 내주어 버린다. 그리하여 그는 늘 all or nothing을 말한다.

이것이 처세상 퍽 이롭지 못한 것을 P도 잘 안다. 또 공연한 승벽이요 고집인 줄 알건만 그는 그것을 고치지 못한다.

이날 밤에도 그는 그 계집애를 조금도 어떻게 하겠다는 생각은 나지 아니하였다.

술 취한 끝에 속이 괴로우니까 진정을 하자는 판인데 '오십 전, 아니 이십 전도 좋아' 하는 소리에 버쩍 흥분이 된 것이다.

너무도 인간이 단작스럽고 악착스러운 것 같았다. P가 노상 보고 듣는 세상이 돈을 중간에 놓고 악착스럽게 으르릉으르릉하는 것임을 모르는 바는 아니나 정조 대가로 일금 이십 전을 요구하는 것은 처음 보았다.

P는 그러한 여자가 정조를 파는 데 무신경한 것도 잘 알고 있으며, 따라서 그것이 비도덕이니 어쩌니 하는 것도 아니다. 그의 관점과 해석은 그런 것보다 더 나아간 입장에 있었다.

그러나 '이십 전만 주어도……' 소리에는 이것저것 생각하고 헤아릴 나위도 없었다. 더럽고 얄미우면서도 눈물이 괴었다. 3원쯤 되는 전 재산을 털어 내던지고 정신없이 뛰어나온 것이었다.

술 취한 P를 혼자 남겨 둔 H와 M은 골목에서 기다리고 서 있었다. P가 뛰어나온 것을 보고 그들은 우선 농을 건넨다.

"한턱하오."

"장가간 턱하게."

P는 고개를 흔들었다. 그리고 멍하니 서서 생각을 하였다.

다분의 가면 밑에서 꿈틀거리는 인도주의에 몹시 증오를 느끼는 P는 이날 밤 자기의 행동을 어떻게 해석할지 몰라 괴로워하였다.

내일을 굶어야 할 돈이지만 돈이 아까운 것이 아니다. 정조 값으로 이십 전을 주어도 좋다는데, 왜 정조는 퇴하고 돈만 있는 대로 털어 주었는가? 왜 눈에 눈물이 괴는가?

8

P는 머리가 띵하고 속이 뉘엿거리어 정신을 차릴 수가 없었다. 그는 두 친구에게 인사도 변변히 하지 아니하고 코를 베인 듯이 삼청동으로 올라왔다. 어서 바삐 좀 드러눕고만 싶었던 것이다.

아무리 방구들은 차고 지저분하게 늘어놓았어도 제 처소는 반가운 것이다. 더구나 몸이 괴로울 때는!

P는 누더기 양복이나마 벗으려고도 아니 하고 그대로 펴 두었던 이부자리 속에 몸을 파묻었다. 드러누우니 취기가 새삼스레 더하여 영영 옷 벗을 생각도 잊어버리고 그대로 잠이 들었다.

얼마를 자고 났는지 괴로워 부대끼다 못하여 잠이 깨었을 때는 목이 타는 듯이 말랐다. 물은 없다. 물이 없어 못 먹느니라 생각하니 목은 더 말랐다.

밤은 어느 때나 되었는지 짐작할 수가 없다. 전등은 그대로 켜져 있다. 밖에서는 사람 지나다니는 발자국 소리도 들리지 아니한다. 전차 달리는 소리도 들리지 아니하고, 가끔 가다가 자동차의 경적이 딴 세상의 소리같이 감감하게 들리어 온다.

밤이 깊지 아니했으면 잠긴 안대문을 두드려 주인 노인에게라도 물을 청하겠지만 깊은 밤에 그리 하기도 미안하다. 그것도 방세나 여일하게 내었을 제 말이지 얼굴 대하기를 이편에서 피하는 판에 차마 못할 일이다. 물지게 장수의 삐득거리는 소리가 들리나 하고 귀를 기울였으나 감감히 소리가 없다.

몸은 더욱더욱 말라 들어온다. 입술이 바싹 마르고 입 안에 침기가 없고 목구멍이 바삭바삭 소리가 날 듯이 마르고, 그러고는 창자 속까지 말라 내려가는 듯하다.

금방 미칠 듯하다. 눈앞에 용용하게 흘러가는 푸른 한강이 어릿어릿하고 쏴 쏟아지는 수통 꼭지가 보이는 듯하다.

P는 배고픈 고비는 많이 겪어 보았으나 이대도록 목마른 참은 당하기 처음이다.

배는 고프면 기운이 없어 착 가라앉을 뿐이었지만 목이 극도로 마름에는 금세 미치고 후덕후덕 날뛸 것 같다.

일어나서 삼청동 꼭대기로 올라가면 산골짝이의 물도 있고 또 우물도 있기는 하다. 그러나 이 어두운 밤에 어디가 어디인지 보이지 아니할 테고, 또 우물에는 두레박도 없을 것이다.

겨우겨우 참아 가며 몇 시간을 삐대었다. 실상 1시간도 못 되는 동안이지만 P에게는 여러 시간인 듯만 싶었다.

그런 뒤에 겨우 물지게 소리를 듣고 그는 수통이 있는 곳을 찾아 뛰어나갔다.

사정 이야기도 변변히 하지 아니하고 쏟아지는 수통 꼭지에 매어 달리어 한 동이는 되리만큼 냉수를 들이켰다. 물장수가 어이가 없어 물끄러미 치어다보고만 있다가 P의 꾸벅 하고 돌아서는 등 뒤에다 혀를 끌끌 찬다.

밤보다도 더 다급하게 그립던 물을 실컷 들이켜고 나니 찌뿌드드하게 엉킨 듯 불쾌하던 취기(醉氣)도 적이 걷히고 정신이 말쑥하여졌다.

P는 새삼스레 양복을 벗어 던지고 다시 자리에 파묻혔다. 인제는 잠이 십 리나 달아나고 눈이 초랑초랑하여진다. 그러면서 어젯밤 일이 머리에 떠오른다.

그것은 마치 못 먹을 것을 먹은 것처럼 꺼림칙한 기억이다. 아무렇게나 씻어 넘겨 버리재도 그러나 머리 한구석에 박혀 가지고 사라지려 하지 아니하는 어룽(斑點)과 같다. 어떻게 해서라도 시원스러운 해석을 내리고라야 마음이 놓일 것 같다.

정조 대가(貞操代價)로 일금 이십 전을 부르는 여자…….

방금 세상에는 한 번 정조를 빼앗긴 것으로 목숨을 버려 자살하는 여자도 있다. 그러는 한편 '이십 전도 좋소.' 하는 여자가 있다.

여자의 정조가 그것을 잃었다고 자살을 하도록 그다지도 고귀한 것이라면 '이십 전에라도 팔겠소.' 하는 여자가 눈을 멀끔멀끔

뜨고 있는 사실은 무엇으로 설명할 것인가?

또 정조를 '이십 전에도 팔겠소.' 하는 여자가 있도록 그것이 아무렇지도 아니한 것이라면 그것을 한 번 빼앗긴 때문에 생명을 내버리는 여자가 있는 것은 무엇으로 설명할 것인가?

이 두 여자가 모두 건전한 양심의 소유자라고 볼 수는 없다.

그러나 그 가운데 나무라기로 들면 차라리 정조를 빼앗긴 것으로 자살한 여자를 나무랄 것이지 '이십 전에 팔겠소.' 하는 여자는 나무랄 수가 없다.

열여섯 살부터 시작하여 이래 3년이나 색주가 집으로 굴러다니는 여자다.

언제 누구에게 귀떨어진 도덕 관념이나 정당한 인생관을 얻어들은 적이 없을 것이다.

술잔을 들고 앉아 한 잔이라도 오는 손님에게 더 먹이어 한 푼어치라도 주인의 수입을 도와주면 칭찬이 오니 그만이다.

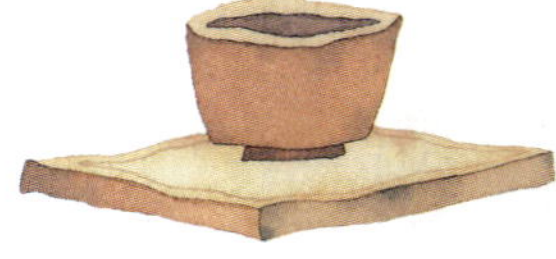

"고년 어여쁘다. 나하고 ××."

하고 손님이 말하면 그에 좇아 비록 조발(早發)일지언정 생리적 만족을 얻는 한편 그야말로 단돈 이십 전이라도 벌면 그만이다.

옆에서 그것을 시키기는 할지언정 그것이 나쁘다고 가르쳐 주는 사람이 있을 턱이 없는 것이다. 사실 일반 매춘부가 정조적으로 양심을 가진 듯이 보인다는 것은 그 대부분이 되레 한 가식(假飾)에 지나지 못하는 것이다.

그것은 그들에게 있어서 일종의 정당성을 가진 노동인 것이다. 그러나 그것을 보고 불쌍하다고 여기고 동정을 하는 것은 의문의

패은이다.

지금 세상은 정당한 성도덕(性道德)이 서 있는 때도 아니다.

그것은 한 세대(世代)에 여러 가지의 시대사조가 얼크러져 있는 때문이다. 그러니까 여자의 정조에 대하여도 일률적으로 선악과 시비를 가릴 수 없는 것이다.

하룻밤 몸값으로 '이십 전도 좋소.' 하는 여자, 그에게는 다른 사람이 갖는 성도덕도 없고, 따라서 자신을 타락이라서 슬퍼하지도 아니한다. 그 여자 자신을 나무랄 필요도 없는 것이요, 동정할 여지도 없는 것이다. 그 여자 자신은 결코 불쌍한 사람이 아니다.

예수의 사랑(?)도 아무리 그 사랑이 크고 넓다 했을지언정 그것은 '불쌍한 사람', '죄지은 사람'에게 미칠 수 있는 것이다.

'불쌍하지 아니한', '죄짓지 아니한' 등과의 색주가 계집애에게는 누구의 동정이나 사랑도 일없는 것이다.

'뭣? 관념적이라고?'

그렇다. 관념적이라도 할 수 없다. 그러나 그것은 그 여자의 주관을 객관화한 것이다.

또 그 병적 현실에 메스를 대는 것은 집단의 역사적 문제이지만, 룸펜 인텔리의 결벽과 흥분쯤으로는 문제가 되지 아니한다.

다만 취객이 3원 각수를 던져 주었으므로 해서 그 여자는 감격 없는 기쁨을 맛보았을 뿐일 것이다.

'이게 웬 떡이냐……. 어제 저녁에 꿈이 괜찮더니 이런 땡을 잡을 양으로 그랬구나……. 웬 얼간 망둥이냐.'

그 계집애는 응당 그렇게밖에는 더 생각되지 아니하였을 것이다. 그것이 결코 무리가 없는 당연한 일이다.

P는 여기까지 생각하고 입맛 쓴 고소를 띠었다.

"흥! 되지 못하게…… 장님이 눈병 앓는 사람더러 불쌍하다고 한 셈인가."

P는 돌아누우면서 혀를 끌끌 찼다.

9

1934년의 이 세상에도 기적이 있다.

그것은 P가 굶어 죽지 아니한 것이다. 그는 최근 일주일 동안 돈이 생긴 데가 없다. 잡힐 것도 없었고 어디서 벌이한 적도 없다. 그렇다고 남의 집 문 앞에 가서 '밥 한 술 주시오.' 하고 구걸한 일도 없고 남의 것을 훔치지도 아니하였다.

그러나 그동안 굶어 죽지 아니하였다. 야위기는 하였지만 그래도 멀쩡하게 살아 있다. P와 같은 인생을 이 세상에 하나도 없이 싹 치운다면 근로하는 사람이 조금은 편해질는지도 모른다.

P가 소(小) 부르주아지 축에 끼는 인텔리가 아니요 노동자였다면 그동안 거지가 되었거나 비상 수단을 썼을 것이다. 그러나 그에게는 그러한 용기도 없다. 그러면서도 죽지 아니하고 살아 있다. 그렇지만 죽기보다 더 귀찮은 일은 그를 잠시도 해방시켜 주지 아니한다.

그의 아들 창선이를 올려 보낸다고 어제 편지가 왔고, 오늘은 내일 아침에 경성역에 당도한다는 전보까지 왔다.

오정 때 전보를 받은 P는 갑자기 정신이 난 듯이 쩔쩔매고 돌아다니며 돈을 마련하였다. '최소한도 이십 원은…….' 하고 돌아다닌 것이 석양 때 겨우 십오 원이 변통되었다.

종로에서 풍로니 냄비니 양재기니 숟갈이니 무어니 해서 살림 나부랭이를 간단하게 장만하여 가지고 올라오는 길에 전에 잡지사에 있을 때 안××인쇄소의 문선 과장을 찾아갔다.

월급도 일없고 다만 일만 가르쳐 주면 그만이니 어린아이 하나를 써 달라고 졸라 댔다.

A라는 그 문선 과장은 요리조리 칭탈을 하던 끝에 ― 그는 P가 누구 친한 사람의 집 어린애를 천거하는 줄 알았던 것이다.

"보통학교나 마쳤나요?"

하고 물었다.

"아아니오."

P는 솔직하게 대답하였다.

"나이는 몇인데?"

"아홉 살."

"아홉 살?"

A는 놀라 반문을 하는 것이었다.

"기왕 일을 배울 테면 아주 어려서부터 배워야지요."

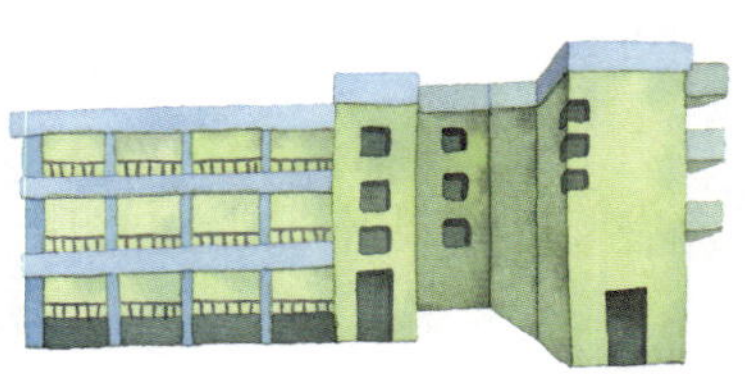

"그래도 너무 어려서 원, 뉘 집 애요?"

"내 자식 놈이랍니다."

P는 그래도 약간 얼굴이 붉어짐을 깨달았다. A는 이 말에 가장 놀라운 듯이 입만 벌리고 한참이나 P를 물끄러미 바라다본다.

"왜? 내 자식이라고 공장에 못 보내란 법 있답니까?"

"아니, 정말 그래요?"

"정말 아니고."

"괜히 실없는 소리……. 자제라고 해야 들어줄 테니까 그러시지?"

"아니, 그건 그렇잖아요. 내 자식 놈이야요."

"그럼 왜 공부를 시키잖구?"

"인쇄소 일 배우는 것도 공부지."

"그건 그렇지만 학교에 보내야지."

"학교에 보낼 처지가 못 되고 또 보낸댔자 사람 구실도 못 할 테니까……."

"거참, 모를 일이오. 우리 같은 놈은 이 짓을 해 가면서도 자식을 공부시키느라고 애를 쓰는데, 되레 공부시킬 줄 아는 양반이 보통학교도 아니 마친 자제를 공장엘 보내요?"

"내가 학교 공부를 해 본 나머지 그게 못쓰겠으니까, 자식은 딴 공부를 시키겠다는 것이지요."

"글쎄 정 그러시다면 내가 내 자식 진배없이 잘 데리고 있으면서 일이나 착실히 가르쳐 드리리다마는…… 원 너무 어린데 애처롭잖아요?"

"애처로운 거야 애비 된 내가 더하지만, 그것이 제게는 약이니까……."

P는 당부와 치하를 하고 인쇄소를 나왔다. 한 짐 벗어 놓은 것 같이 몸이 가뿐하고 마음이 느긋하였다. 그는 집으로 올라가는 길에 싸전에 쌀 한 말을 부탁하고 호배추도 몇 통 사들였다. 그렁저

링 5원을 썼다.

십 원 남은 중에 주인 노인에게 6원을 내주니 입이 귀밑까지 째진다. 그 끝에 P가 사 온 호배추를 내주며 김치를 담가 달라고 하니 선선히 응낙한다. 그리고 자식을 데리고 자취를 하겠다니까 깍두기나 간장이나 된장 같은 것을 아까운 줄 모르고 날라다 주고 한다.

10

이튿날 전에 없이 첫 새벽에 일어나 P는 서투른 솜씨로 화롯밥을 지어 놓고 정거장으로 나갔다.

그의 형에게서 온 편지에 S라는 고향 사람이 서울 올라오는 길에 따라 보낸다고 했으니까 P는 창선이보다도 더 낯이 익은 S를 찾았다. 과연 차가 식식거리고 들어서매 인간을 뱉어 내놓은 찻간에서 S가 창선이를 데리고 두리번거리며 내려왔다.

어디서 생겼는지 새까만 고쿠라 양복을 입고 이화표 붙은 학생 모자를 쓰고 거기다가 보따리를 하나 지고 무엇 꾸린 것을 손에 들고 차에서 내리는 어린아이……. 저게 내 자식이니라 생각하니 P는 어쩐지 속으로 얼굴이 붉어지며 한편 가엾기도 하였다.

S가 두 손에 짐을 가득 들고 두리번거리다가 가까이 온 P를 보고 반겨 소리를 지른다. 창선이가 모자를 벗고 학교식으로 경례를 한다. 얼굴은 네댓 살 적에 보던 것보다 더 한층 저의 외가를 닮았다. P는 그것이 몹시 불만이었다.

"그새 재미가 좋았니?"

S의 하는 첫인사다.

"뭘 그저 그렇지……. 괜한 산 짐을 지고 오느라고 애썼네."

P는 이렇게 인사 겸 치하를 하였다.

"원 천만에……. 그 애가 나이는 어려도 어떻게 속이 찼는지……. 너 늬 아버지 알아보겠니?"

S는 창선이를 돌아보며 웃는다. 창선이는 고개를 숙이고 수줍은지 아무 대답도 아니 한다.

P는 S와 창선이를 데리고 구름다리로 올라왔다.

"저의 외할머니가 저 양복이야 떡이야 모두 해 가지고 자네 댁에까지 오셨더라네……. 오셔서 어제 떠나는데 정거장까지 나오셨는데 여러 가지 신신당부를 하시데…… 자네에게 전하라고."

S는 P가 그다지 듣고 싶지도 아니한 이야기를 뒤따라오며 늘어놓는다.

그의 가슴에는 옛날의 반감이 솟쳐 올랐다.

"별걱정 다 하던 게로군……. 내 자식 내가 어련히 할까 봐 쫓아다니면서 그래……."

"그래도 노인들이라 어디 그런가……. 객지에서 혼자 있는데 데리고 있기 정 불편하거든 당신께로 도로 보내게 하라고 그러시데."

"그 집에 내 자식이 무슨 상관이 있어서 보내라는 거야? 보낼 테면 그때 데려왔을라구……."

P는 그것이 모두 그와 갈린 아내의 조종인 줄 알기 때문에 더구나 심정이 났다. 화가 나는 대로 하면 어린아이가 입고 온 양복도 벗겨 내던지고 싶었으나 참았다.

11

일찍 맛보지 못한 새살림을 P는 시작하였다.

창선이가 도착한 날 밤.

창선이는 아랫목에서 색색 잠을 자고 있다. 외롭게 꿈을 꾸고 있으려니 생각하매 전에 없던 애정이 솟아오르는 듯하였다.

이튿날 아침 일찍 창선이를 데리고 ××인쇄소에 가서 A에게 맡기고 안 내키는 발길을 돌이켜 나오는 P는 혼자 중얼거렸다.

"레디메이드 인생이 비로소 겨우 임자를 만나 팔리었구나."

이태준 〈복덕방〉

이태준(李泰俊 1904~?)

이태준의 호는 상허(尙虛)이며, 1904년 11월 4일 강원도 철원에서 태어났다.

함경북도 이진에서 한학 공부를 하다 철원 사립 봉명학교를 1918년 수석으로 졸업하고, 상급 학교에 진학할 형편이 되지 않아 1920년 초까지 객주집 사환으로 일하는 등 고초를 겪으며 자랐다. 1921년 휘문고등보통학교에 입학했으나 1923년 동맹 휴학 주도로 중퇴하고 1926년 동경 상지대학 문과에 입학, 1927년에 중퇴하고 귀국한 뒤에 이화여자전문학교 강사, 중외일보·조선중앙일보 기자로도 활동했다. 이태준은 시대일보에 〈오몽녀〉를 발표하면서 문단에 등단했다. 1933년 구인회에 가입했고, 1930년대부터 본격적인 작품 활동을 시작하여 많은 작품을 발표하였다. 그의 주요 단편으로는 〈까마귀〉, 〈달밤〉, 〈복덕방〉 등이 있으며, 장편으로는 〈제2의 운명〉, 〈회관〉, 〈불멸의 함성〉, 〈황진이〉, 수필집으로 〈무서록〉 등이 있다. 그 밖에 한 시대의 뛰어난 저서로 평가받은 〈문장론〉, 〈문장강화〉가 있다.

복덕방

이태준

복덕방

〈복덕방〉은 1937년 《조광》에 발표된 단편 소설이다. 1930년대 최고의 문장미를 이룬 이태준은 이 소설을 통해 구한말과 일제 강점기를 배경으로 능력 없고 소외된 세 노인의 각기 다른 삶의 적응 방식을 섬세하게 묘사하고 있다. 시간적 순서를 따라가는 순차적 진행 방식이며, 단일한 사건 전개의 단순 구성으로 주요 인물인 안 초시의 욕망과 좌절, 자살이 기둥을 이루고 있다.

이 작품은 조선의 전통적인 가치와 질서에 매달려 있다가 근대화의 물결에 밀려나 복덕방 구석을 지키고 있는 노인들의 안타까운 모습과 거기에 깃든 인생의 슬픔을 보여 주고 있다. 새로운 세상에서 행복하고 안락하게 살기를 갈망하던 안 초시는 세속적인 영화와 유혹에 빠져 부동산 투기를 했다가 실패하여 자살하는 인물로 그려진다. 그의 딸은 무용가로 출세하여 화려한 모습을 뽐내지만, 도덕적 타락과 물질적 탐욕으로 가득 찬 인물이다. 결국 안 초시가 그리던 새로운 세상은 인간의 윤리를 무너뜨리고 가치를 타락시키는 무자비한 횡포에 지나지 않는다. 즉 조선의 근대화는 인간 타락의 과정인 것이다.

안 초시가 자살하자 두 노인은 눈물을 삼킨다. 결국 작자는 세 노인을 통해서 현실적인 성공에의 꿈은 아직 남아 있지만, 이들은 이미 변화하는 시대에 뒤처진 사람들의 이야기를 하고 있다. 사회의 그늘에서 소외당한 이들이 무능하거나 게을러서 초라해진 것이 아니라 사회의 여건 때문에 그늘로 내몰린 사람으로 보고 있는 것이다. 수동적이고 왜소한 그들의 존재는 비극적이다. 그래서 안 초시의 자살이라는 비극적인 결말은 당시 역사적 흐름과 맞물리는 것이기도 하다.

　복덕방 주인인 서 참의, 유명한 무용가 딸을 둔 안 초시, 대서업을 개업하려는 박희완 영감은 날마다 복덕방에 모여 무료하게 소일을 한다.

　안 초시는 수차에 걸친 사업 실패로 몰락하여 지금은 서 참의의 복덕방에서 신세를 지고 있다. 유명한 무용가인 딸 안경화가 있으나, 그는 그녀의 짐일 뿐이다. 안 초시는 복덕방에서 화투 패를 보며, 사업에 대한 야심이 커서 언제든 한 번쯤은 무슨 수가 생겨 다시 일어서리라 생각한다. 재기를 꿈꾸던 안 초시에게 박 영감이 부동산 투자에 관한 정보를 일러 준다. 이에 안 초시는 딸과 상의하여 투자를 결심한다. 안 초시는 딸이 마련해 준 돈을 몽땅 부동산에 투자한다. 그러나 사기 당했음을 알고 충격을 받은 안 초시는 음독자살한다. 안경화는 아버지의 죽음을 슬퍼하기보다 자신의 명성에 손상을 입을까 두려워한다.

　자살한 안 초시의 영결식이 안경화의 연구소 마당에서 열렸다. 안경화는 서 참의의 권유를 받아들여 장례식을 성대하게 치른다. 많은 조문객들이 모였지만 모두들 고인과는 무관하고 무용가인 안경화를 보고 온 사람들이었다. 서 참의와 박희완 영감은 가슴이 답답했다. 분향을 하고 무슨 말인가 한마디 했으면 속이 후련할 것 같았으나, 울음이 먼저 터져 나오고 만다. 그들은 묘지까지 따라갈 작정이었으나, 모인 사람들이 하나같이 마음에 들지 않아서 도로 술집으로 내려온다.

핵심정리

갈래: 단편소설

시점: 3인칭 전지적 작가 시점

배경: 일제 강점기 서울의 어느 복덕방

주제: 쇠락한 노인들의 삶과 죽음

출전: 조광

복덕방

철썩, 앞집 판장 밑에서 물 내버리는 소리가 났다. 주먹구구에 골독했던 안 초시에게는 놀랄 만한 폭음이었던지, 다리 부러진 돋보기 너머로 똑 모이를 쪼으려는 닭의 눈을 해 가지고 수챗구멍을 내다본다. 뿌연 뜨물에 휩쓸려 나오는 것이 여러 가지다. 호박 꼭지, 계란 껍질, 거피해 버린 녹두 껍질.

"녹두 빈자떡을 부치는 게로군, 흥 ……."

한 5~6년째 안 초시는 말끝마다 '젠 — 장…….'이 아니면 '흥!' 하는 코웃음을 잘 붙이었다.

"추석이 벌써 낼모레지! 젠 — 장……."

안 초시는 저도 모르게 입맛을 다시었다. 기름내가 코에 풍기는 듯 대뜸 입 안에 침이 흥건해지고 전에 괜찮게 지낼 때, 충치니 풍치니 하던 것은 거짓말이었던 것처럼 아래윗니가 송곳 끝같이 날카로워짐을 느끼었다.

안 초시는 그 날카로워진 이를 빈 입인 채 빠드득 소리가 나게 한 번 물어 보고 고개를 들었다.

하늘은 천 리같이 트였는데 조각구름들이 여기저기 널리었다. 어떤 구름은 깨끗이 바래 말린 옥양목처럼 흰빛이 눈이 부시다.

안 초시는 이내 자기의 때 묻은 적삼 생각이 났다. 소매를 내려다 보는 그의 얼굴은 날래 들리지 않는다. 거기는 한 조박(조각)의 녹두 빈자떡이나 한잔의 약주로써 어쩌지 못할, 더 슬픔과 더 고적함이 품겨 있는 것 같았다.

혹혹 소매 끝을 불어 보고 손끝으로 튀겨 보기도 하다가 목침을 세우고 눕고 말았다.

"이사는 팔하고 사오는 이십이라 천이 되지…… 가만…… 천이라? 사로 했으니 사천이라 사천 평…… 매 평에 아주 줄여 잡아 5환씩만 하게 돼두 4환 칠십오 전씩이 남으니, 그럼…… 사사는 십육 1만 육천 환하고……."

안 초시가 다시 주먹구구를 거듭해서 얻어 낸 총액이 1만 구천 원, 단 천 원만 들여도 1만 구천 원이 되리라는 셈속이니, 1만 원만 들이면 그게 얼만가? 그는 벌떡 일어났다. 이마가 화끈했다. 도사렸던 무릎을 얼른 곧추세우고 뒤나 보려는 사람처럼 쪼그렸다. 마꼬 갑이 번연히 빈 것인 줄 알면서도 다시 집어다 눌러 보았다. 주머니에는 단돈 십 전, 그도 안경다리를 고친다고 벌써 세 번짼가 네 번째 딸에게서 사십~오십 전씩 얻어 가지고는 번번이 담뱃값으로 다 내보내고 말던 최후의 십 전, 안 초시는 주머니에 손을 넣어 그것을 집어 내었다. 백통화 한 푼을 얹은 야윈 손바닥, 가만히 떨리었다. 서 참의의 투박한 손을 생각하면 너무나 얇고 잔망스러운 손이거니 하였다. 그러나 이따금 술잔은 얻어먹고, 이렇게 내 방처럼 그의 복덕방에서 잠까지 빌려 자건만 한 번도, 집 거간이나 해 먹는 서 참의의 생활이 부럽지는 않았다. 그래도 언제든지 한 번쯤은 무슨 수가 생기어 다시 한 번 내 집을 쓰게 되고, 내

밥을 먹게 되고, 내 힘과 내 낯으로 다시 한 번 세상에 부딪혀 보려니 믿어졌다.

초시는 전에 어떤 관상쟁이의 '엄지손가락을 안으로 넣고 주먹을 쥐어야 재물이 나가지 않는다.'는 말이 생각났다. 늘 그렇게 쥐노라고는 했지만 문득 생각이 나 내려다볼 때는, 으레 엄지손가락이 얄밉도록 밖으로만 쥐어져 있었다. 그래 드팀전을 하다가도 실패를 하였고, 그래 집까지 잡혀서 장전을 내었다가도 그만 화재를 보았거니 하는 것이다.

"이놈의 엄지손가락아, 안으로 좀 들어가아, 젠 — 장."

하고 연습 삼아 엄지손가락을 먼저 안으로 넣고 아프도록 두 주먹을 꽉 쥐어 보았다. 그리고 당장 내보낼 돈이면서도 그 십 전짜리를 그렇게 쥔 주먹에 단단히 넣고 담배 가게로 나갔다.

이 복덕방에는 흔히 세 늙은이가 모이었다.

언제, 누가 와, 집 보러 가잘지 몰라, 늘 갓을 쓰고 앉아서 행길을 잘 내다보는, 얼굴 붉고 눈방울 큰 노인은 주인 서 참의다. 참의로 다니다가 합병 후에는 다섯 해를 놀면서 시기를 엿보았으나 별수가 없을 것 같아서 이럭저럭 심심파적으

로 갖게 된 것이 이 가옥 중개업이었다. 처음에는 겨우 굶지 않을 만한 수입이었으나 대정 8~9년 이후로는 시골 부자들이 세금에

몰려, 혹은 자녀들의 교육을 위해 서울로만 몰려들고, 그런데다 돈은 흔해져서 관철동, 다옥정 같은 중앙 지대에는 그리 고옥만 아니면 1만 원대를 예사로 훌훌 넘었다. 그 판에 봄가을로 어떤 달에는 삼백~사백 원 수입이 있어, 그러기를 몇 해를 지나 가회동에 수십 칸 집을 세웠고, 또 몇 해 지나지 않아서는 창동 근처에 땅을 장만하기 시작하였다. 지금은 중개업자도 많이 늘었고 건양사 같은 큰 건축 회사가 생기어서 당자끼리 직접 팔고 사는 것이 원칙처럼 되어 가기 때문에 중개료의 수입은 전보다 훨씬 준 셈이다. 그러나 이십 여 칸 집에 학생을 치고 싶은 대로 치기 때문에서 참의의 수입이 없는 달이라고 쌀값이 밀리거나 나무 값에 졸릴 형편은 아니다.

"세상은 먹구살게는 마련이야……."

서 참의가 흔히 하는 말이다. 칼을 차고 훈련원에 나서 병법을 익힐 제는, 한번 호령만 하고 보면 산천이라도 물러설 것 같던, 그 기개와 오늘의 자기, 한낱 가쾌(집 흥정을 붙이는 일을 직업으로 하는 사람)로 복덕방 영감으로 기생, 갈보 따위가 사글셋방 한 칸을 얻어 달래도 네, 네 하고 따라나서야 하는, 만인의 심부름꾼인 것을 생각하면 서글픈 눈물이 아니 날 수도 없는 것이다. 워낙 술을 즐기기도 하지만 어떤 때는 남몰래 이런 감회를 이기지 못해서 술집에 들어선 적도 여러 번이다.

그러나 호반들의 기개란 흔히 혈기에서 나오는 것이기 때문인지 몸에서 혈기가 줄어듦에 따라 그런 감회를 일으킴조차 요즘은 적어지고 말았다. 하루는 집에서 점심을 먹다 듣노라니 무슨 장사치의 외는 소리인데 아무래도 귀에 익은 목청이다. 자세히 귀를 기울이니 점점 가까이 오는 소리인데 제법 무엇을 사라는 소리가 아니라 '유리병이나 간장 통 팔거 — 쏘 — .' 하는 소리이다. 그런데 그 목청이 보면 꼭 알 사람 같아 일어서서 마루 들창으로 내다보니, 이번에는 '가마니나 신문, 잡지나 팔거 — 쏘 — .' 하면서 가마니 두어 개를 지고 한 손에는 저울을 들고 중노인이나 된 사나이가 지나가는데 아는 사람은 확실히 아는 사람이다. 그러나 그를 어디서 알았으며 성명이 무엇이며 애초에는 무엇을 하던 사람인지가 감감해지고 말았다.

"오 — 라! 그렇군…… 분명…… 저런!"

하고 그는 한참 만에 고개를 끄덕이었다. 그 유리병과 간장 통을 외는 소리가 골목 안으로 사라져 갈 즈음에야 서 참의는 그가 누구인 것을 깨달아 낸 것이다.

"동관 김 참의…… 허!"

나이는 자기보다 훨씬 연소하였으나 학식과 재기가 있는 데다 호령 소리가 좋아 상관에게 늘 칭찬을 받던 청년 무관이었다. 이십 여 년 뒤에 들어도 갈 데 없이 그 목청이요, 그 모습이었다. 전날의 그를 생각하고 오늘의 그를 보니 적이 감개에 사무치어 밥술가락을 멈추고 냉수만 거듭 마시었다.

그러나 전에 혈기 있을 때와 달라 그런 기분이 오래가지는 않았다.

중학교 졸업반인 둘째 아들이 학교에 갔다 들어서는 것을 보고, 또 싸전에서 쌀값 받으러 와 마누라가 선선히 시퍼런 지전을 내어 헤는 것을 볼 때 서 참의는 이내 속으로,

'거저 살아야지 별수 있나. 저렇게 개가죽을 쓰고 돌아다니는 친구도 있는데……에헴.'

하였을 뿐 아니라 그런 절박한 친구에다 대면 자기는 얼마나 훌륭한 지체냐 하는 자존심도 없지 않았다.

'지난일 그까짓 생각할 건 뭐 있나. 사는 날까지……허허.'

여생을 웃으며 살 작정이었다. 그래 그런지 워낙 좀 실없는 티가 있는 데다 요즘 와서는 누구에게나 농지거리가 늘어 갔다. 그래 늘 눈이 달리고 뾰로통한 입으로는 말끝마다 젠 — 장 소리만 나오는 안 초시와는 성미가 맞지 않았다.

"쫌보야, 술 한잔 사 주랴?"

쫌보라는 말이 자기를 업신여기는 것 같아서 안 초시는 이내 발끈해 가지고,

"네깟 놈 술 더러워 안 먹는다."

한다.

"화투 패나 밤낮 떼면 너희 어멈이 살아온다던?"

하고 서 참의가 발끝으로 화투장들을 밀어 던지면 그만 얼굴이 새빨개져서 쌔근쌔근하다가 부채면 부채, 담뱃갑이면 담뱃갑, 자기의 것을 냉큼 집어 들고 다시 안 올 듯이 새침해 나가 버리는 것이다.

"조게 계집이문 천생 남의 첩감이야."

하고 서 참의는 껄껄 웃어 버리나 안 초시는 이렇게 돼서 올라가면 한 이틀씩 보이지 않았다.

한번은 안 초시의 딸의 무용회 날 밤이었다. 안경화라고, 한동안 토월회에도 다니다가 대판(大阪, 오사카)에 가 있느니 동경에

가 있느니 하더니, 5~6년 뒤에 무용가로 이름을 날리며 서울에 나타났다. 바로 제1회 공연 날 밤이었다. 서 참의가 조르기도 했지만, 안 초시도 딸의 사진과 이야기가 신문마다 나는 바람에 어깨가 으쓱해서 공표를 얻을 수 있는 대로 얻어 가지고 서 참의뿐 아니라 여러 친구를 돌려 줬던 것이다.

"허! 저기 한가운데서 지금 한창 다릿짓하는 게 자네 딸인가?"

남은 다 멍멍히 앉았는데 서 참의가 해괴한 것을 보는 듯 마땅치 않은 어조로 물었다.

"무용이란 건 문명국일수록 벗구 한다네그려."

약기는 한 안 초시는 미리 이런 대답으로 막았다.

"모르겠네 원……. 지금 총각 놈들은 모두 등신인가 바……."

"왜?"

하고 이번에는 다른 친구가 탄하였다.

"우린 총각 시절에 저런 걸 보문 그냥 못 배기네."

"빌어먹을 녀석……. 나잇값을 못하구. 개야, 저건 개……."

벌써 안 초시는 분통이 발끈거려서 나오는 소리였다.

한 가지가 끝나고 불이 환하게 켜졌을 때다.

"도루, 차라리 여배우 노릇을 댕기라구 그래라. 여배운 그래두 저렇게 넓적다린 내놓구 덤비지 않더라."

"그 자식 오지랖 경치게 넓네. 네가 안방 건넌방이 몇 칸이요나 알았지 뭘 쥐뿔이나 안다구 그래? 보기 싫건 나가렴."

하고 안 초시는 화를 발끈 내었다. 그러니까 서 참의도 안방 건넌방 말에 화가 나서 꽤 높은 소리로,

"넌 또 뭘 아니? 요 쫌보야."

하고 일어서 버리었다.

이 일이 있은 후 안 초시는 거의 달포나 서 참의의 복덕방에 나오지 않았었다. 그런 걸 박희완 영감이 가서 데리고 왔었다.

박희완 영감이란 세 영감 중의 하나로 안 초시처럼 이 복덕방에 와 자기까지는 안 하나 꽤 쏠쏠히 놀러 오는 늙은이다. 아니 놀러 오기만 하는 것이 아니라 와서는 공부도 한다. 재판소에 다니는 조카가 있어 대서업 운동을 한다고 〈속수국어독본〉을 노상 끼고 와 그 〈삼국지〉 읽던 투로,

"긴 — 상 도코 — 에 유키이마스카."

어쩌고를 외고 있는 것이다.

그러나 〈속수국어독본〉 뚜껑이 손때에 절고, 또 어떤 때는 목침 위에 받쳐 베고 낮잠도 자서 머리때까지 새까맣게 절어 '조선총독부편찬' 이란 잔글자들은 보이지 않게 되도록, 대서업 허가는 의연히 나오지 않는 모양이었다.

"너나 내나 다 산 것들이 업은 가져 뭘 허니. 무슨 세월에……흥!"

하고 어떤 때, 안 초시는 한나절이나 화투 패를 떼다 안 떨어지면 그 화풀이로 박희완 영감이 들고 중얼거리는 〈속수국어독본〉을 툭 채어 행길로 팽개치며 그랬다.

"넌 또 무슨 재술 바라구 밤낮 화투 패나 떨어지길 바라니?"

"난 심심풀이지."

그러나 속으로는 박희완 영감보다 더 세상에 대한 야심이 끓었다. 딸이 평양으로 대구로 다니며 지방 순회까지 하여서 제법 돈냥이나 걷힌 것 같으나 연구소를 내느라고 집을 뜯어고친다, 유성기를 사들인다, 교제를 하러 돌아다닌다 하느라고, 더구나 귀찮게만 아는 이 아비를 위해 쓸 돈은 예산에부터 들지 못하는 모양이었다.

"애? 낡은 솜이 돼 그런지, 삯바느질이 돼 그런지 바지 솜이 모두 치어서 어떤 덴 홑옷이야. 암만해두 샤쓸 한 벌 사 입어야겠다."

하고 딸의 눈치만 보아 오다 한번은 입을 열었더니,

"어련히 인제 사드릴라구요."

하고 딸은 대답은 선선하였으나 샤쓰는 그해 겨울이 다 지나도록 구경도 못하였다. 샤쓰는커녕 안경다리를 고치겠다고 돈 1만 원만 달래도 1원짜리를 굳이 바꿔다가 오십 전 한 닢만 주었다. 안경은 돈을 좀 주무르던 시절에 장만한 것이라 테만 5~6원 먹은 것이어서 오십 전만으로 그런 다리는 어림도 없었다. 오십 전짜리 다리도 있지만 살 바에는 조촐한 것을 택하던 초시의 성미라 더구나 면상에서 짝짝이로 드러나는 것을 사기가 싫었다. 차라리 종이 노끈인 채 쓰기로 하고 오십 전은 담뱃값으로 나가고 말았다.

"왜 안경다린 안 고치셨어요?"

딸이 그날 저녁으로 물었다.

"흥……."

초시는 말은 하지 않았다. 딸은 며칠 뒤에 또 오십 전을 주었다. 그러면서 어떻게 들으라고 하는 소리인지,

"아버지 보험료만 해두 한 달에 3원 팔십 전씩 나가요."

하였다. 보험료나 타 먹게 어서 죽어 달라는 소리로도 들리었
다.

"그게 내게 상관 있니?"

"아버지 위해 들었지 누구 위해 들었게요, 그럼?"

초시는 '정말 날 위해 하는 거문 살아서 한 푼이라두 다우. 죽
은 뒤에 내가 알 게 뭐냐.' 소리가 나오는 것을 억지로 참았다.

"오십 전이문 왜 안경다릴 못 고치세요?"

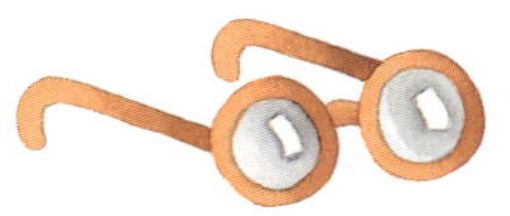

초시는 설명하지 않았다.

"지금 아버지가 좋고 낮은 걸 가리실 처지
야요?"

그러나 오십 전은 또 마꼬 값으로 다 나갔다. 이러기를 아마 서
너 번째다.

"자식도 소용없어. 더구나 딸자식……그저 내 수중에 돈이 있
어야……."

초시는 돈의 긴요성을 날로 날로 더욱 심각하게 느끼었다.

"돈만 가지면야 좀 좋은 세상인가!"

심심해서 운동 삼아 좀 나다녀 보면 거리마다 짓느니 고층 건축
들이요, 동네마다 느느니 그림 같은 문화 주택들이다. 조금만 정
신을 놓아도 물에서 갓 튀어나온 메기처럼 미끈미끈한 자동차가
등덜미에서 소리를 꽥 지른다. 돌아다보면 운전수는 눈을 부릅떴
고 그 뒤에는 금시곗줄이 번쩍거리는, 살진 중년 신사가 빙그레
웃고 앉았는 것이었다.

"예순이 낼모레…… 젠 ─ 장할 것."

초시는 늙어 가는 것이 원통하였다. 어떻게 해서나 더 늙기 전

에 적게 돈 1만 원이라도 붙들어 가지고 내 손으로 다시 한 번 이 세상과 교섭해 보고 싶었다. 지금 이 꼴로서야 문화 주택이 암만 서기로 내게 무슨 상관이며 자동차, 비행기가 개미 떼나 파리 떼처럼 퍼지기로 나와 무슨 인연이 있는 것이냐, 세상과 자기와는 자기 손에서 돈이 떨어진, 그 즉시로 인연이 끊어진 것이라 생각되었다.

"그러면 송장이나 다름없지, 뭔가?"

초시는 이런 질문을 자신에게 던지는 지가 이미 오래였다.

"무슨 수가 없을까?"

또,

"무슨 그루테기(그루터기)가 있어야 비비지!"

그러다가도,

"그래도 돈냥이나 엎질러 본 녀석이 벌기도 하는 게지."

하고 그야말로 무슨 그루터기만 만나면 꼭 벌기는 할 자신이었다.

그러다가 박희완 영감에게서 들은 말이었다. 관변에 있는 모 유력자를 통해 비밀리에 나온 말인데 황해 연안에 제2의 나진이 생긴다는 말이었다. 지금은 관청에서만 알 뿐이나 축항 용지(항구를 구축하기 위한 용지)는 비밀리에 매수되었으므로 불원하여 당국자로부터 공표가 있으리라는 것이다.

"그럼, 거기가 황무진가? 전답들인가?"

초시는 눈이 뻘게 물었다.

"밭이라데."

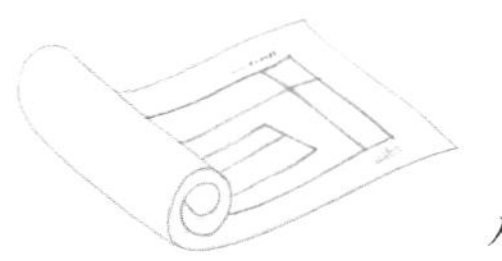

“밭? 그럼 매평 얼마나 간다나?”

“좀 올랐대. 관청에서 사는 바람에 아무리 시골 사람들이기루 그만 눈치 없겠나. 그래도 무슨 일루 관청서 사는진 모르거든…….”

“그래?”

“그래, 그리 오르진 않었대……. 아마 평당 이십오~이십육 전씩이면 살 수 있다나 보데. 그러니 화중지병이지 뭘 허나, 우리가…….”

“음…….”

초시는 관자놀이가 욱신거리었다. 정말이기만 하면 한 시각이라도 먼저 덤비는 놈이 더 먹는 판이다. 나진도 5~6전 하던 땅이 한번 개항된다는 소문이 나자 당년으로 5~6전의 백 배 이상이 올랐고 3~4년 뒤에는, 땅 나름이지만 어떤 요지는 천 배 이상이 오른 데가 많다.

‘다 산 나이에 오래 끌 건 뭐 있나. 당년으로 넘겨두 최소한도 5환씩이야 무려할 테지…….’

혼자 생각한 초시는,

“대관절 어디란 말이야, 거기가?”

하고 나앉으며 물었다.

“그걸 낸들 아나?”

“그럼?”

“그 모씨라는 이만 알지. 그러게 날더러 단 1만 원이라도 자본을 운동하면 자기는 거기서도 어디 어디가 요지라는 걸 설계도를 복사해 낸 사람이니까 그 요지만 산단 말이지. 그리구 많이두 바라지 않어. 비용 죄다 제치구 순이익의 2할만 달라는 거야.”

"그럴 테지…… 누가 그런 자국을 일러 주구 구경만 하자겠나……. 2할이라…… 2할……."

초시는 생각할수록 이것이 훌륭한, 그 무슨 그루터기가 될 것 같았다. 나진의 선례도 있거니와 박희완 영감 말이 만주국이 되는 바람에 중국과의 관계가 미묘해지므로 황해 연안에도 으레 나진과 같은 사명을 갖는 큰 항구가 필요할 것은 우리 상식으로도 추측할 바라 하였다. 초시의 상식에도 그것을 믿을 수 있었다.

오늘은 오래간만에 피죤을 사서, 거기서 아주 한 대를 피워 물고 왔다. 어째 박희완 영감이 종일 보이지 않는다. 다른 데로 자금 운동을 다니나 보다 하였다. 서 참의는 점심 전에 나간 사람이 어디서 흥정이 한 자리 떨어지느라고인지 아직 돌아오지 않는다. 안 초시는 미닫이틀 위에서 낡은 화투를 꺼내었다.

"허, 이거 봐라!"

여간해선 잘 떨어지지 않던 거북패가 단번에 뚝 떨어진다. 누가 옆에 있어 좀 보아 줬으면 싶었다.

"아무래두 이게 심상치 않어……. 이제 재수가 티나 부다!"

초시는 반도 타지 않은 담배를 행길로 내던졌다. 출출하던 판에 담배만 몇 대를 피우고 나니 목이 컬컬해진다. 앞집 수채에는 뜨물에 떠내려가다 막힌 녹두 껍질이 그저 누렇게 보인다.

"오냐, 내년 추석엔……."

초시는 이날 저녁에 박희완 영감에게서 들은 이야기를 딸에게 하였다. 실패는 했을지라도 그래도 십수 년을 상업계에서 논 안 초시라 출자를 권유하는 수작만은 딸이 듣기에도 딴사람인 듯 놀라웠다. 딸은 즉석에서는 가부를 말하지 않았으나 그의 머릿속에서도 이내 잊혀지지는 않았던지 다음 날 아침에는, 딸 편이 먼저이 이야기를 다시 꺼내었고, 초시가 박희완 영감에게 묻던 이상으로 시시콜콜히 캐물었다. 그러면 초시는 또 박희완 영감 이상으로 손가락으로 가리키듯 소상히 설명하였고, 1년 안에 청장(조세나 빚 등을 깨끗이 갚는 일)을 하더라도 최소한도로 오십 배 이상의 순이익이 날 것이라 장담 장담하였다.

딸은 솔깃했다. 사흘 안에 연구소 집을 어느 신탁회사에 넣고 삼천 원을 돌리기로 하였다. 초시는 금시발복(운이 틔어 복이 닥침)이나 된 듯 뛰고 싶게 기뻤다.

"서 참의 이놈, 날 은근히 멸시했것다. 내 굳이 널 시켜 네 집보다 난 집을 살 테다. 네깟 놈이 천생 가쾌지 별거냐……."

그러나 신탁 회사에서 돈이 되는 날은 웬 처음 보는 청년 하나가 초시의 앞을 가리며 나타났다. 그는 딸의 청년이었다. 딸은 아버지의 손에 단 1전도 넣지 않았고, 꼭 그 청년이 나서 돈을 쓰며 처리하게 하였다.

처음에는 팩 나오는 노염을 참을 수가 없었으나 며칠 밤을 지내고 나니, 적어도 삼천 원의 순이익이 5만~6만 원은 될 것이라, 1만 원 하나야 어디로 가랴 하는 타협이 생기어서 안 초시는 으슬으슬 그, 이를테면 사위 녀석 격인 청년의 뒤를 따라나섰다.

1년이 지났다.

모두 꿈이었다. 꿈이라도 너무 악한 꿈이었다. 삼천 원어치 땅을 사 놓고 날마다 신문을 훑어보며 수소문을 하여도 거기는 축항이 된단 말이 신문에도, 소문에도 나지 않았다. 용당포와 다사도에는 땅값이 삼십 배가 올랐느니 오십 배가 올랐느니 하고 졸부들이 생겼다는 소문이 있어도 여기는 감감소식일 뿐 아니라 나중에, 역시 이것도 박희완 영감을 통해 알고 보니 그 관변 모 씨에게 박희완 영감부터 속아 떨어진 것이었다. 축항 후보지로 측량까지 하기는 하였으나 무슨 결점으로인지 중지되고 마는 바람에 너무 기민하게 거기다 땅을 샀던, 그 모 씨가 그 땅 처치에 곤란하여 꾸민 연극이었다.

돈을 쓸 때는 1원짜리 한 장 만져도 못 봤지만 벼락은 초시에게 떨어졌다. 서너 끼씩 굶어도 밥 먹을 정신이 나지도 않았거니와 밥을 먹으러 들어갈 수도 없었다.

"재물이란 친자 간의 의리도 배추 밑 도리듯 하는 건가?"

탄식할 뿐이었다. 밥보다는 술과 담배가 그리웠다. 물론 안경다리는 그저 못 고치었다. 그러나 이제는 오십 전짜리는커녕 단 십 전짜리도 얻어 볼 길이 없다.

추석 가까운 날씨는 해마다의 그때와 같이 맑았다. 하늘은 천리같이 트였는데 조각구름들이 여기저기 널리었다. 어떤 구름은 깨끗이 바래 말린 옥양목처럼 흰빛이 눈이 부시다. 안 초시는 이번에도 자기의 때 묻은 적삼 생각이 났다. 그러나 이번에는 소매 끝을 붉거나 떨지는 않았다. 고요히 흘러내리는 눈물을 그 더러운 소매로 닦았을 뿐이다.

여름이 극성스럽게 덥더니, 추위도 그럴 징조인지 예년보다 무

서리가 일찍 내리었다. 서 참의가 늘 지나다니는 식은 관사에는
울타리가 넘게 피었던 코스모스들이 끓는 물에 데쳐 낸 것처럼 시
커멓게 무르녹고 말았다.

참의는 머리가 띵 — 하였다. 요즘 와서 울기 잘하는 안 초시를
한번 위로해 주려, 엊저녁에는 데리고 나와 청요릿집으로, 추어탕
집으로 새로 두 점을 치도록 돌아다닌 때문 같았다. 조반이라고
몇 술 뜨기는 했으나 혀도 그냥 뻑뻑하다. 안 초시도 그럴 것이니
까 해는 벌써 오정 때지만 끌고 나와 해장술이나 먹으리라 하고
부지런히 내려와 보니, 웬일인지 복덕방이라고 쓴 베 발이 아직
내걸리지 않았다.

"이 사람 봐……. 어느 땐 줄 알구 코만 고누……."

그러나 코 고는 소리는 들리지 않았다. 미닫이를 밀어젖힌 서
참의는 정신이 번쩍 났다. 안 초시의 입에는 피, 얼굴은 잿빛이다.
방 안은 움 속처럼 음습한 바람이 횡 — 끼친다.

"아니?"

참의는 우선 미닫이를 닫고 눈을 비비고 초시를 들여다보았다.
안 초시는 벌써 아니요, 안 초시의 시체일 뿐, 둘러보니 무슨 약병
인 듯한 것 하나가 굴러져 있다.

참의는 한참 만에야 이 일이 슬픈 일인 것을 깨달았다.

"허!"

파출소로 갈까 하다 그래도 자식한테 먼저 알려야겠다 하고 말
만 듣던 그 안경화 무용 연구소를 찾아가서 안경화를 데리고 왔
다. 딸이 한참 울고 난 뒤다.

"관청에 어서 알려야지?"

“아니야요, 앉으세요.”
딸은 펄쩍 뛰었다.
“앉으라니?”
“저…….”
“저라니?”
“제 명예도 좀…….”
하고 그는 애원하였다.
“명예? 안 될 말이지, 명옐
생각하는 사람이 애빌 저 모양
으로 세상 떠나게 해?”
“…….”

안경화는 엎드려 다시 울었
다. 그러다가 나가려는 서 참의의 다리를 끌어안고 놓지 않았다.
그리고,
“절 살려 주세요.”
소리를 몇 번이나 거듭하였다.
“그럼, 비밀은 내가 지킬 테니 나 하자는 대루 할까?”
“네.”
서 참의는 다시 앉았다.
“부친 위해 보험 든 거 있지?”
“네 간이 보험이야요.”
“무슨 보험이든……. 얼마나 타게 되누?”
“사백팔십 원요.”
“부친 위해 들었으니 부친 위해 다 써야지?”

“그럼요.”

“에헴 그럼…… 돌아간 이가 늘 속샤쓸 입구퍼 했어. 상등 털 샤쓰를 사다 입히구, 그 우에 진견으로 수의 일습 구색 맞춰 짓게 허구……. 선산이 있나, 묻힐 데가?”

“웬걸요, 없어요.”

“그럼 공동묘지라도 특등지루 널찍하게 사구……. 장례식을 장 — 하게 해야 말이지 초라하게 해 버리면 내가 그저 안 있을 게야. 알아들어?”

“네에.”

하고 안경화는 그제야 핸드백을 열고 눈물 젖은 얼굴을 닦았다.

안 초시의 소위 영결식이 그 딸의 연구소 마당에서 열리었다.

서 참의와 박희완 영감은 술이 거나하게 취해 갔다. 박희완 영감이 무얼 잡혀서 가져왔다는 부의 2원을 서 참의가,

“장례비가 넉넉하니 자네 돈 그 계집애 줄 거 없네.”

하고 우선 술집에 들러 거나하게 곱빼기들을 한 것이다.

영결식장에는 제법 반반한 조객들이 모여들었다. 예복을 차리고 온 사람도 두엇 있었다. 모두 고인을 알아 온 것이 아니요, 무용가 안경화를 보아 온 사람들 같았다. 그중에는 고인의 슬픔을 알아 우는 사람인지, 덩달아 기분으로 우는 사람인지 울음을 삼키느라고 끽끽 하는 사람도 있었다. 안경화도 제법 눈이 젖어 가지고 신식 상복이라나 공단 같은 새까만 양복으로 관 앞에 나와 향불을 놓고 절하였다. 그 뒤를 따라 한 이십 명이 관 앞에 나와 꾸

벅거리었다. 그리고 무어라고 지껄이고 나가는 사람도 있었다.

그들의 분향이 거의 끝난 듯하였을 때,

"에헴!"

하고 얼굴이 시뻘건 서 참의도 한마디 없을 수 없다는 듯이 나섰다. 향을 한 움큼이나 집어 놓아 연기가 시커멓게 올려 솟더니 불이 일어났다. 후─ 후─ 불어 불을 끄고, 수염을 한 번 쓰다듬고 절을 했다. 그리고 다시,

"헴……."

하더니 조사를 하였다.

"나 서 참일세, 알겠나? 흥…… 자네 참 호살세, 호사야…… 잘 죽었느니. 자네 살았으문 이만 호살 해 보겠나? 인전 안경다리 고칠 걱정두 없구…… 아무튼지……."

하는데 박희완 영감이 들어서더니,

"이 사람 취했네그려."

하며 서 참의를 밀어냈다.

박희완 영감도 가슴이 답답하였다. 분향을 하고 무슨 소리를 한마디 했으면 속이 후련히 트일 것 같아서 잠깐 멈칫하고 서 있어 보았으나,

"으흐윽……."

하고 울음이 먼저 터져 그만 나오고 말았다.

서 참의와 박희완 영감도 묘지까지 나갈 작정이었으나 거기 모인 사람들이 하나도 마음에 들지 않아 도로 술집으로 내려오고 말았다.

이상 <날개>

이상(李箱 1910~1937)

이상의 본명은 김해경이며, 1910년 서울에서 태어났다.

1917년 신명보통학교에 입학하여 1921년 졸업하였고, 이후 동광학교에 입학했다가 1924년보성고교에 편입했다. 1927년 보성고등보통학교를 거쳐 1929년 경성고등공업학교 건축과를 졸업했다. 그해 조선총독부 내무국 건축과 기수(技手)가 되었으며, 1930년 잡지 《조선》에 중편 소설 〈십이월 십이일〉을 발표하고, 1931년 〈이상한 가역반응〉, 〈파편의 경치〉 등 일본어로 된 시를 발표하면서 문학 활동을 시작했다. 1933년 각혈로 기원직을 그만두고 요양을 하면서 황해도 백천온천에서 요양하다 그의 소설에 자주 등장하는 금홍을 만났다.

요양을 하면서 이태준 · 박태원 · 김기림 · 정지용 등과 사귀었고, 1934년 구인회(九人會) 활동을 하면서 당시 조선중앙일보 학예부장이던 정지용의 추천을 받아 '오감도'를 연작하지만 독자의 거센 항의로 중단되었다. 1936년 이상은 〈날개〉, 〈봉별기〉, 〈종생기〉, 수필 〈서망율도〉, 〈약수〉 등을 발표했다. 그해 9월 도쿄에 건너갔다가 1937년 2월 불령선인(不逞鮮人)으로 일본 경찰에 체포 · 감금되었다. 병보석으로 풀려난 뒤 김소운 등 몇 사람의 도움으로 입원하지만 1937년 4월 17일 "레몬 향기를 맡고 싶소"라는 유언을 남기고 동경대학 부속 병원에서 죽었다.

날개

이상

날개

작품 정리

　〈날개〉는 1936년 《조광》에 발표된 이상의 대표적인 단편 소설로 그의 첫사랑인 금홍(錦紅)과의 2년여에 걸친 동거 생활 속에서 얻어진 결과물로 여겨지고 있다.

　이 작품은 내용의 난해함과 형식의 파격성으로 1930년대 모더니즘 소설의 으뜸으로 꼽히는 작품이며, 자아 분열을 그린 한국 최초의 심리주의 소설이다. 주인공이며 화자인 '나'는 매춘부인 아내에게 붙어사는 무기력한 사람으로 현실 적응이나 개조의 행동력을 상실하고 자의식의 세계에 갇혀 무의미한 지적 유희나 감각적 자극만을 일삼는 정신 병리적 인물이다.

　'나'의 유일한 삶의 지반이었던 아내로부터의 배반감이 그를 막다른 골목으로 몰아넣고, 박제(剝製)로 상징되던 무기력한 천재는 "날자, 날자, 날자. 한 번만 더 날아 보자꾸나."란 외침으로 '탈출 의지'를 표현한다. 그러나 탈출 의지로 실패감을 맛본다.

　이 소설에 나오는 부부는 기형적인 삶을 살아가는 인물들이다. '나'는 아내에게 예속적이고 기생적인 존재이고 아내는 내 삶의 가장 기본적인 의식주를 해결해 주지만, 동시에 '나'에게 압박을 주면서 '나'를 지배하고 사육하는 존재이다. 이런 종속 관계는 시간과 공간의 소유 관계에서도 마찬가지다. '나'에게 아내가 몸을 파는 현장은 들여다봐서는 안 되는 공간이며 그 시간은 잠드는 시간이다. 외출할 때도 자정 전에는 절대로 집에 들어갈 수가 없다. 이런 자정의 시간과 반대쪽인 정오의 사이렌은 폐쇄성과 도착(倒錯)된 아내와의 관계를 역전시키는 공간이다.

　이러한 작품 성격은 그의 자아와 현실과의 관계, 현실에 대한 태도를 보여 주는 것으로써 1930년대 일제 강점기에 강력한 탄압 속에서 무기력할 수밖에 없었던 식민지 지식인의 무능함이 반영되고, 속악하고 부정한 현실 속에서 불가피하게 관계를 맺으며 살아가야 하는 곤혹스러움이 표현되어 있다. 이 작품에서 시대 현실을 반영하는 속악하고 부정한 현실은 아내의 행위로 상징되고 있으며 이는 도덕성을 상실한 현실이다.

　‘나’는 아내와 함께 유곽과 같은 33번지 어떤 방에 세를 들어 살면서, 늘 어두컴컴한 방에서 하루하루 뒹굴며 시간을 보낸다. 나에게는 현실 감각이 없다. 삶의 어떤 목적도 없다. 무기력한 나날들이 계속될 뿐이다.

　나에게 외부 세계와 통하는 유일한 통로는 아내뿐이다. 그런데 아내의 방과 내 방은 나뉘어 있다. 아내가 사는 아랫방은 해가 들지만 내가 사는 윗방은 볕이 들지 않는다. 아내가 외출을 하면 ‘나’는 얼른 아랫방으로 간다. ‘나’는 아내의 화장품 냄새를 맡거나 돋보기로 화장지를 태우거나 아내가 입던 옷을 입고 놀지만 아내에게 내객이 생길 때는 어쩔 수 없이 윗방에 갇혀 지내야 한다. 아내는 내객이 가고 나면 내가 잠을 자고 있는 동안 은화 한 푼을 머리맡에 놓고 가곤 한다. 어느 날 ‘나’는 아내가 사다 준 저금통에 모아 둔 은화를 몽땅 변소에 던져 버렸다. 저금통에 돈을 넣는 것이 성가셨다.

　그리고 어느 날 아내가 외출한 사이에 ‘나’도 밖으로 나갔다 비를 맞고 돌아온다. 궂은 날이기에 내객이 없을 거라 여겼지만 아내에겐 내객이 있었다. 아내는 자신의 일에 거추장스러운 ‘나’를 볕이 안 드는 방에서 나오지 못하도록 최면제를 먹인다. ‘나’는 그 약이 아스피린인 줄 알았으나 아내의 방에서 최면약 아달린 갑을 발견하고 괴로워한다. ‘나’는 산에서 아달린 여섯 알을 먹은 뒤 꼬박 하루 동안이나 잠을 잔다. 깨어나서 집으로 돌아온 ‘나’는 아내의 매음 행위를 보게 되고 아내에게 폭행까지 당한다. ‘나’는 그 자리를 뛰쳐나와 자신을 재우고 아내가 무슨 짓을 했는지를 고민하며 미츠코시 백화점(和信百貨店) 옥상으로 올라가 자신의 스물여섯 해를 회고한다. 그때 정오의 사이렌이 울리고 ‘나’는 현란한 거리 풍경을 내려다보며 “날개야 다시 돋아라. 날자, 날자, 날자. 한 번만 더 날자꾸나. 한 번만 날아 보자꾸나.” 하고 외친다.

핵심정리

갈래: 심리주의 소설

시점: 1인칭 주인공 시점

배경: 일제 강점기 서울 33번지 구석방

주제: 식민치하의 지식인의 분열의식 극복

출전: 조광

날개

　‘박제가 되어 버린 천재’를 아시오? 나는 유쾌하오. 이런 때 연애까지가 유쾌하오.

　육신이 흐느적흐느적하도록 피로했을 때만 정신이 은화처럼 맑소. 니코틴이 내 횟배(회충으로 인한 배앓이) 앓는 뱃속으로 스미면 머릿속에 으레 백지가 준비되는 법이오. 그 위에다 나는 위트와 패러독스를 바둑 포석처럼 늘어놓소. 가증할 상식의 병이오.
　나는 또 여인과 생활을 설계하오. 연애 기법에마저 서먹서먹해진 지성의 극치를 흘깃 좀 들여다본 일이 있는, 말하자면 일종의 정신 분일자 말이오. 이런 여인의 반 — 그것은 온갖 것의 반이오 — 만을 영수하는 생활을 설계한다는 말이오. 그런 생활 속에 한 발만 들여놓고 흡사 두 개의 태양처럼 마주 쳐다보면서 낄낄거리는 것이오. 나는 아마 어지간히 인생의 제행이 싱거워서 견딜 수가 없게끔 되고 그만둔 모양이오. 굿바이.

　굿바이, 그대는 이따금 그대가 제일 싫어하는 음식을 탐식하는 아이러니를 실천해 보는 것도 좋을 것 같소. 위트와 패러독스와…….

그대 자신을 위조하는 것도 할 만한 일이오. 그대의 작품은 한 번도 본 일이 없는 기성품에 의하여 차라리 경편하고 고매하리라.

19세기는 될 수 있거든 봉쇄하여 버리오. 도스토예프스키 정신이란 자칫하면 낭비인 것 같소. 위고를 불란서의 빵 한 조각이라고는 누가 그랬는지 지언인 듯싶소. 그러나 인생 혹은 그 모형에서 디테일 때문에 속는다거나 해서야 되겠소? 화를 보지 마오. 부디 그대께 고하는 것이니…….
(테이프가 끊어지면 피가 나오. 생채기도 머지않아 완치될 줄 믿소. 굿바이.)

감정은 어떤 포즈(그 포즈의 소만을 지적하는 것이 아닌지나 모르겠소). 그 포즈가 부동자세에까지 고도화할 때 감정은 딱 공급을 정지합네다.
나는 내 비범한 발육을 회고하여 세상을 보는 안목을 규정하였소.
여왕봉(여왕벌과 교미한 수벌은 반드시 죽는다는 사실에서 남편이 죽고 없는 미망인과 같은 의미를 지님)과 미망인 — 세상의 하고많은 여인이 본질적으로 이미 미망인 아닌 이가 있으리까? 아니! 여인의 전부가 그 일상에서 개개 '미망인'이라는 내 논리가 뜻밖에도 여성에 대한 모독이 되오? 굿바이.

그 33(삼십삼. 성교 자세를 의미하는 것으로 볼 수 있음)번지라는 것이 구조가 흡사 유곽이라는 느낌이 없지 않다. 한 번지에

18(십팔. 성적인 의도가 숨겨져 있음)가구가 죽
— 어깨를 맞대고 늘어서서 창호가 똑같고 아
궁이 모양이 똑같다. 게다가 각 가구에 사는
사람들이 송이송이 꽃과 같이 젊다. 해가 들
지 않는다. 해가 드는 것을 그들이 모른 체하
는 까닭이다. 턱살 밑에다 철줄을 매고 얼룩진 이
부자리를 널어 말린다는 핑계로 미닫이에 해가 드는 것을 막아 버
린다. 침침한 방 안에서 낮잠들을 잔다. 그들은 밤에는 잠을 자지
않나? 알 수 없다. 나는 밤이나 낮이나 잠만 자느라고 그런 것은
알 길이 없다. 삼십삼 번지 십팔 가구의 낮은 참 조용하다.

조용한 것은 낮뿐이다. 어둑어둑하면 그들은 이부자리를 걷어
들인다. 전등불이 켜진 뒤의 십팔 가구는 낮보다 훨씬 화려하다.
저물도록 미닫이 여닫는 소리가 잦다. 바빠진다. 여러 가지 내음
새(냄새)가 나기 시작한다. 비웃(청어) 굽는 내, 탕고도란(식민지
시대에 많이 쓰던 화장품의 이름) 내, 뜨물 내, 비눗내…….

그러나 이런 것들보다도 그들의 문패가 제일로 고개를 끄덕이
게 하는 것이다. 이 십팔 가구를 대표하는 대문이라는 것이 일각
이 져서 외따로 떨어지기는 했으나 있다. 그러나 그것은 한 번도
닫힌 일이 없는 한길이나 마찬가지 대문인 것이다. 온갖 장사아치
들은 하루 가운데 어느 시간에라도 이 대문을 통하여 드나들 수
있는 것이다. 이네들은 문간에서 두부를 사는 것이 아니라 미닫이
만 열고 방에서 두부를 사는 것이다. 이렇게 생긴 삼십삼 번지 대
문에 그들 십팔 가구의 문패를 몰아다 붙이는 것은 의미가 없다.
그들은 어느 사이엔가 각 미닫이 위 백인당이니 길상당이니 써 붙

인 한 곁에다 문패를 붙이는 풍속을 가져 버렸다.

내 방 미닫이 위 한 곁에 칼표 딱지(뜯어서 쓰는 딱지)를 넷에다 낸 것만 한 내, 아니! 내 아내의 명함이 붙어 있는 것도 이 풍속을 좇은 것이 아닐 수 없다.

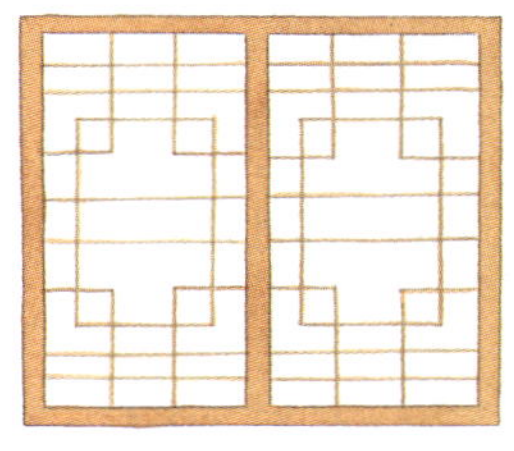

나는 그러나 그들의 아무와도 놀지 않는다. 놀지 않을 뿐만 아니라 인사도 않는다. 나는 내 아내와 인사하는 외에 누구와도 인사하고 싶지 않았다.

내 아내 외에 다른 사람과 인사를 하거나 놀거나 하는 것은 내 아내 낯을 보아 좋지 않은 일인 것만 같이 생각이 들었기 때문이다. 나는 이만큼까지 내 아내를 소중히 생각한 것이다.

내가 이렇게까지 내 아내를 소중히 생각한 까닭은 이 삼십삼 번지 십팔 가구 가운데서 내 아내가 내 아내의 명함처럼 제일 작고 제일 아름다운 것을 안 까닭이다. 십팔 가구에 각기 별러 든 송이 송이 꽃들 가운데서도 내 아내가 특히 아름다운 한 떨기의 꽃으로, 이 함석지붕 밑 볕 안 드는 지역에서 어디까지든지 찬란하였다. 따라서 그런 한 떨기 꽃을 지키고, 아니 그 꽃에 매달려 사는 나라는 존재가 도무지 형언할 수 없는 거북살스러운 존재가 아닐 수 없었던 것은 물론이다.

나는 어디까지든지 내 방이 — 집이 아니다. 집은 없다 — 마음에 들었다. 방 안의 기온은 내 체온을 위하여 쾌적하였고, 방 안의 침침한 정도가 또한 내 안력을 위하여 쾌적하였다. 나는 내 방 이 상의 서늘한 방도, 또 따뜻한 방도 희망하지 않았다. 이 이상으로 밝거나 이 이상으로 아늑한 방을 원하지 않았다. 내 방은 나 하나 를 위하여 요만한 정도를 꾸준히 지키는 것 같아 늘 내 방에 감사 하였고, 나는 또 이런 방을 위하여 이 세상에 태어난 것만 같아서 즐거웠다.

그러나 이것은 행복이라든가 불행이라든가 하는 것을 계산하는 것은 아니었다. 말하자면 나는 내가 행복하다고도 생각할 필요가 없었고, 그렇다고 불행하다고도 생각할 필요가 없었다. 그냥 그날 그날을 그저 까닭 없이 펀둥펀둥 게으르게만 있으면 만사는 그만 이었던 것이다.

내 몸과 마음에 옷처럼 잘 맞는 방 속에서 뒹굴면서, 축 처져 있 는 것은 행복이니 불행이니 하는 그런 세속적인 계산을 떠난 가장 편리하고 안일한, 말하자면 절대적인 상태인 것이다. 나는 이런 상태가 좋았다.

이 절대적인 내 방은 대문간에서 세어서 똑 일곱째 칸이다. 러 키세븐의 뜻이 없지 않다. 나는 이 일곱이라는 숫자를 훈장처럼 사랑하였다. 이런 이 방이 가운데 장지로 말미암아 두 칸으로 나 뉘어 있었다는 그것이 내 운명의 상징이었던 것을 누가 알랴?

아랫방은 그래도 해가 든다. 아침결에 책보만 한 해가 들었다가 오후에 손수건만 해지면서 나가 버린다. 해가 영영 들지 않는 윗 방이 즉 내 방인 것은 말할 것도 없다. 이렇게 볕 드는 방이 아내 방이요, 볕 안 드는 방이 내 방이요 하고 아내와 나 둘 중에 누가 정했는지 나는 기억하지 못한다.
그러나 나에게는 불평이 없다.

아내가 외출만 하면 나는 얼른
아랫방으로 와서 그 동쪽으로 난
들창을 열어 놓고, 열어 놓으면 들
이비치는 볕살이 아내의 화장대를
비쳐 가지각색 병들이 아롱이 지
면서 찬란하게 빛나고, 이렇게 빛
나는 것을 보는 것은 다시없는 내
오락이다. 나는 조그만 '돋보기'를

꺼내 가지고 아내만이 사용하는 지리가미(휴지)를 그슬려 가면서
불장난을 하고 논다. 평행 광선을 굴절시켜서 한 초점에 모아 가
지고 그 초점이 따끈따끈해지다가, 마지막에는 종이를 그슬리기
시작하고 가느다란 연기를 내면서 드디어 구멍을 뚫어 놓는 데까
지에 이르는 고 얼마 안 되는 동안의 초조한 맛이 죽고 싶을 만치
내게는 재미있었다.

이 장난이 싫증이 나면 나는 또 아내의 손잡이 거울을 가지고
여러 가지로 논다. 거울이란 제 얼굴을 비출 때만 실용품이다. 그
외의 경우에는 도무지 장난감인 것이다.

이 장난도 곧 싫증이 난다. 나의 유희심은 육체적인 데서 정신
적인 데로 비약한다. 나는 거울을 내던지고 아내의 화장대 앞으로
가까이 가서 나란히 늘어놓인 고 가지각색의 화장품 병들을 들여
다본다. 고것들은 세상의 무엇보다도 매력적이다. 나는 그중의 하
나만을 골라서 가만히 마개를 빼고 병 구멍을 내 코에 가져다 대

고 숨죽이듯이 가벼운 호흡을 하여 본다. 이국적인 센슈얼한 향기가 폐로 스며들면 나는 저절로 스르르 감기는 내 눈을 느낀다. 확실히 아내의 체취의 파편이다. 나는 도로 병마개를 막고 생각해 본다. 아내의 어느 부분에서 요 내음새가 났던가를……. 그러나 그것은 분명치 않다. 왜? 아내의 체취는 여기 늘어선 가지각색 향기의 합계일 것이니까.

아내의 방은 늘 화려하였다. 내 방이 벽에 못 한 개 꽂히지 않은 소박한 것인 반대로, 아내 방에는 천장 밑으로 쫙 돌려 못이 박히고, 못마다 화려한 아내의 치마와 저고리가 걸렸다. 여러 가지 무늬가 보기 좋다. 나는 그 여러 조각의 치마에서 늘 아내의 동체와 그 동체가 될 수 있는 여러 가지 포즈를 연상하고 연상하면서 내 마음은 늘 점잖지 못하다.

그렇건만 나에게는 옷이 없었다. 아내는 내게는 옷을 주지 않았다. 입고 있는 코르덴 양복 한 벌이 내 자리옷이었고 통상복과 나들이옷을 겸한 것이었다. 그리고 하이넥의 스웨터가 한 조각 사철을 통한 내 내의다. 그것들은 하나같이 다 빛이 검다. 그것은 내 짐작 같아서는, 즉 빨래를 될 수 있는 데까지 하지 않아도 보기 싫지 않도록 하기 위한 것이 아닌가 한다. 나는 허리와 두 가랑이 세 군데 다 고무 밴드가 끼여 있는 부드러운 사루마다(속옷)를 입고 그리고 아무 소리 없이 잘 놀았다.

어느덧 손수건만 해졌던 볕이 나갔는데 아내는 외출에서 돌아오지 않는다. 나는 요만 일에도 좀 피곤하였고, 또 아내가 돌아오기 전에 내 방으로 가 있어야 될 것을 생각하고 그만 내 방으로 건너간다. 내 방은 침침하다. 나는 이불을 뒤집어쓰고 낮잠을 잔다.

한 번도 걷은 일이 없는 내 이부자리는 내 몸뚱이의 일부분처럼 내게는 참 반갑다. 잠은 잘 오는 적도 있다. 그러나 또 전신이 까칫까칫하면서 영 잠이 오지 않는 적도 있다. 그런 때는 아무 제목으로나 제목을 하나 골라서 연구하였다. 나는 내 좀 축축한 이불 속에서 참 여러 가지 발명도 하였고 논문도 많이 썼다. 시도 많이 지었다. 그러나 그것들은 내가 잠이 드는 것과 동시에 내 방에 담겨서 철철 넘치는 그 흐늑흐늑한 공기에 다 — 비누처럼 풀어져서 온데간데가 없고, 한참 자고 깬 나는 속이 무명 헝겊이나 메밀껍질로 띵띵 찬 한 덩어리 베개와도 같은 한 벌 신경이었을 뿐이고 뿐이고 하였다.

그러기에 나는 빈대가 무엇보다도 싫었다. 그러나 내 방에서는 겨울에도 몇 마리의 빈대가 끊이지 않고 나왔다. 내게 근심이 있었다면 오직 이 빈대를 미워하는 근심일 것이다. 나는 빈대에게 물려서 가려운 자리를 피가 나도록 긁었다. 쓰라리다. 그것은 그윽한 쾌감임에 틀림없었다. 나는 혼곤히 잠이 든다.

나는 그러나 그런 이불 속의 사색 생활에서도 적극적인 것을 궁리하는 법이 없다. 내게는 그럴 필요가 대체 없었다. 만일 내가 그런 좀 적극적인 것을 궁리해 내었을 경우에 나는 반드시 내 아내와 의논하여야 할 것이고, 그러면 반드시 나는 아내에게 꾸지람을 들을 것이고 — 나는 꾸지람이 무서웠다느니보다도 성가셨다. 내가 제법 한 사람의 사회인의 자격으로 일을 해 보는 것도, 아내에게 사설 듣는 것도 나는 가장 게으른 동물처럼 게으른 것이 좋았

다. 될 수만 있으면 이 무의미한 인간의 탈을 벗어 버리고도 싶었다.

　나에게는 인간 사회가 스스러웠다. 생활이 스스러웠다. 모두가 서먹서먹할 뿐이었다.

　아내는 하루에 두 번 세수를 한다. 나는 하루 한 번도 세수를 하지 않는다. 나는 밤중 3시나 4시쯤 해서 변소에 갔다. 달이 밝은 밤에는 한참씩 마당에 우두커니 섰다가 들어오곤 한다. 그러니까 나는 이 십팔 가구의 아무와도 얼굴이 마주치는 일이 거의 없다. 그러면서도 나는 이 십팔 가구의 젊은 여인네 얼굴들을 거반 다 기억하고 있었다. 그들은 하나같이 내 아내만 못하였다.

　11시쯤 해서 하는 아내의 첫 번 세수는 좀 간단하다. 그러나 저녁 7시쯤 해서 하는 두 번째 세수는 손이 많이 간다. 아내는 낮에보다도 밤에 더 좋고 깨끗한 옷을 입는다. 그리고 낮에도 외출하고 밤에도 외출하였다.

　아내에게 직업이 있었던가? 나는 아내의 직업이 무엇인지 알 수 없다. 만일 아내에게 직업이 없었다면, 같이 직업이 없는 나처럼 외출할 필요가 생기지 않을 것인데 ― 아내는 외출한다. 외출할 뿐만 아니라 내객이 많다. 아내에게 내객이 많은 날은 나는 온종일 내 방에서 이불을 쓰고 누워 있어야만 된다. 불장난도 못한다. 화장품 내음새도 못 맡는다. 그런 날은 나는 의식적으로 우울해하였다. 그러면 아내는 나에게 돈을 준다. 오십 전짜리 은화다. 나는 그것이 좋았다. 그러나 그것을 무엇에 써야 옳을지 몰라서 늘 머리맡에 던져 두고두고 한 것이 어느 결에 모여서 꽤 많아졌다. 어

느 날 이것을 본 아내는 금고처럼 생긴 벙어리(저금통)를 사다 준
다. 나는 한 푼씩 한 푼씩 고 속에 넣고 열쇠는 아내가 가져갔다.
그 후에도 나는 더러 은화를 그 벙어리에 넣은 것을 기억한다. 그
리고 나는 게을렀다. 얼마 후 아내의 머리 쪽에 보지 못하던 누깔
잠(비녀의 일종)이 하나 여드름처럼 돋았던 것은 바로 그 금고형
벙어리의 무게가 가벼워졌다는 증거일까. 그러나 나는 드디어 머
리맡에 놓였던 그 벙어리에 손을 대지 않고 말았다. 내 게으름은
그런 것에 내 주의를 환기시키기도 싫었다.

아내에게 내객이 있는 날은 이불 속으로 암만 깊이 들어가도 비
오는 날만큼 잠이 잘 오지 않았다. 나는 그런 때 아내에게 왜 늘
돈이 있나, 왜 돈이 많은가를 연구했다.

내객들은 장지 저쪽에 내가 있는 것을 모르나 보다. 내 아내와
나도 좀 하기 어려운 농을 아주 서슴지 않고 쉽게 해 내던지는 것
이다. 그러나 아내의 내객 가운데 서너 사람의 내객들은 늘 비교
적 점잖았다고 볼 수 있는 것이 자정이 좀 지나면 으레 돌아들 갔
다. 그들 가운데는 퍽 교양이 옅은 자도 있는 듯싶었는데, 그런 자
는 보통 음식을 사다 먹고 논다. 그래서 보충을 하고 대체로 무사
하였다.

나는 우선 내 아내의 직업이 무엇인가를
연구하기에 착수하였으나 좁은 시야와 부
족한 지식으로는 이것을 알아내기 힘이 든
다. 나는 끝끝내 내 아내의 직업이 무엇인
가를 모르고 말려나 보다.

아내는 늘 진솔 버선(한 번도 신지 않은 새 버선)만 신었다. 아내는 밥도 지었다. 아내가 밥 짓는 것을 나는 한 번도 구경한 일은 없으나 언제든지 끼니때면 내 방으로 내 조석밥을 날라다 주는 것이다. 우리 집에는 나와 내 아내 외에 다른 사람은 아무도 없다. 이 밥은 분명 아내가 손수 지었음에 틀림없다.

그러나 아내는 한 번도 나를 자기 방으로 부른 일이 없다. 나는 늘 윗방에서 혼자서 밥을 먹고 잠을 잤다. 밥은 너무 맛이 없었다. 반찬이 너무 엉성하였다. 나는 닭이나 강아지처럼 말없이 주는 모이를 넙죽넙죽 받아먹기는 했으나 내심 야속하게 생각한 적도 더러 없지 않다. 나는 안색이 여지없이 창백해 가면서 말라 들어갔다. 나날이 눈에 보이듯이 기운이 줄어들었다. 영양 부족으로 하여 몸뚱이 곳곳의 뼈가 불쑥불쑥 내밀었다. 하룻밤 사이에도 수십 차를 돌아눕지 않고는 여기저기가 배겨서 나는 배겨 낼 수가 없었다.

그렇기 때문에 나는 내 이불 속에서 아내가 늘 흔히 쓸 수 있는 저 돈의 출처를 탐색해 보는 일변, 장지 틈으로 새어 나오는 아랫방의 음식은 무엇일까를 간단히 연구하였다. 나는 잠이 잘 안 왔다.

깨달았다. 아내가 쓰는 돈은 그, 내게는 다만 실없는 사람들로밖에 보이지 않는 까닭 모를 내객들이 놓고 가는 것임에 틀림없으리라는 것을 나는 깨달았다. 그러나 왜 그들 내객은 돈을 놓고 가나, 왜 내 아내는 그 돈을 받아야 되나 하는 예의 관념이 내게는 도무지 알 수 없는 것이었다.

그것은 그저 예의에 지나지 않는 것일까. 그렇지 않으면 혹 무슨 대가일까 보수일까. 내 아내가 그들의 눈에는 동정을 받아야만 할 가엾은 인물로 보였던가.

이런 것들을 생각하노라면 으레 내 머리는 그냥 혼란하여 버리곤 하였다. 잠들기 전에 획득했다는 결론이 오직 불쾌하다는 것뿐이었으면서도 나는 그런 것을 아내에게 물어보거나 한 일이 참 한번도 없다. 그것은 대체 귀찮기도 하려니와 한잠 자고 일어나면 나는 사뭇 딴사람처럼 이것도 저것도 다 깨끗이 잊어버리고 그만두는 까닭이다.

내객들이 돌아가고, 혹 밤 외출에서 돌아오고 하면 아내는 경편한 것으로 옷을 바꾸어 입고 내 방으로 나를 찾아온다. 그리고 이불을 들치고 내 귀에는 영 생동생동한 몇 마디 말로 나를 위로하려 든다. 나는 조소도 고소도 홍소도 아닌 웃음을 얼굴에 띄우고 아내의 아름다운 얼굴을 쳐다본다. 아내는 방그레 웃는다. 그러나 그 얼굴에 떠도는 일말의 애수를 나는 놓치지 않는다.

아내는 능히 내가 배고파하는 것을 눈치 챌 것이다. 그러나 아랫방에서 먹고 남은 음식을 나에게 주려 들지는 않는다. 그것은 어디까지든지 나를 존경하

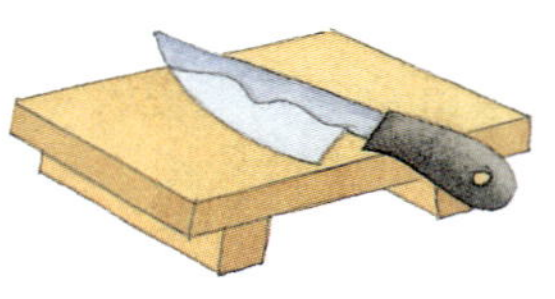

는 마음일 것임에 틀림없다. 나는 배가 고프면서도 적이 마음이 든든한 것을 좋아한다. 아내가 무엇이라고 지껄이고 갔는지 귀에 남아 있을 리가 없다. 다만 내 머리맡에 아내가 놓고 간 은화가 전등불에 흐릿하게 빛나고 있을 뿐이다.

고 금고형 벙어리 속에 고 은화가 얼마만큼이나 모였을까. 나는

그러나 그것을 쳐들어 보지 않았다. 그저 아무런 의욕도 기원도 없이 그 단춧구멍처럼 생긴 틈사구니로 은화를 떨어뜨려 둘 뿐이었다.

왜 아내의 내객들이 아내에게 돈을 놓고 가나 하는 것이 풀 수 없는 의문인 것같이, 왜 아내는 나에게 돈을 놓고 가나 하는 것도 역시 나에게는 똑같이 풀 수 없는 의문이었다. 내 비록 아내가 내게 돈을 놓고 가는 것이 싫지 않았다 하더라도 그것은 다만 고것이 내 손가락에 닿는 순간에서부터 고 벙어리 주둥이에서 자취를 감추기까지의 하잘것없는 짧은 촉각이 좋았달 뿐이지 그 이상 아무 기쁨도 없다.

어느 날 나는 고 벙어리를 변소에 갖다 넣어 버렸다. 그때 벙어리 속에는 몇 푼이나 되는지는 모르겠으나 고 은화들이 꽤 들어 있었다.

나는 내가 지구 위에 살며 내가 이렇게 살고 있는 지구가 질풍신뢰의 속력으로 광대무변의 공간을 달리고 있다는 것을 생각했을 때 참 허망하였다. 나는 이렇게 부지런한 지구 위에서는 현기증도 날 것 같고 해서 한시바삐 내려 버리고 싶었다.

이불 속에서 이런 생각을 하고 난 뒤에는 나는 고 은화를 고 벙어리에 넣고 넣고 하는 것조차도 귀찮아졌다. 나는 아내가 손수 벙어리를 사용하였으면 하고 희망하였다. 벙어리도 돈도 사실에는 아내에게만 필요한 것이지 내게는 애초부터 의미가 전연 없는 것이었으니까 될 수만 있으면 그 벙어리를 아내가 아내 방으로 가

져갔으면 하고 기다렸다. 그
러나 아내는 가져가지 않는
다. 나는 내가 아내 방으로
가져다 둘까 하고 생각하여
보았으나 그 즈음에는 아내
의 내객이 원체 많아서 내가
아내 방에 가 볼 기회가 도
무지 없었다. 그래서 나는
하는 수 없이 변소에 갖다
집어넣어 버리고 만 것이다.
　나는 서글픈 마음으로 아
내의 꾸지람을 기다렸다. 그
러나 아내는 끝내 아무 말도

나에게 묻지도 하지도 않았다. 않았을 뿐 아니라 여전히 돈은 돈
대로 내 머리맡에 놓고 가지 않나? 내 머리맡에는 어느덧 은화가
꽤 많이 모였다.

　내객이 아내에게 돈을 놓고 가는 것이나 아내가 내게 돈을 놓고
가는 것이나 일종의 쾌감 — 그 외의 다른 아무런 이유도 없는 것
이 아닐까 하는 것을 나는 또 이불 속에서 연구하기 시작하였다.
쾌감이라면 어떤 종류의 쾌감일까를 계속하여 연구하였다. 그러
나 그것은 이불 속의 연구로는 알 길이 없었다. 쾌감, 쾌감, 하고
나는 뜻밖에도 이 문제에 대해서만 흥미를 느꼈다.
　아내는 물론 나를 늘 감금하여 두다시피 하여 왔다. 내게 불평

이 있을 리 없다. 그런 중에도 나는 그 쾌감이라는 것의 유무를 체험하고 싶었다.

　나는 아내의 밤 외출 틈을 타서 밖으로 나왔다. 나는 거리에서 잊어버리지 않고 가지고 나온 은화를 지폐로 바꾼다. 5원이나 된다. 그것을 주머니에 넣고 나는 목적을 잃어버리기 위하여 얼마든지 거리를 쏘다녔다. 오래간만에 보는 거리는 거의 경이에 가까울 만치 내 신경을 흥분시키지 않고는 마지않았다. 나는 금시에 피곤하여 버렸다. 그러나 나는 참았다. 그리고 밤이 이슥하도록 까닭을 잊어버린 채 이 거리 저 거리로 지향 없이 헤매었다. 돈은 물론 한 푼도 쓰지 않았다. 돈을 쓸 아무 엄두도 나서지 않았다. 나는 벌써 돈을 쓰는 기능을 완전히 상실한 것 같았다.
　나는 과연 피로를 이 이상 견디기가 어려웠다. 나는 가까스로 내 집을 찾았다. 나는 내 방으로 가려면 아내 방을 통과하지 않으면 안 될 것을 알고 아내에게 내객이 있나 없나를 걱정하면서 미닫이 앞에서 좀 거북살스럽게 기침을 한 번 했더니, 이것은 참 또 너무도 암상스럽게(매섭게) 미닫이가 열리면서 아내의 얼굴과 그 등 뒤에 낯선 남자의 얼굴이 이쪽을 내다보는 것이다. 나는 별안간 내어 쏟아지는 불빛에 눈이 부셔서 좀 머뭇머뭇했다.
　나는 아내의 눈초리를 못 본 것은 아니다. 그러나 나는 모르는 체하는 수밖에 없었다. 왜? 나는 어쨌든 아내의 방을 통과하지 아니하면 안 되니까…….
　나는 이불을 뒤집어썼다. 무엇보다도 다리가 아파서 견딜 수가 없었다. 이불 속에서는 가슴이 울렁거리면서 암만해도 까무러칠 것만 같았다. 걸을 때는 몰랐더니 숨이 차다. 등에 식은땀이 쭉 내밴다. 나는 외출한 것을 후회하였다. 이런 피로를 잊고 어서 잠이 들었으면 좋겠다. 한잠 잘 자고 싶었다.

얼마 동안이나 비스듬히 엎드려 있었더니 차츰차츰 뚝딱거리는 가슴 동기가 가라앉는다. 그만해도 우선 살 것 같았다. 나는 몸을 되돌려 반듯이 천장을 향하여 눕고 쭈욱 다리를 뻗었다.

그러나 나는 또다시 가슴의 동기를 피할 수 없게 되었다. 아랫방에서 아내와 그 남자의 내 귀에도 들리지 않을 만치 옅은 목소리로 소곤거리는 기척이 장지 틈으로 전하여 왔던 것이다. 청각을 더 예민하게 하기 위하여 나는 눈을 떴다. 그리고 숨을 죽였다. 그러나 그때는 벌써 아내와 남자는 앉았던 자리를 툭툭 털며 일어섰고, 일어서면서 옷과 모자 쓰는 기척이 나는 듯하더니 이어 미닫이가 열리고 구두 뒤축 소리가 나고, 그리고 뜰에 내려서는 소리가 쿵 하고 나면서 뒤를 따르는 아내의 고무신 소리가 두어 발자국 찍찍 나고 사뿐사뿐 나나 하는 사이에 두 사람의 발소리가 대문간 쪽으로 사라졌다.

나는 아내의 이런 태도를 본 일이 없다. 아내는 어떤 사람과도 결코 소곤거리는 법이 없다. 나는 윗방에서 이불을 쓰고 누웠는 동안에도 혹 술에 취해서 혀가 잘 돌아가지 않는 내객들의 담화는 더러 놓치는 수가 있어도 아내의 높지도 얕지도 않은 말소리는 일찍이 한 마디도 놓쳐 본 일이 없다. 더러 내 귀에 거슬리는 소리가 있어도 나는 그것이 태연한 목소리로 내 귀에 들렸다는 이유로 충분히 안심이 되었다.

그렇던 아내의 이런 태도는 필시 그 속에 여간하지 않은 사정이 있는 듯싶이 생각이 되고 내 마음은 좀 서운했으나 그러나 그보다도 나는 좀 너무 피곤해서 오늘만은 이불 속에서 아무것도 연구치 않기로 굳게 결심하고 잠을 기다렸다. 잠은 좀처럼 오지 않았다. 대문간에 나간 아내도 좀처럼 들어오지 않았다. 그러는 동안에 흐지부지 나는 잠이 들어 버렸다. 꿈이 얼쑹덜쑹 종을 잡을 수 없는 거리의 풍경을 여전히 헤맸다.

나는 몹시 흔들렸다. 내객을 보내고 들어온 아내가 잠든 나를 잡아 흔드는 것이다. 나는 눈을 번쩍 뜨고 아내의 얼굴을 쳐다보았다. 아내의 얼굴에는 웃음이 없다. 나는 좀 눈을 비비고 아내의 얼굴을 자세히 보았다. 노기가 눈초리에 떠서 얇은 입술이 바르르 떨린다. 좀처럼 이 노기가 풀리기는 어려울 것 같았다. 나는 그대로 눈을 감아 버렸다. 벼락이 내리기를 기다린 것이다. 그러나 쌔근하는 숨소리가 나면서 푸시시 아내의 치맛자락 소리가 나고 장지가 여닫히며 아내는 아내 방으로 돌아갔다. 나는 다시 몸을 되돌려 이불을 뒤집어쓰고는 개구리처럼 엎드리고, 엎드려서 배가 고픈 가운데서도 오늘 밤의 외출을 또 한번 후회하였다.

나는 이불 속에서 아내에게 사죄하였다. 그것은 네 오해라고……. 나는 사실 밤이 퍽 이슥한 줄만 알았던 것이다. 그것이 네 말마따나 자정 전인 줄은 나는 정말이지 꿈에도 몰랐다. 나는 너무 피곤하였었다. 오래간만에 나는 너무 많이 걸은 것이 잘못이다. 내 잘못이라면, 잘못은 그것밖에는 없다. 외출은 왜 하였느냐고?

나는 그 머리맡에 저절로 모인 5원 돈을 아무에게라도 좋으니 주어 보고 싶었던 것이다. 그뿐이다. 그러나 그것도 내 잘못이라면 나는 그렇게 알겠다. 나는 후회하고 있지 않나?

내가 그 5원 돈을 써 버릴 수가 있었던들 나는 자정 안에 집에 돌아올 수 없었을 것이다. 그러나 거리는 너무 복잡하였고 사람은 너무도 들끓었다. 나는 어느 사람을 붙들고 그 5원 돈을 내어 주어야 할지 갈피를 잡을 수가 없었다. 그러는 동안에 나는 여지없이 피곤해 버리고 말았던 것이다.

나는 무엇보다도 좀 쉬고 싶었다. 눕고 싶었다. 그래서 나는 하는 수 없이 집으로 돌아온 것이다. 내 짐작 같아서는 밤이 어지간히 늦은 줄만 알았는데 그것이 불행히도 자정 전이었다는 것은 참 안된 일이다. 미안한 일이다. 나는 얼마든지 사죄하여도 좋다. 그러나 종시 아내의 오해를 풀지 못하였다 하면 내가 이렇게까지 사죄하는 보람은 그럼 어디 있나? 한심하였다.

1시간 동안을 나는 이렇게 초조하게 굴지 않으면 안 되었다. 나는 이불을 홱 젖혀 버리고 일어나서 장지를 열고 아내 방으로 비칠비칠 달려갔던 것이다. 내게는 거의 의식이라는 것이 없었다. 나는 아내 이불 위에 엎드러지면서 바지 포켓 속에서 그 돈 5원을 꺼내 아내 손에 쥐어 준 것을 간신히 기억할 뿐이다.

이튿날 잠이 깨었을 때, 나는 내 아내 방 아내 이불 속에 있었다. 이것이 이 삼십삼 번지에서 살기 시작한 이래 내가 아내 방에서 잔 맨 처음이었다.

해가 들창에 훨씬 높았는데 아내는 이미 외출하고 벌써 내 곁에 있지 않다. 아니! 아내는 엊저녁 내가 의식을 잃은 동안에 외출한 것인지도 모른다. 그러나 나는 그런 것을 조사하고 싶지 않았다.

다만 전신이 찌뿌드드한 것이 손가락 하나 꼼짝할 힘조차 없었다. 책보보다 좀 작은 면적의 볕이 눈이 부시다. 그 속에서 수없는 먼지가 흡사 미생물처럼 난무한다. 코가 칵 막히는 것 같다. 나는 다시 눈을 감고 이불을 푹 뒤집어쓰고 낮잠을 자기에 착수하였다. 그러나 코를 스치는 아내의 체취는 꽤 도발적이었다. 나는 몸을 여러 번 여러 번 비비 꼬면서 아내의 화장대에 늘어선 고 가지각색 화장품 병들과 고 병들의 마개를 뽑았을 때 풍기는 내음새를 더듬느라고 좀처럼 잠은 들지 않는 것을 나는 어찌하는 수도 없었다.

견디다 못하여 나는 그만 이불을 걷어차고 벌떡 일어나서 내 방으로 갔다. 내 방에는 다 식어 빠진 내 끼니가 가지런히 놓여 있는 것이다. 아내는 내 모이를 여기다 주고 나간 것이다. 나는 우선 배가 고팠다. 한 숟갈을 입에 떠 넣었을 때 그 촉감은 참 너무도 냉회와 같이 써늘하였다. 나는 숟갈을 놓고 내 이불 속으로 들어갔다. 하룻밤을 비워 버린 내 이부자리는 여전히 반갑게 나를 맞아 준다. 나는 내 이불을 뒤집어쓰고 이번에는 참 늘어지게 한잠 잤다. 잘 ―.

내가 잠을 깬 것은 전등이 켜진 뒤다. 그러나 아내는 아직도 돌아오지 않았나 보다. 아니! 들어왔다 또 나갔는지도 알 수 없다. 그러나 그런 것을 삼고하여 무엇 하나?

정신이 한결 난다. 나는 지난밤 일을 생각해 보았다. 그 돈 5원을 아내 손에 쥐어 주고 넘어졌을 때에 느낄 수 있었던 쾌감을 나는 무엇이라고 설명할 수가 없었다. 그러니 내객들이 내 아내에게 돈 놓고 가는 심리며, 내 아내가 내게 돈 놓고 가는 심리의 비밀을 나는 알아낸 것 같아서 여간 즐거운 것이 아니다. 나는 속으로 빙그레 웃어 보았다. 이런 것을 모르고 오늘까지 지내 온 나 자신이 어떻게 우스꽝스러워 보이는지 몰랐다. 나는 어깨춤이 났다.

따라서 나는 또 오늘 밤에도 외출하고 싶었다. 그러나 돈이 없다. 나는 또 엊저녁에 그 돈 5원을 한꺼번에 아내에게 주어 버린 것을 후회하였다. 또 고 벙어리를 변소에 갖다 처넣어 버린 것도 후회하였다. 나는 실없이 실망하면서 습관처럼 그 돈이 들어 있던 내 바지 포켓에 손을 넣어 한번 휘둘러보았다. 뜻밖에도 내 손에 쥐어지는 것이 있었다. 2원밖에 없다. 그러나 많아야 맛은 아니다. 얼마간이고 있으면 된다. 나는 그만한 것이 여간 고마운 것이 아니었다.

나는 기운을 얻었다. 나는 그 단벌 다 떨어진 코르덴 양복을 걸치고 배고픈 것도 주제 사나운 것도 다 잊어버리고 활갯짓을 하면서 또 거리로 나섰다. 나서면서 나는 제발 시간이 화살 닫듯 해서 자정이 어서 휙 지나 버렸으면 하고 조바심을 태웠다. 아내에게 돈을 주고 아내 방에서 자 보는 것은 어디까지든지 좋았지만, 만일 잘못해서 자정 전에 집에 들어갔다가 아내의 눈총을 맞는 것은 그것은 여간 무서운 일이 아니었다. 나는 저물도록 길가 시계를 들여다보고 들여다보고 하면서 또 지향 없이 거리를 방황하였다. 그러나 이날은 좀처럼 피곤하지는 않았다. 다만 시간이 좀 너무 더디게 가는 것만 같아서 안타까웠다.

경성 역 시계가 확실히 자정을 지난 것을 본 뒤에 나는 집을 향하였다. 그날은 그 일각 대문에서 아내와 아내의 남자가 이야기하고 섰는 것을 만났다. 나는 모르는 체하고 두 사람 곁을 지나서 내 방으로 들어갔다. 뒤이어 아내도 들어왔다. 와서는 이 밤중에 평생 안 하던 쓰레질(비로 쓸어 집 안을 청소하는 일)을 하는 것이다. 조금 있다가 아내가 눕는 기척을 엿듣자마자 나는 또 장지를 열고 아내 방으로 가서 그 돈 2원을 아내 손에 덥석 쥐어 주고, 그리고 — 하여간 그 2원을 오늘 밤에도 쓰지 않고 도로 가져온 것이 참 이상하다는 듯이 아내는 내 얼굴을 몇 번이고 엿보고 — 아내는 드디어 아무 말도 없이 나를 자기 방에 재워 주었다. 나는 이 기쁨을 세상의 무엇과도 바꾸고 싶지는 않았다. 나는 편히 잘 잤다.

이튿날도 내가 잠이 깨었을 때는 아내는 보이지 않았다. 나는 또 내 방으로 가서 피곤한 몸이 낮잠을 잤다.

내가 아내에게 흔들려 깨었을 때는 역시 불이 들어온 뒤였다. 아내는 자기 방으로 나를 오라는 것이다. 이런 일은 또 처음이다. 아내는 끊임없이 얼굴에 미소를 띠고 내 팔을 이끄는 것이다. 나는 이런 아내의 태도 이면에 엔간치 않은 음모가 숨어 있지나 않은가 하고 적이 불안을 느끼지 않을 수 없었다.

나는 아내가 하자는 대로 아내 방으로 끌려갔다. 아내 방에는 저녁 밥상이 조촐하게 차려져 있는 것이다. 생각하여 보면 나는 이틀을 굶었다. 나는 지금 배고픈 것까지도 긴가민가 잊어버리고 어름어름하던 차다.

나는 생각하였다. 이 최후의 만찬을 먹고 나자마자 벼락이 내려도 나는 차라리 후회하지 않을 것을. 사실 나는 인간 세상이 너무나 심심해서 못 견디겠던 차다. 모든 일이 성가시고 귀찮았으나 그러나 불의의 재난이라는 것은 즐거웁다.

나는 마음을 턱 놓고 조용히 아내와 마주 이 해괴한 저녁밥을 먹었다. 우리 부부는 이야기하는 법이 없었다. 밥을 먹은 뒤에도 나는 말이 없이 그냥 부스스 일어나서 내 방으로 건너가 버렸다. 아내는 나를 붙잡지 않았다. 나는 벽에 기대어 앉아서 담배를 한 대 피워 물고, 그리고 벼락이 떨어질 테거든 어서 떨어져라 하고 기다렸다.

5분! 십 분!

그러나 벼락은 내리지 않았다. 긴장이 차츰 늘어지기 시작한다. 나는 어느덧 오늘 밤에도 외출할 것을 생각하고 있었다. 돈이 있었으면 하고 생각하고 있었다.

그러나 돈은 확실히 없다. 오늘은 외출하여도 나중에 올 무슨 기쁨이 있나. 나는 앞이 그냥 아뜩하였다. 나는 화가 나서 이불을 뒤집어쓰고 이리 뒹굴 저리 뒹굴 굴렀다. 금시 먹은 밥이 목으로 자꾸 치밀어 올라온다. 메스꺼웠다.

하늘에서 얼마라도 좋으니 왜 지폐가 소낙비처럼 퍼붓지 않나, 그것이 그저 한없이 야속하고 슬펐다. 나는 이렇게밖에 돈을 구하는 아무런 방법도 알지는 못했다. 나는 이불 속에서 좀 울었나 보다. 돈이 왜 없냐면서…….

　그랬더니 아내가 또 내 방에 왔다. 나는 깜짝 놀라 아마 인제서야 벼락이 내리려나 보다 하고 숨을 죽이고 두꺼비 모양으로 엎디어 있었다. 그러나 떨어진 입을 새어 나오는 아내의 말소리는 참 부드러웠다. 정다웠다. 아내는 내가 왜 우는지를 안다는 것이다. 돈이 없어서 그러는 게 아니냔다. 나는 실없이 깜짝 놀랐다. 어떻게 사람의 속을 환 — 하게 들여다보는고 해서 나는 한편으로 슬그머니 겁도 안 나는 것은 아니었으나 저렇게 말하는 것을 보면 아마 내게 돈을 줄 생각이 있나 보다, 만일 그렇다면 오죽이나 좋은 일일까. 나는 이불 속에 뚤뚤 말린 채 고개도 들지 않고 아내의 다음 거동을 기다리고 있으니까, 옜소 — 하고 내 머리맡에 내려뜨리는 것은 그 가뿐한 음향으로 보아 지폐임에 틀림없었다. 그리고 내 귀에다 대고 오늘일랑 어제보다도 좀 더 늦게 들어와도 좋다고 속삭이는 것이다. 그것은 어렵지 않다. 우선 그 돈이 무엇보다도 고맙고 반가웠다.

　어쨌든 나섰다. 나는 좀 야맹증이다. 그래서 될 수 있는 대로 밝은 거리로 골라서 돌아다니기로 했다. 그러고는 경성 역 1, 2등 대합실 한곁 티 룸에 들렀다. 그것은 내게는 큰 발견이었다. 거기는 우선 아무도 아는 사람이 안 온다. 설사 왔다가도 곧 가니까 좋다. 나는 날마다 여기 와서 시간을 보내리라 속으로 생각하여 두었다.

　제일 여기 시계가 어느 시계보다도 정확하리라는 것이 좋았다. 섣불리 서투른 시계를 보고 그것을 믿고 시간 전에 집에 돌아갔다가 큰코를 다쳐서는 안 된다.

　나는 한 부스에 아무것도 없는 것과 마주 앉아서 잘 끓은 커피를 마셨다. 총총한 가운데 여객들은 그래도 한 잔 커피가 즐거운가 보다. 얼른얼른 마시고 무얼 좀 생각하는 것같이 담벼락도 좀 쳐다보고 하다가 곧 나가 버린다. 서글프다. 그러나 내게는 이 서글픈 분위기가 거리의 티 룸들의 그 거추장스러운 분위기보다는 절실하고 마음에 들었다. 이따금 들리는 날카로운 혹은 우렁찬 기적 소리가 모차르트보다도 더 가깝다. 나는 메뉴에 적힌 몇 가지 안 되는 음식 이름을 치읽고 내리읽고 여러 번 읽었다. 그것들은 아물아물한 것이 어딘가 내 어렸을 때 동무들 이름과 비슷한 데가 있었다.

　거기서 얼마나 내가 오래 앉았는지 정신이 오락가락하는 중에, 객이 슬며시 뜸해지면서 이 구석 저 구석 걷어치우기 시작하는 것을 보면 아마 닫을 시간이 된 모양이다. 11시가 좀 지났구나, 여기도 결코 내 안주의 곳은 아니구나, 어디 가서 자정을 넘길까, 두루 걱정을 하면서 나는 밖으로 나섰다. 비가 온다. 빗발이 제법 굵은 것이 우비도 우산도 없는 나를 고생을 시킬 작정이다. 그렇다고 이런 괴이한 풍모를 차리고 이 홀에서 어물어물하는 수는 없고, 에이 비를 맞으면 맞았지 하고 나는 그냥 나서 버렸다.

　대단히 선선해서 견딜 수가 없다. 코르덴 옷이 젖기 시작하더니 나중에는 속속들이 스며들면서 처근거린다. 비를 맞아 가면서라도 견딜 수 있는 데까지 거리를 돌아다녀서 시간을 보내려 하였으나, 인제는 선선해서 이 이상은 더 견딜 수가 없다. 오한이 자꾸 일어나면서 이가 딱딱 맞부딪는다.

나는 걸음을 재우치면서 생각하였다. 오늘 같은 궂은 날도 아내에게 내객이 있으려고, 없겠지, 하는 생각이 드는 것이다. 집으로 가야겠다. 아내에게 불행히 내객이 있거든 내 사정을 하리라. 사정을 하면 이렇게 비가 오는 것을 눈으로 보고 알아주겠지.

부리나케 와 보니까 그러나 아내에게는 내객이 있었다. 나는 그만 너무 춥고 척척해서 얼떨결에 노크하는 것을 잊었다. 그래서 나는 보면 아내가 좀 덜 좋아할 것을 그만 보았다. 나는 감발(버선 대신 발에 감는 좁고 긴 무명) 자국 같은 발자국을 내면서 덤벙덤벙 아내 방을 디디고 그리고 내 방으로 가서 죽 빠진 옷을 활활 벗어 버리고 이불을 뒤썼다. 덜덜 덜덜 떨린다. 오한이 점점 더 심해 들어온다. 여전 땅이 꺼져 들어가는 것만 같았다. 나는 그만 의식을 잃어버리고 말았다.

이튿날 내가 눈을 떴을 때 아내는 내 머리맡에 앉아서 제법 근심스러운 얼굴이다. 나는 감기가 들었다. 여전히 으스스 춥고 또 골치가 아프고 입에 군침이 도는 것이 씁쓸하면서 다리팔이 척 늘어져서 노곤하다.

아내는 내 머리를 쓱 짚어 보더니 약을 먹어야지 한다. 아내 손이 이마에 선뜩한 것을 보면 신열이 어지간한 모양인데 약을 먹는다면 해열제를 먹어야지 하고 속생각을 하자니까, 아내는 따뜻한 물에 하얀 정제약 네 개를 준다. 이것을 먹고 한잠 푹 — 자고 나면 괜찮다는 것이다. 나는 널름 받아먹었다. 쌉싸름한 것이 짐작 같아서는 아마 아스피린인가 싶다. 나는 다시 이불을 쓰고 단번에 그냥 죽은 것처럼 잠이 들어 버렸다.

나는 콧물을 훌쩍훌쩍하면서 여러 날을 앓았다. 앓는 동안에 끊이지 않고 그 정제약을 먹었다. 그러는 동안에 감기도 나았다. 그러나 입맛은 여전히 소태처럼 썼다.

나는 차츰 또 외출하고 싶은 생각이 났다. 그러나 아내는 나더러 외출하지 말라고 이르는 것이다. 이 약을 날마다 먹고 그리고 가만히 누워 있으라는 것이다. 공연히 외출을 하다가 이렇게 감기가 들어서 저를 고생을 시키는 게 아니냔다. 그도 그렇다. 그럼 외출을 하지 않겠다고 맹세하고 그 약을 연복하여 몸을 좀 보해 보리라고 나는 생각하였다.

나는 날마다 이불을 뒤집어쓰고 밤이나 낮이나 잤다. 유난스럽게 밤이나 낮이나 졸려서 견딜 수가 없는 것이다. 나는 이렇게 잠이 자꾸만 오는 것은 내가 몸이 훨씬 튼튼해진 증거라고 굳게 믿었다.

나는 아마 한 달이나 이렇게 지냈나 보다. 내 머리와 수염이 좀 너무 자라서 훗훗해서 견딜 수가 없어서 내 거울을 좀 보리라고 아내가 외출한 틈을 타서 나는 아내 방으로 가서 아내의 화장대 앞에 앉아 보았다. 상당하다. 수염과 머리가 참 산란하였다. 오늘은 이발을 좀 하리라 생각하고 겸사겸사 고 화장품 병들 마개를 뽑고 이것저것 맡아 보았다. 한동안 잊어버렸던 향기 가운데서는 몸이 배배 꼬일 것 같은 체취가 전해 나왔다. 나는 아내의 이름을 속으로만 한 번 불러 보았다. '연심이!' 하고…….

오래간만에 돋보기 장난도 하였다. 거울 장난도 하였다. 창에 든 볕이 여간 따뜻한 것이 아니었다. 생각하면 5월이 아니냐.

나는 커다랗게 기지개를 한번 켜 보고 아내 베개를 내려 베고 벌떡 자빠져서는 이렇게도 편안하고 즐거운 세월을 하느님께 흠

씬 자랑하여 주고 싶었다. 나는 참 세상의 아무것과도 교섭을 가
지지 않는다. 하느님도 아마 나를 칭찬할 수도 처벌할 수도 없는
것 같다.

그러나 다음 순간, 실로 세상에도 이상스러운 것이 눈에 띄었
다. 그것은 최면약 아달린 갑이었다. 나는 그것을 아내의 화장대
밑에서 발견하고 그것이 흡사 아스피린처럼 생겼다고 느꼈다. 나
는 그것을 열어 보았다. 똑 네 개가 비었다.

나는 오늘 아침에 네 개의 아스피린을 먹은 것을 기억하고 있었
다. 나는 잤다. 어제도 그제도 그끄제도 ― 나는 졸려서 견딜 수가
없었다. 나는 감기가 다 나았는데도 아내는 내게 아스피린을 주었
다. 내가 잠이 든 동안에 이웃에 불이 난 일이 있다. 그때에도 나

는 자느라고 몰랐다. 이렇게 나는 잤다. 나는 아스피린으로 알고 그럼 한 달 동안을 두고 아달린을 먹어 온 것이다. 이것은 좀 너무 심하다.

별안간 아뜩하더니 하마터면 나는 까무러칠 뻔하였다. 나는 그 아달린을 주머니에 넣고 집을 나섰다. 그리고 산을 찾아 올라갔다. 인간 세상의 아무것도 보기가 싫었던 것이다. 걸으면서 나는 아무쪼록 아내에 관계되는 일은 일절 생각하지 않도록 노력하였다. 길에서 까무러치기 쉬우니까다. 나는 어디라도 양지가 바른 자리를 하나 골라서 자리를 잡아 가지고 서서히 아내에 관하여 연구할 작정이었다. 나는 길가의 돌창, 핀 구경도 못 한 진개나리꽃, 종달새, 돌멩이도 새끼를 까는 이야기, 이런 것만 생각하였다. 다행히 길가에서 나는 졸도하지 않았다.

거기는 벤치가 있었다. 나는 거기 정좌하고 그리고 그 아스피린과 아달린에 관하여 연구하였다. 그러나 머리가 도무지 혼란하여 생각이 체계를 이루지 않는다. 단 5 분도 못 가서 나는 그만 귀찮은 생각이 번쩍 들면서 심술이 났다. 나는 주머니에서 가지고 온 아달린을 꺼내 남은 여섯 개를 한꺼번에 질겅질겅 씹어 먹어 버렸다. 맛이 익살맞다. 그리고 나서 나는 그 벤치 위에 가로 기다랗게 누웠다. 무슨 생각으로 내가 그따위 짓을 했나? 알 수가 없다. 그저 그러고 싶었다. 나는 게서 그냥 깊이 잠이 들었다. 잠결에도 바위틈으로 흐르는 물소리가 졸졸 하고 귀에 언제까지나 어렴풋이 들려왔다.

내가 잠을 깨었을 때는 날이 환 — 히 밝은 뒤다. 나는 거기서 일주야를 잔 것이다. 풍경이 그냥 노오랗게 보인다. 그 속에서도 나는 번개처럼 아스피린과 아달린이 생각났다.

아스피린, 아달린, 아스피린, 아달린, 맑스, 말사스, 마도로스, 아스피린, 아달린.

아내는 한 달 동안 아달린을 아스피린이라고 속이고 내게 먹였다. 그것은 아내 방에서 이 아달린 갑이 발견된 것으로 미루어 증거가 너무나 확실하다.

무슨 목적으로 아내는 나를 밤이나 낮이나 재웠어야 됐나?

나를 밤이나 낮이나 재워 놓고, 그리고 아내는 내가 자는 동안에 무슨 짓을 했나?

나를 조금씩 조금씩 죽이려던 것일까?

그러나 또 생각하여 보면 내가 한 달을 두고 먹어 온 것이 아스피린이었는지도 모른다. 아내는 무슨 근심되는 일이 있어서 밤이면 잠이 잘 오지 않아서 정작 아내가 아달린을 사용한 것이나 아닌지, 그렇다면 나는 참 미안하다. 나는 아내에게 이렇게 큰 의혹을 가졌다는 것이 참 안됐다.

나는 그래서 부리나케 거기서 내려왔다. 아랫도리가 홰홰 내어저으면서 어찔어찔한 것을 나는 겨우 집을 향하여 걸었다. 8시 가까이었다.

나는 내 잘못된 생각을 죄다 일러바치고 아내에게 사죄하려는 것이다. 나는 너무 급해서 그만 또 말을 잊어버렸다.

그랬더니 이건 참 너무 큰일 났다. 나는 내 눈으로 절대로 보아서 안 될 것을 그만 딱 보아 버리고 만 것이다. 나는 얼떨결에 그만 냉큼 미닫이를 닫고 그리고 현기증이 나는 것을 진정시키느라고 잠깐 고개를 숙이고 눈을 감고 기둥을 짚고 섰자니까, 1초 여유도 없이 홱 미닫이가 다시 열리더니 매무새를 풀어헤친 아내가 불쑥 내밀면서 내 멱살을 잡는 것이다. 나는 그만 어지러워서 게서 그냥 나둥그러졌다. 그랬더니 아내는 넘어진 내 위에 덮치면서 내 살을 함부로 물어뜯는 것이다. 아파 죽겠다. 나는 사실 반항할 의사도 힘도 없어서 그냥 넙죽 엎디어 있으면서 어떻게 되나 보고 있자니까, 뒤이어 남자가 나오는 것 같더니 아내를 한 아름에 덥석 안아 가지고 방으로 들어가는 것이다. 아내는 아무 말 없이 다소곳이 그렇게 안겨 들어가는 것이 내 눈에 여간 미운 것이 아니다. 밉다.

아내는 너 밤새워 가면서 도둑질하러 다니느냐, 계집질하러 다니느냐고 발악이다. 이것은 참 너무 억울하다. 나는 어안이 벙벙하여 도무지 입이 떨어지지를 않았다.

너는 그야말로 나를 살해하려던 것이 아니냐고 소리를 한번 꽥 질러 보고도 싶었으나, 그런 긴가민가한 소리를 섣불리 입 밖에 내었다가는 무슨 화를 볼는지 알 수 있나. 차라리 억울하지만 잠자코 있는 것이 우선 상책인 듯싶은 생각이 들기에 나는 이것은 또 무슨 생각으로 그랬는지 모르지만 툭툭 털고 일어나서 내 바지 포켓 속에 남은 돈 몇 원 몇십 전을 가만히 꺼내서는 몰래 미닫이를 열고 살며시 문지방 밑에다 놓고 나서는 그냥 줄달음박질을 쳐서 나와 버렸다.

여러 번 자동차에 치일 뻔하면서 나는 그래도 경성 역을 찾아갔다. 빈자리와 마주 앉아서 이 쓰디쓴 입맛을 거두기 위하여 무엇으로나 입가심을 하고 싶었다.

커피. 좋다. 그러나 경성 역 홀에 한 걸음을 들여놓았을 때 나는 내 주머니에는 돈이 한 푼도 없는 것을, 그것을 깜빡 잊었던 것을 깨달았다. 또 아뜩하였다. 나는 어디선가 그저 맥없이 머뭇머뭇하면서 어쩔 줄을 모를 뿐이었다. 얼빠진 사람처럼 그저 이리 갔다 저리 갔다 하면서…….

나는 어디로 어디로 들입다 쏘다녔는지 하나도 모른다. 다만 몇 시간 후에 내가 미츠코시 옥상에 있는 것을 깨달았을 때는 거의 대낮이었다.

나는 거기 아무 데나 주저앉아서 내 자라 온 스물여섯 해를 회고하여 보았다. 몽롱한 기억 속에서는 이렇다는 아무 제목도 불거져 나오지 않았다.

나는 또 나 자신에게 물어보았다. 너는 인생에 무슨 욕심이 있느냐고. 그러나 있다고도 없다고도, 그런 대답은 하기가 싫었다. 나는 거의 나 자신의 존재를 인식하기조차도 어려웠다.

허리를 굽혀서 나는 그저 금붕어나 들여다보고 있었다. 금붕어는 참 잘들도 생겼다. 작은 놈은 작은 놈대로 큰 놈은 큰 놈대로 다 싱싱하니 보기 좋았다. 내리비치는 5월 햇살에 금붕어들은 그릇 바탕에 그림자를 내려뜨렸다. 지느러미는 하늘하늘 손수건을 흔드는 흉내를 낸다. 나는 이 지느러미 수효를 헤어 보기도 하면서 굽힌 허리를 좀처럼 펴지 않았다. 등허리가 따뜻하다.

나는 또 회탁의 거리를 내려다보았다. 거기서는 피곤한 생활이 꼭 금붕어 지느러미처럼 흐늑흐늑 허비적거렸다. 눈에 보이지 않

는 끈적끈적한 줄에 엉켜서 헤어나지들을 못한다. 나는 피로와 공복 때문에 무너져 들어가는 몸뚱이를 끌고 그 회탁의 거리 속으로 섞여 들어가지 않는 수도 없다 생각하였다.

나서서 나는 또 문득 생각하여 보았다. 이 발길이 지금 어디로 향하여 가는 것인가를……

그때 내 눈앞에는 아내의 모가지가 벼락처럼 내려 떨어졌다. 아스피린과 아달린.

우리들은 서로 오해하고 있느니라. 설마 아내가 아스피린 대신에 아달린 정량을 나에게 먹여 왔을까? 나는 그것을 믿을 수가 없다. 아내가 대체 그럴 까닭이 없을 것이니, 그러면 나는 날밤을 새면서 도적질을, 계집질을 하였나? 정말이지 아니다.

우리 부부는 숙명적으로 발이 맞지 않는 절름발이인 것이다. 내가 아내나 제 거동에 로직(논리)을 붙일 필요는 없다. 변해할 필요도 없다. 사실은 사실대로 오해는 오해대로 그저 끝없이 발을 절뚝거리면서 세상을 걸어가면 되는 것이다. 그렇지 않을까?

그러나 나는 이 발길이 아내에게로 돌아가야 옳은가 이것만은 분간하기가 좀 어려웠다. 가야 하나? 그럼 어디로 가나?

이때 뚜우 하고 정오 사이렌이 울렸다. 사람들은 모두 네 활개를 펴고 닭처럼 푸드덕거리는 것 같고, 온갖 유리와 강철과 대리석과 지폐와 잉크가 부글부글 끓고 수선을 떨고 하는 것 같은 찰나, 그야말로 현란을 극한 정오다.

나는 불현듯이 겨드랑이가 가렵다. 아하, 그것은 내 인공의 날개가 돋았던 자국이다. 오늘은 없는 이 날개, 머릿속에서는 희망과 야심이 말소된 페이지가 딕셔너리 넘어가듯 번뜩였다.

나는 걷던 걸음을 멈추고 그리고 어디 한번 이렇게 외쳐 보고 싶었다.

날개야, 다시 돋아라.

날자, 날자, 날자. 한 번만 더 날자꾸나.

한 번만 더 날아 보자꾸나.

최서해 <탈출기>

최서해(崔曙海 1901~1932년)

　최서해의 본명은 학송이고, 서해는 호이다. 1901년 1월 21일 함경북도 성진에서 태어났으며 1911년 성진보통학교에 입학했으나 가난으로 5학년 때 중퇴하고, 독학으로 문학을 공부하였다.

　1917년 간도(間島)로 이주해 여러 직업을 전전하며 방랑하다가 1923년 귀국하였다.

　1918년 3월 《학지광》에 시 '우후정원의 월광', '추교의 모색', '반도청년에게'를 발표하여 창작 활동을 시작했고, 1924년 《조선문단》에 단편 〈고국〉이 추천되어 등단하였다. 1924년 1월 28일부터 2월 4일까지 동아일보에 '토혈'을 연재해 소설가로서의 역량을 유감없이 발휘했으며, 1925년 극도로 빈궁했던 간도 체험을 바탕으로 한 자전적 소설 〈탈출기〉를 발표해 당시 문단에 충격을 주었다. 특히 〈탈출기〉는 살길을 찾아 간도로 이주한 가난한 부부와 노모, 이 세 식구의 눈물겨운 참상을 박진감 있게 묘사한 작품으로 신경향파 문학의 대표작으로 평가된다. 그의 작품은 모두가 빈곤의 참상과 체험을 토대로 묘사한 것이어서 그 간결하고 직선적인 문체에 힘입어 한층 더 호소력을 지니고 있었으나, 예술적인 형상화가 미흡했던 탓으로 초기의 인기를 지속하지 못하고 1932년 7월 지병인 위문협착증으로 죽었다.

탈출기

최서해

탈출기

　이 작품은 1925년 3월 《조선문단》에 발표된 단편 소설로 작가의 자전적 요소가 강한 대표작이다. 간도는 일제 강점기 식민지 조선을 떠난 우리나라 사람들에게 또 다른 시련의 땅이었다. 일본의 착취를 견디기 힘들어 새로운 땅을 찾아 간도로 간 우리나라 민족이 중국인의 횡포에 시달리며 고통 속에서 하루하루를 연명해야 했기 때문이다.

　살기 위해 남의 나무를 도둑질할 수밖에 없는 '나' 에게는 굶주린 어머니와 자식 임신한 아내가 있다. 이들은 당시의 처지를 잘 보여 주고 있다.

　이 작품은 1920년대를 전후한 시기의 우리 민족의 수난사를 사실적으로 표출한 것에 문학사적인 가치가 있다. 단순히 생활고를 토로한 생활 문학의 범주를 넘어서서 프롤레타리아적인 해석을 가능하게 했다. 당시 문단은 지식인 중심의 냉소적인 태도로 가난을 다루고 있는데 이 작품은 지식인이 아닌 무산자의 빈궁을 다루고 있다는 점에서 신경향파 문학이라 할 수 있다.

　〈탈출기〉는 소설 구성 면에서는 실패했을지 모르나 새로운 작품 세계를 구축하고 있다. 사상적으로 전환하는 과정에서 가족을 버려야 하는 논리적 필연성은 미흡하지만, 자아에 대한 인식 이전에 가족 공동체가 유지될 수 없음을 감안한다면, 현실의 논리는 그 나름대로 갖추고 있다고 볼 수 있다.

　　탈가(脫家)를 반대하며 가족에게 돌아가기를 권유하는 김 군의 편지를 받은 나(박 군)는 김 군에게 탈가의 이유를 편지로 밝힌다. 5년 전, 무지한 농민을 일깨워 이상촌을 만들겠다는 꿈을 지닌 나는 어머니와 아내를 데리고 간도로 갔으나 땅은 고사하고 굶기를 밥 먹듯 한다. 꿈은 아랑곳없이 중국인에게도 땅을 얻어 농사짓기가 어려워 나는 날품팔이로 전전한다. 나와 나의 가족은 항상 굶주리고 실의 속에 살아간다. 돈도 떨어지고 일자리를 얻지 못한 나는 가난 속에서 어떻게든 살려고 바동거렸다. 한 번도 해 본 적이 없는 구들을 고쳐 주고 가마도 붙여 주는 등 나는 닥치는 대로 아무 일이나 하였다. 하지만 그 일이 항상 있는 것이 아니어서 여름철에는 불볕에서 삯김도 매고, 꼴도 베어 팔아야 했다. 어머니와 아내는 삯방아를 찧거나 강가에 나가서 나뭇개비를 주워 연명하는 눈물겨운 생활이었다. 어느 날, 내가 일거리를 얻지 못하고 탈진하여 집에 들어가서 보니 임신한 아내가 무엇인가를 열심히 먹고 있었다. 나는 잠깐 아내를 의심하고 원망하였다. 그래서 아내가 먹다가 던진 것을 찾으려고 아궁이를 뒤졌다. 재를 막대기로 저어 내니 벌건 것이 눈에 띄었다. 그것은 거리에서 주운 귤껍질이었다. '나'는 심한 자책과 함께 어떻게든 살아 보려고 발버둥을 쳤다. 나는 더욱 열심히 살려고 생선 장사도 하였고, 두부 장사도 하였지만, 두부는 쉬기가 일쑤였고, 우리는 그 쉰 두붓물로 연명을 하였다. 온갖 궂은일을 다 했지만 가난에서 벗어날 수가 없었다. 겨울이 길어지자 일자리가 없어졌다. 나는 세상이나 어머니나 아내에 대해 충실하게 살려고 했지만 세상이 우리를 멸시한다고 생각되었다. 나는 사람들을 원망치 않았으나 험악한 제도의 희생자로 살아왔던 것에 참을 수가 없었다. 그래서 이러한 험악한 세상의 원류를 바로잡기 위해 어머니와 아내와 자식을 버리고 X X 집단에 가입한다. 나는 김 군에게 탈가 이유를 대략 적어 보낸다.

핵심정리

갈래: 서간체 소설

시점: 1인칭 주인공 시점

배경: 일제 강점기 만주의 간도 지방 일대

주제: 식민치하의 만주 이주민들의 가난한 삶과
현실에 대한 저항

출전: 조선 문단

탈출기

김 군! 수삼 차 편지는 반갑게 받았다. 그러나 한 번도 회답치 못하였다. 물론 충정에는 나도 감사를 드리지만 그 충정을 나도 받을 수 없다.

— 박 군! 나는 군의 탈가(脫家)를 찬성할 수 없다.

음험한 이역에 늙은 어머니와 어린 처자를 버리고 나선 군의 행동을 나는 찬성할 수 없다. 박 군! 돌아가라. 어서 집으로 돌아가라. 군의 부모와 처자가 이역 노두에서 방황하는 것을 나는 눈앞에 보는 듯싶다. 그네들이 의지할 곳은 오직 군의 품밖에 없다. 군은 그네들을 구해야 할 것이다.

군은 군의 가정에서 동량(棟樑)이다. 동량이 없는 집이 어디 있으랴. 조그마한 고통으로 집을 버리고 나선다는 것이 의지가 굳다는 박 군으로서는 너무도 박약한 소위이다. 군은 ××단에 몸을 던져 ×선에 섰다는 말을 일전 황 군에게서 듣기는 하였으나, 그렇다 하여도 나는 그것을 시인할 수 없다. 가족을 못 살리는 힘으로 어찌 사회를 건지랴.

박 군! 나는 군이 돌아가기를 충정으로 바란다. 군의 가족이 사람들 발 아래서 짓밟히는 것을 생각할 때 군의 가슴인들 어찌 편하랴.

김 군! 군은 이러한 말을 편지마다 썼지? 나는 군의 뜻을 잘 알았다. 사랑하는 나의 가족을 위하여 동정하여 주는 군에게 어찌 감사치 않으랴. 정다운 벗의 충고에 나는 늘 울었다. 그러나 그 충고를 들을 수 없다. 듣지 않는 것이 군에게는 고통이 되는지, 분노가 되는지, 나에게 있어서는 행복일는지도 알 수 없는 까닭이다.

김 군! 나도 사람이다. 정애가 있는 사람이다. 나의 목숨 같은 내 가족이 유린받는 것을 내 어찌 생각지 않으랴. 나의 고통을 제3자로서는 만분의 일이라도 느낄 수 없는 것이다.

나는 이제 나의 탈가한 이유를 군에게 말하고자 한다. 여기에 대하여 동정과 비난은 군의 자유이다. 나는 다만 이러하다는 것을 군에게 알릴 뿐이다. 나는 이것을 군이 아니면 다른 사람에게라도 알리지 않고는 견딜 수 없는 충동을 받는 까닭이다.

그러나 나는 단언한다. 군도 사람이어니 나의 말하는 것을 부인치는 못하리라.

2

김 군! 내가 고향을 떠난 것은 5년 전이다. 이것도 군은 아는 사실이다. 나는 그때에 어머니와 아내를 데리고 떠났다. 내가 고향을 떠나 간도로 간 것은 너무도 절박한 생활에 시든 몸에 새 힘을 얻을까 하여 새 희망을 품고 새 세계를 동경하여 떠난 것도 군이 아는 사실이다.

……간도는 천부 금탕이다. 기름진 땅이 흔하여 어디를 가든지

농사를 지을 수 있고, 농사를 지으면 쌀도 흔할 것이다. 삼림이 많으니 나무 걱정도 될 것이 없다.

농사를 지어서 배불리 먹고 뜨듯이 지내자. 그리고 깨끗한 초가나 지어 놓고 글도 읽고 무지한 농민들을 가르쳐서 이상촌(理想村)을 건설하리라. 이렇게 하면 간도의 황무지를 개척할 수 있다.

이것이 간도 갈 때의 내 머릿 속에 그리었던 이상이었다. 이때에 나는 얼마나 기뻤으랴! 두만강을 건너고 오랑캐령을 넘어서 망망한 평야와 산천을 바라볼 때 청춘의 내 가슴은 이상의 불길에 탔다. 구수한 내 소리와 헌헌한 내 행동에 어머니와 아내도 기뻐하였다.

오랑캐령을 올라서니 서북으로 쏠려 오는 봄 세찬 바람이 어떻

게 뺨을 갈기는지,

"에그 춥구나! 여기는 아직도 겨울이구나."

하고 어머니는 수레 위에서 이불을 뒤집어썼다.

"무얼요, 이 바람을 많이 마셔야 성공이 올 것입니다."

나는 가장 씩씩하게 말하였다. 이처럼 나는 기쁘고 활기로웠다.

3

김 군! 그러나 나의 이상은 물거품으로 돌아갔다. 간도에 들어
서서 한 달이 못 되어서부터 거친 물결은 우리 세 생령(生靈)의 앞
에 기탄없이 몰려왔다.

나는 농사를 지으려고 밭을 구
하였다. 빈 땅은 없었다. 돈을 주
고 사기 전에는 한 평의 땅이나 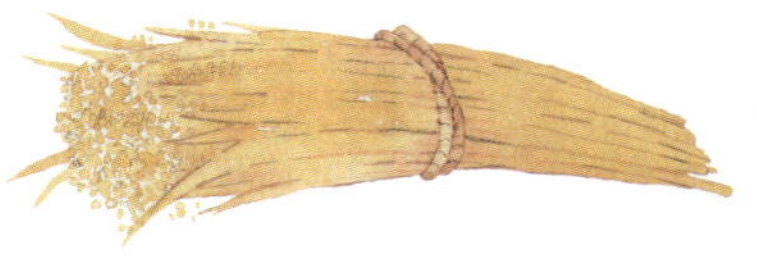
마 손에 넣을 수 없었다. 그렇지 않으면 지나인(支那人)의 밭을 도
조나 타조로 얻어야 한다. 1년내 중국 사람에게 양식을 꾸어 먹고
도조나 타조를 얻는대야 1년 양식 빚도 못 될 것이고, 또 나 같은
시로도(아마추어)에게는 밭을 주지 않았다.

생소한 산천이요, 생소한 사람들이니, 어디 가 어쩌면 좋을는지
의논할 사람도 없었다. H라는 촌 거리에 셋방을 얻어 가지고 어
름어름하는 새에 보름이 지나고 한 달이 넘었다. 그새에 몇 푼 남
았던 돈은 다 불려 먹고 밭은 고사하고 일자리도 못 얻었다. 나는
팔을 걷고 나섰다. 이리저리 돌아다니면서 구들도 고쳐 주고 가마
도 붙여 주었다. 이리하여 호구하게 되었다. 이때 H장에서는 나

를 온돌장이라고 불렀다. 갈아입을 의복이 없는 나는 늘 숯검정이 꺼멓게 묻은 의복을 벗을 새가 없었다.

H장은 좁은 곳이다. 구들 고치는 일도 늘 있지 않았다. 그것으로 밥 먹기가 어려웠다. 나는 여름 불볕에 삯김도 매고 꼴도 베어 팔았다. 그리고 어머니와 아내는 삯방아 찧고 강가에 나가서 부스러진 나뭇개비를 주워서 겨우 연명하였다.

김 군! 나는 이때부터 비로소 무서운 인간고를 느꼈다. 아아, 인생이란 과연 이렇게도 괴로운 것인가 하는 것을 생각하게 되었다. 나는 나에게 닥치는 풍파 때문에 눈물 흘린 일은 이때까지 없었다. 그러나 어머니가 나무를 줍고 젊은 아내가 삯방아를 찧을 때 나의 피는 끓었으며, 나의 눈은 눈물에 흐려졌다.

“에그, 차라리 내가 드러누워 앓고 있지, 네 괴로워하는 꼴은 차마 못 보겠다.”

이것은 언제 내가 병들어 신음할 때에 어머니가 울면서 하신 말씀이다.

이것을 무심히 들었던 나는 이때에야 이 말의 참뜻을 느꼈다.

‘아아, 차라리 나의 고기가 찢어지고 뼈가 부서지는 것은 참을 수 있으나, 내 눈앞에서 사랑하는 늙은 어머니와 아내가 배를 주리고 남의 멸시를 받는 것은 참으로 견디기 어렵구나.’

나는 이렇게 여러 번 가슴을 쳤다. 나는 밤이나 낮이나, 비 오나 바람이 치나 헤아리지 않고 삯김, 삯심부름, 삯나무, 무엇이든지 가리지 않았다.

“오늘도 배고프겠구나, 아침도 변변히 못 먹고…… 나는 너 배 주리지 않는 것을 보았으면 죽어도 눈을 감겠다.”

내가 삯일을 하다가 돌아오면 어머니는 우실 듯이 말씀하셨다.

그러나 나는 흔연하게,

"배가 무슨 배가 고파요."

하고 대답하였다.

내 아내는 늘 별말이 없었다. 무슨 일이든지 시키는 대로 다소 곳하고 아무 소리 없이 순종하였다. 나는 그것이 더욱 불쌍하게 생각된다. 나는 어머니보다도 아내 보기가 퍽 부끄러웠다.

"경제의 자립도 못 되는 내가 왜 장가를 들었누?"

이것이 부모의 한 일이지만 나는 이렇게 탄식하였다. 그럴수록 아내에 대하여 황공하였고 존경하였다.

어떻게 하면 살 수 있을까……? 이러한 생각은 이때 내 머리를 몹시 때렸다. 이때 나에게 '부지런한 자에게 복이 온다.' 하는 말이 거짓말로 생각되었다. 그 말을 지상의 격언으로 굳게 믿어 온 나는 그 말에 도리어 일종의 의심을 품게 되었고, 나중은 부인까지 하게 되었다.

부지런하다면 이때 우리처럼 부지런함이 어디 있으며, 정직하다면 이때 우리 식구같이 정직함이 어디 있으랴. 그러나 빈곤은 날로 심하였다. 이틀 사흘 굶은 적도 한두 번이 아니었다. 한번은 이틀이나 굶고 일자리를 찾다가 집으로 들어가 보니 부엌 앞에서 아내가(아내는 이때에 아이를 배어서 배가 남산만 하였다) 무엇을 먹다가 깜짝 놀란다. 그리고 손에 쥐었던 것을 얼른 아궁이에 집어넣는다. 이때 불쾌한 감정이 내 가슴에 떠올랐다.

'……무얼 먹을까? 어디서 무엇을 얻었을까? 무엇이기에 어머니와 나 몰래 먹누? 아! 여편네란 그런 것이로구나! 아니 그러나

설마…… 그래도 무엇을 먹던데…….'

나는 이렇게 아내를 의심도 하고 원망도 하고 밉게도 생각하였다. 아내는 아무런 말없이 어색하게 머리를 숙이고 앉아 씩씩하다가 밖으로 나간다. 그 얼굴은 좀 붉었다.

아내가 나간 뒤에 나는 아내가 먹다 던진 것을 찾으려고 아궁이를 뒤지었다. 싸늘하게 식은 재를 막대기로 뒤져 내니 벌건 것이 눈에 띄었다. 나는 그것을 집었다. 그것은 귤껍질이다. 거기는 베어 먹은 잇자국이 났다. 귤껍질을 쥔 나의 손이 떨리고 잇자국을 보는 내 눈에는 눈물이 괴었다.

김 군! 이때 나의 감정을 어떻게 표현하면 적당할까?

— 오죽 먹고 싶었으면 길바닥에 내던진 귤껍질을 주워 먹을까, 더욱 몸 비잖은 그가! 아아, 나는 사람이 아니다. 그러한 아내를 의심하였구나! 이놈이 어찌하여 그러한 아내에게 불평을 품었는가. 나 같은 잔악한 놈이 어디 있으랴. 내가 양심이 부끄러워서 무슨 면목으로 아내를 볼까?

— 이렇게 생각하면서 나는 느껴 가며 눈물을 흘렸다. 귤껍질을 쥔 채로 이를 악물고 울었다.

"야, 어째서 우느냐? 일어나거라. 우리도 살 때 있겠지, 늘 이러겠느냐."

하면서 누가 어깨를 친다. 나는 그것이 어머니인 것을 알았다.

'아이구 어머니, 나는 불효외다.'

하면서 어머니의 팔을 안고 자꾸자꾸 울고 싶었다. 그러나 나는 아무 소리 없이 가슴을 부둥켜안고 밖으로 나갔다.

'내가 왜 우누? 울기만 하면 무엇 하나? 살자! 살자! 어떻게든

살아 보자! 내 어머니와 내 아내도 살아야 하겠다. 이 목숨이 있는 때까지는 벌어 보자!'

나는 이를 갈고 주먹을 쥐었다. 그러나 눈물은 여전히 흘렀다. 아내는 말없이 울고 섰는 내 곁에 와서 손으로 치마끈을 만지작거리며 눈물을 떨어뜨린다. 농삿집에서 자라난 아내는 지금도 어찌 수줍은지 내가 울면 같이 울기는 하여도 어떻게 말로 위로할 줄은 모른다.

4

김 군! 세월은 우리를 위하여 여름을 항시 주지는 않았다.

서풍이 불고 서리가 내리기 시작하였다. 찬 기운은 벗은 우리를 위협하였다.

가을부터 나는 대구어(大口魚) 장사를 하였다. 3원을 주고 대구 열 마리를 사서 등에 지고 산골로 다니면서 콩과 바꾸었다. 난 대구 열 마리는 등에 질 수 있었으나 대구 열 마리를 주고 받은 콩 열 말은 질 수 없었다. 나는 하는 수 없이 삼사십 리나 되는 곳에서 두 말씩 사흘 동안이나 져 왔다. 우리는 열 말 되는 콩을 자본 삼아 두부 장사를 시작하였다.

아내와 나는 진종일 맷돌질을 하였다. 무거운 맷돌을 돌리고 나면 팔이 뚝 떨어지는 듯하였다.

내가 이렇게 괴로울 적에 해산한 지 며칠 안 되는 아내의 괴로움이야 어떠하였으랴. 그는 늘 낯이 푸석

푸석하였다. 그래도 나는 무슨 불평이 있는 때면 아내를 욕하였다. 그러나 욕한 뒤에는 곧 후회하였다. 콧구멍만 한 부엌방에 가마를 걸고 맷돌을 걸고 나무를 들이고 의복 가지를 걸고 하면 사람은 겨우 비비고 들어앉게 된다. 뜬 김에 문창은 떨어지고 벽은 눅눅하다.

모든 것이 후줄근하여 의복을 입은 채 미지근한 물속에 들어앉은 듯하였다. 어떤 때는 애써 갈아 놓은 바지가 이 뜬 김 속에서 쉬어 버렸다. 두붓물이 가마에서 몹시 끓어 번질 때에 우윳빛 같은 두붓물 위에 버터빛 같은 노란 기름이 엉기면 그것은 두부가 잘 될 징조다. 우리는 안심한다. 그러나 두붓물이 희멀끔해지고 기름기가 돌지 않으면 거기만 시선을 쓰고 있는 아내의 낯빛부터 글러 가기 시작한다. 초를 쳐 보아서 두붓발이 서지 않게 매캐지근하게 풀어질 때에는 우리의 가슴은 덜컥한다.

"또 쉰 게로구나! 저를 어쩌누?"

젖을 달라고 빽빽 우는 어린아이를 안고 서서 두붓물만 들여다보시는 어머니는 목메인 말씀을 하시면서 우신다. 이렇게 되면 온 집안은 신산하여 말할 수 없는 울음, 비통, 처참, 소조(蕭條)한 분위기에 싸인다.

"너 고생한 게 애달프구나! 팔이 부러지게 갈아서…… 그거(두
부)를 팔아서 장을 보려고 태산같이 바랐더니……."

어머니는 그저 가슴을 뜯으면서 우신다. 아내도 울듯 울듯 머리
를 숙인다. 그 두부를 판대야 큰돈은 못 된다. 기껏 남는대야 이십
전이나 삼십 전이다. 그것으로 우리는 호구를 한다. 이십 전이나
삼십 전에 어머니는 운다. 아내도 기운이 준다. 나까지 가슴이 바
짝바짝 죈다.

그날은 하는 수 없이 쉰 두붓물로 때를 에우고 지낸다. 아이는
젖을 달라고 밤새껏 빽빽거린다. 우리의 살림에 어린것도 귀치 않
았다.

5

울면서 겨자 먹기로 괴로운 대로 또 두부를 하지 않으면 안 된
다. 그러나 이번에는 땔 나무가 없다. 나는 낫을 들고 떠난다. 내
가 낫을 들고 떠나면 산후 여독으로 신음하는 아내도 낫을 들고
말없이 나를 따라 나선다. 어머니와 나는 굳이 만류하나 아내는
듣지 않는다. 내 손으로 하는 나무이언만 마음 놓고는 못한다. 산
임자에게 들키면 여간한 경을 치지 않는다. 그러므로 황혼이면 산
에 가서 나무를 하여 지고, 밤이 깊어서 돌아온다. 아내는 이고,
나는 지고 캄캄한 밤에 산비탈을 내려오다가 발이 미끄러지거나
돌에 차이면 곤두박질을 하여 나뭇짐 속에 든다. 아내는 소리 없
이 이었던 나무를 내려놓고 나뭇짐에 눌려서 버둥거리는 나를 겨
우 끄집어 일으킨다. 그러나 내가 나뭇짐을 지고 일어나면 아내는

나뭇짐을 이지 못한다. 또 내가 나뭇짐을 벗고 아내에게 이어 주면 나는 추어 주는 이 없이는 나뭇짐을 질 수가 없었다. 하는 수 없이 나는 어떤 높은 바위에 벗어 놓고 아내에게 이어 준다. 이리하여 산비탈을 내려오면 언제 왔는지 어머니는 애를 업고 우들우들 떨면서 산 아래서 기다리다가도,

"인제 오니? 나는 너 또 붙들리지나 않는가 하여 혼이 났다."

하신다. 이때마다 내 가슴은 저렸다. 나는 이렇게 나무를 하다가 중국 경찰서까지 잡혀 가서 여러 번 맞았다.

이때 이웃에서는 우리를 조소하고, 경찰에서는 우리를 의심하였다.

— 흥, 신수가 멀쩡한 연놈들이 그 꼴이야. 어디 가 일자리도 구하지 않고, 그 눈이 누래서 두부 장사하는 꼬락서니는 참 더러워서 못 보겠네. ×알을 달고 나서 그렇게야 살리 —

이것은 이웃 남녀가 비웃는 소리였다. 그리고 어떤 산 임자가 나무 잃고 고발을 하면 경찰에서는 불문곡직하고 우리 집부터 수색하고 질문하면서 나를 때린다. 그러나 나는 호소할 곳이 없다.

6

김 군! 이러구러 겨울은 깊어가고 기한은 점점 박두하였다. 일자리는 없고…… 그렇다고 손을 털고 앉았을 수도 없었다. 모든 식구가 퍼러퍼래서 굶고 앉은 꼴을 나는 그저 볼 수 없었다. 시퍼런 칼이라도 들고 하루라도 괴로운 생을 모면하도록 쿡쿡 찔러 없애고 나까지 없어지든지, 나가서 강도질이라도 하여서 기한을 면

하든지 하는 수밖에는 더 도리가 없게 절박하였다.
나는 일이 없으면 없으니만큼, 고통이 닥치면 닥치느니만큼 내 번민은 크다. 나는 어떤 날은 거의 얼빠진 사람처럼 눈을 감고 깊은 생각에 잠긴 일도 있었다. 이때 머릿 속에서는 머리를 움실움실 드는 사상이 있었다.

'오늘날에 생각하면 그것은 나의 전 운명을 결정할 사상이었다.'

그 생각은 누구의 가르침에 의해 일어난 것도 아니려니와 일부러 일으키려고 애써서 일어난 것도 아니다. 봄 풀싹같이 내 머릿 속에서 점점 머리를 들었다.

— 나는 여태까지 세상에 대하여 충실하였다. 어디까지든지 충실하려고 하였다. 내 어머니, 내 아내까지도…… 뼈가 부서지고 고기가 찢기더라도 충실한 노력으로 살려고 하였다. 그러나 세상은 우리를 속였다. 우리의 충실을 받지 않았다. 도리어 충실한 우리를 모욕하고 멸시하고 학대하였다.

우리는 여태까지 속아 살았다. 포악하고 허위스럽고 요사한 무리를 용납하고 옹호하는 세상인 것을 참으로 몰랐다. 우리뿐 아니라 세상의 모든 사람들도 그것을 의식하지 못하였을 것이다. 그네들은 그러한 세상의 분위기에 취하였었다. 나도 이때까지 취하였었다. 우리는 우리로서 살아온 것이 아니라 어떤 험악한 희생자로 살아왔었다 —

김 군! 나는 사람들을 원망치 않는다. 그러나 마주(魔酒)에 취하여 자기의 피를 짜 바치면서도 깨지 못하는 사람을 그저 볼 수 없다. 허위와 요사와 표독과 게으른 자를 옹호하고 용납하는 이 제도는 더욱 그저 둘 수 없다.

— 이 분위기 속에서는 아무리 노력하여도 우리는 우리의 생의 만족을 느낄 날이 없을 것이다. 어찌하여 겨우 연명을 한다 하더라도 죽지 못하는 삶이 될 것이요, 그 영향은 자식에게까지 미칠 것이다. 나는 이미 품속에서 빽빽 하는 어린것의 장래를 생각할 때면 애잡짤한 감정과 분함을 금할 수 없다. 내가 늘 이 상태면 — 그것은 거의 정한 이치다 — 그에게는 상당한 교양은 고사하고 다리 밑이나 남의 집 문간에 버리게 될 터이니, 아! 삶을 받을 만한 생명을 죄 없이 찌그러지게 하는 것이 어찌 애달프지 않으랴. 그렇다면 그것을 나의 죄라 할까?

김 군! 나는 더 참을 수 없었다. 나는 나부터 살려고 한다. 이때까지는 최면술에 걸린 송장이었다. 제가 죽은 송장으로 남(식구)들을 어찌 살리랴. 그러려면 나는 나에게 최면술을 걸려는 무리를, 험악한 이 공기의 원류를 쳐부수어야 하는 것이다.

나는 이것을 인간의 생의 충동이며 확충이라고 본다. 나는 여기서 무상의 법열을 느끼려고 한다. 아니, 벌써부터 느껴진다. 이 사상이 나로 하여금 집을 탈출케 하였으며, ××단에 가입케 하였으며, 비바람 밤낮을 헤아리지 않고 벼랑 끝보다 더 험한 ×선에 서게 한 것이다.

김 군! 거듭 말한다. 나도 사람이다. 양심을 가진 사람이다. 내가 떠나는 날부터 식구들은 더욱 곤경에 들 줄도 나는 안다. 자칫하면 눈 속이나 어느 구렁에서 죽는 줄도 모르게 굶어 죽을 줄도 나는 잘 안다. 그러므로 나는 이곳에서도 남의 집 행랑어멈이나

아범이며 노두에 방황하는 거지를 무심히 보지 않는다.

아! 나의 식구도 그럴 것을 생각할 때면 자연히 흐르는 눈물과 뿌직뿌직 찢기는 가슴을 덮쳐 잡는다.

그러나 나는 이를 갈고 주먹을 쥔다. 눈물을 아니 흘리려고 하며 비애에 상하지 않으려고 한다. 울기에는 너무도 때가 늦었으며, 비애에 상하는 것은 우리의 박약을 너무도 표시하는 듯싶다. 어떠한 고통이든지 참고 분투하려고 한다.

김 군! 이것이 나의 탈가한 이유를 대략 적은 것이다. 나는 나의 목적을 이루기 전에는 내 식구에게 편지도 하지 않으려고 한다. 그네가 죽어도, 내가 또 죽어도…….

나는 이러다가 성공 없이 죽는다 하더라도 원한이 없겠다. 이 시대, 이 민중의 의무를 이행한 까닭이다.

아아, 김 군아! 말은 다 하였으나 정은 그저 가슴에 넘치누나!

이효석 〈메밀꽃 필 무렵〉

이효석(李孝石 1907~1942)

　이효석의 호는 가산이며, 1907년 2월 23일 강원도 평창(平昌)에서 태어났다. 1925년 경성제일고등보통학교를 졸업한 뒤 경성제국대학 법문학부 영문학과에 입학했다.

　1925년 매일신보 신춘문예에 시 '봄' 이 선외가작(選外佳作)으로 뽑혔으며, 1927년 경향문학(傾向文學)이 활발하던 당시 유진오와 함께 동반 작가로 활동했다. 또한 1928년 단편 소설 〈도시와 유령〉을 발표하면서 문단에 등단했다.

　계속해서 〈행진곡〉, 〈기우〉 등을 발표하면서 동반 작가를 청산하고 구인희(九人會)에 참여하여, 〈돈〉, 〈수탉〉 등 향토색이 짙은 작품을 발표하였다.

　1934년 평양 숭실전문(崇實專門) 교수가 된 후 〈산〉, 〈들〉 등 자연과의 교감을 수필적인 필체로 유려하게 묘사한 작품들을 발표했고, 1936년에는 한국 단편 문학의 전형적인 수작(秀作)이라고 할 수 있는 〈메밀꽃 필 무렵〉을 발표하였다.

　그 후 서구적인 분위기를 풍기는 〈장미 병들다〉와 장편 〈화분〉 등을 발표하여 성(性) 본능과 개방을 추구한 새로운 작품 경향으로 주목을 끌기도 하였다. 〈화분〉 외에도 〈벽공무한〉 등의 장편이 있으나 그의 재질은 단편에서 특히 두드러져 당시 이태준, 박태원 등과 더불어 대표적인 단편 작가로 평가되었다. 1940년 아내를 잃은 시름을 잊고자 중국 등지를 여행하고 이듬해 귀국했다. 1942년 뇌막염으로 서른여섯의 나이로 요절하였다.

메밀꽃 필 무렵

이효석

메밀꽃 필 무렵

〈메밀꽃 필 무렵〉은 1936년 《조광》에 발표된 작품이다. 이효석이 이데올로기의 대안으로 추구했던 인간 심리의 순수한 자연성, 그리고 작품에서 메밀꽃과 달밤으로 묘사되는 분위기 등을 빼어나게 그려 낸 것으로 이효석의 대표적인 낭만 소설로 손꼽히고 있다.

이 작품은 남녀 간의 만남과 헤어짐, 그리고 친자 확인(親子確認)이라는 두 가지 이야기가 기본 줄기를 이룬다. 이 작품의 두드러진 묘미는 인간과 동물의 본능적 애욕을 교묘하게 병치(竝置)시킨 구성 방식에 있다. 허 생원이 술집에 들어가 충줏집을 탐내고 있을 때, 그의 당나귀는 암놈을 보고 발정(發情)을 한다. 또한 메밀꽃이 하얗게 핀 달밤에 허 생원은 성 서방네 처녀와 꼭 한 번 정을 통한다. 허 생원이 처녀에게 잉태시킨 것처럼 당나귀는 읍내 강릉집 피마에게 새끼를 얻었다. 그뿐만 아니라 당나귀의 까스러진 갈기, 개진개진한 눈은 허 생원의 외양(外樣)과 흡사하다. 즉 인간이 가지고 있는 성적인 본능과 나귀와 같은 동물이 가지고 있는 성적인 본능을 같은 차원에 놓고 생각하는 것, 그것이 바로 〈메밀꽃 필 무렵〉에서 그려 내고 있는 세계이다. 이효석의 방법론은 인간에 내재해 있는 원시적인 건강함과 자연스러움을 회복해 보려는 시도로 파악할 수 있을 것이다. 이 소설은 세련된 언어와 시적 분위기 속에서 낭만적 정서의 세계로 독자를 이끈다.

서정주의적 경향이 많으며 암시와 추리를 통해 주제를 간접적으로 부각시키고 있다. 대화 형식으로 플롯이 진행되며 반복되는 지명(地名)으로 의식과 감정을 고조시킨다. 파장 무렵의 시골 장터의 모습이나, 주인 허 생원을 닮은 나귀의 모습이나, 메밀꽃이 하얗게 핀 산길의 묘사 등은 뚜렷한 사실성을 가지고 서술되었다.

　　얼금뱅이(곰보)며, 왼손잡이인 드팀전의 허 생원은 젊은 시절부터 이곳저곳 장터를 떠돌아다니는 장돌뱅이다. 봉평장의 파장 무렵 허 생원은 장사가 시원치 않아 속상해하며 조 선달과 충줏집을 찾는다. 거기에서 나이가 어린 장돌뱅이 '동이' 가 대낮부터 충줏집과 농탕질을 하는 것을 보자 따귀를 올린다.

　　조 선달과 술잔을 주고받고 있는데 '동이' 가 황급히 달려와 나귀가 밧줄을 끊고 야단이라고 알려 준다. 허 생원은 그런 '동이' 가 여간 기특하지 않았다. 그날 밤 허 생원, 조 선달, 동이는 나귀에 짐을 싣고 다음 장터로 떠나는데, 마침 그들이 가는 길가에 메밀꽃이 흐드러지게 피어 있다. 허 생원은 달빛 아래 펼쳐지는 메밀꽃의 정경에 이끌려 조 선달에게 몇 번이나 들려준 이야기를 다시 꺼낸다. 메밀꽃이 핀 여름 밤, 목욕을 하러 개울가로 갔는데 달이 너무 밝아 옷을 벗으러 물방앗간으로 갔다가 한 처녀를 만나 정분을 맺고, 그다음 날 처녀는 가족과 함께 떠났다는 내용의 이야기다. 허 생원의 이야기를 다 들은 동이도 자신의 출생에 대해 이야기한다. 그런 이야기 끝에 허 생원은 '동이' 가 편모(偏母)만 모시고 살고 있음을 알게 된다. 허 생원은 생각에 잠기다가 발을 헛디뎌 나귀 등에서 떨어져 물에 빠진다. 동이가 허 생원을 부축하여 업어 준다. 허 생원은 마음에 짐작되는 데가 있어 '동이' 에게 물어 보니 그 어머니의 고향 역시 봉평이라고 한다. 그리고 어둠 속에서도 '동이' 가 자기처럼 '왼손잡이' 임을 눈여겨본다. 개천을 건너자 돌연 허 생원은 동이 어머니가 살고 있다는 제천 쪽으로 발길을 돌린다.

핵심정리

갈래: 순수소설

시점: 전지적 작가 시점

배경: 강원도 봉평에서 대화 장터로 가는 밤중의 산길

주제: 장돌뱅이 삶의 애환과 혈육의 정

출전: 조광

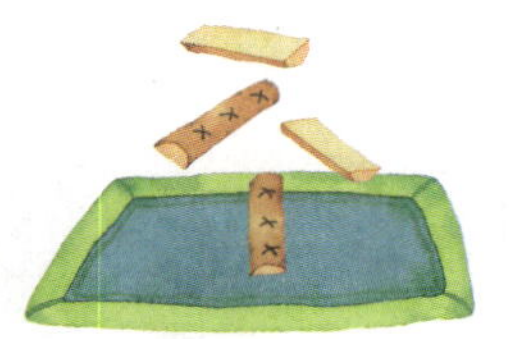 메밀꽃 필 무렵

여름 장이란 애당초에 글러서 해는 아직 중천에 있건만, 장판은 벌써 쓸쓸하고 더운 햇발이 벌여 놓은 전 휘장 밑으로 등줄기를 훅훅 볶는다. 마을 사람들은 거의 돌아간 뒤요, 팔리지 못한 나무꾼 패가 길거리에 궁싯거리고들 있으나 석유병이나 받고 고깃마리나 사면 족할 이 축들을 바라고 언제까지든지 버티고 있을 법은 없다. 칩칩스럽게 날아드는 파리 떼도, 장난꾼 각다귀들도 귀찮다. 얼금뱅이요 왼손잡이인 드팀전의 허 생원은 기어이 동업의 조 선달을 낚아 보았다.

"그만 거둘까?"

"잘 생각했네. 봉평 장에서 한 번이나 흐뭇하게 사 본 일 있었을까. 내일 대화 장에서나 한몫 벌어야겠네."

"오늘 밤은 밤을 새서 걸어야 될걸."

"달이 뜨럿다."

절렁절렁 소리를 내며 조 선달이 그날 번 돈을 따지는 것을 보고, 허 생원은 말뚝에서 넓은 휘장을 걷고 벌여 놓았던 물건을 거두기 시작하였다. 무명필과 주단 바리가 두 고리짝에 꼭 찼다. 멍석 위에는 천 조각이 어수선하게 남았다.

다른 축들도 벌써 거의 전들을 걷고 있었다. 약빠르게 떠나는 패도 있었다. 어물 장수도 땜장이도 엿장수도 생강 장수도 꼴들이 보이지 않았다. 내일은 진부와 대화에 장이 선다. 축들은 그 어느 쪽으로든지 밤을 새며 육십~칠십 리 밤길을 타박거리지 않으면 안 된다. 장판은 잔치 뒷마당같이 어수선하게 벌어지고 술집에서 는 싸움이 터져 있었다. 주정꾼 욕지거리에 섞여 계집의 앙칼진 목소리가 찢어졌다. 장날 저녁은 정해 놓고 계집의 고함 소리로 시작되는 것이다.

"생원, 시침을 떼두 다 아네. 충줏집 말이야."

계집 목소리로 문득 생각난 듯이 조 선달은 비죽이 웃는다.

"화중지병이지. 면소 패들을 적수로 하구야 대거리가 돼야 말 이지."

"그렇지두 않을걸. 축들이 사족을 못 쓰는 것두 사실은 사실이 나, 아무리 그렇다고 해두 왜 그 동이 말일세. 감쪽같이 충줏집을 후린 눈치거든."

"무어, 그 애송이가? 물건 가지구 낚았나 부지. 착실한 녀석인 줄 알았더니."

"그 길만은 알 수 있나…… . 궁리 말구 가 보세나그려. 내 한턱 씀세."

그다지 마음이 당기지 않는 것을 쫓아갔다. 허 생원은 계집과는 연분이 멀었다. 얼금뱅이 상판을 쳐들고 대어 설 숫기도 없었으 나, 계집 편에서 정을 보낸 적도 없었고, 쓸쓸하고 뒤틀린 반생이 었다. 충줏집을 생각만 하여도 철없이 얼굴이 붉어지고 발 밑이 떨리고 그 자리에 소스라쳐 버린다. 충줏집 문을 들어서 술좌석에서 짜장 동이를 만났을 때에는 어찌 된 서슬엔지 발끈 화가 나 버렸다. 상 위에 붉은 얼굴을 쳐들고 제법 계집과 농탕치는 것을 보고서야 견딜 수 없었던 것이다. 녀석이 제법 난질꾼인데 꼴사납다. 머리에 피도 안 마른 녀석이 낮부터 술 처먹고 계집과 농탕이야. 장돌뱅이 망신만 시키고 돌아다니누나. 그 꼴이 우리들과 한 몫 보자는 셈이지. 동이 앞에 막아서면서부터 책망이었다. 걱정두 팔자요 하는 듯이 빤히 쳐다보는 상기된 눈망울에 부딪칠 때 결김에 따귀를 하나 갈겨 주지 않고는 배길 수 없었다. 동이도 화를 쓰고 팩하고 일어서기는 하였으나, 허 생원은 조금도 동색하는 법 없이 마음먹은 대로는 다 지껄였다. — 어디서 주워 먹은 선머슴인지는 모르겠으나, 네게도 아비 어미 있겠지. 그 사나운 꼴 보면 맘 좋겠다. 장사란 탐탁하게 해야 되지, 계집이 다 무어야. 나가거라, 냉큼 꼴 치워.

그러나 한마디도 대거리하지 않고 하염없이 나가는 꼴을 보려니 도리어 측은히 여겨졌다. 아직도 서름서름한 사인데 너무 과하지 않았을까 하고 마음이 섬뜩해졌다. 주제도 넘지, 같은 술 손님이면서도 아무리 젊다고 자식 낳게 된 것을 붙들고 치고 닦아세울 것은 무어야 원. 충줏집은 입술을 쭝긋하고 술 붓는 솜씨도 거칠었으나, 젊은 애들한테는 그것이 약이 된다고 하고 그 자리는 조 선달이 얼버무려 넘겼다. 너 녀석한테 반했지? 애송이를 빨면 죄 된다. 한참 법석을 친 후이다. 담도 생긴 데다가 웬일인지 흠뻑 취해 보고 싶은 생각도 있어서 허 생원은 주는 술잔이면 거의 다 들이켰다. 거나해짐을 따라 계집의 생각보다도 동이의 뒷일이 한결같이 궁금해졌다. 내 꼴에 계집을 가로채서는 어쩔 작정이었누 하고 어리석은 꼬락서니를 모질게 책망하는 마음도 한편에 있었다. 그렇기 때문에 얼마나 지난 뒤인 지 동이가 헐레벌떡거리며 황급히 부르러 왔을 때에는, 마시던 잔 을 그 자리에 던지고 정신없이 허덕이며 충줏집을 뛰어나간 것이 었다.

"생원 당나귀가 바를 끊구 야단이에요."

"각다귀들 장난이지, 필연코."

짐승도 짐승이려니와 동이의 마음씨가 가슴을 울렸다. 뒤를 따라 장판을 달음질하려니 거슴츠레한 눈이 뜨거워질 것 같다.

"부락스런 녀석들이라 어쩌는 수 있어야죠."

"나귀를 몹시 구는 녀석들은 그냥 두지 않을걸."

반평생을 같이 지내온 짐승 이었다. 같은 주막에서 잠자고 달빛에 젖으면서 장에서 장으 로 걸어다니는 동안에 이십 년 의 세월이 사람과 짐승을 함께 늙게 하였다. 가스러진 목 뒤 털

은 주인의 머리털과도 같이 바스러지고, 개진개진 젖은 눈은 주인 의 눈과 같이 눈곱을 흘렸다. 몽당비처럼 짧게 슬리운 꼬리는 파 리를 쫓으려고 기껏 휘저어 보아야 벌써 다리까지는 닿지 않았다. 닳아 없어진 굽을 몇 번이나 도려내고 새 철을 신겼는지 모른다. 굽은 벌써 더 자라나기는 틀렸고 닳아 버린 철 사이로는 피가 빼 짓이 흘렀다. 냄새만 맡고도 주인을 분간하였다. 호소하는 목소리

로 야단스럽게 울며 반겨 한다.

어린아이를 달래듯이 목덜미를 어루만져 주니 나귀는 코를 벌름거리고 입을 투르르거렸다. 콧물이 튀었다. 허 생원은 짐승 때문에 속도 무던히는 썩었다. 아이들의 장난이 심한 눈치여서, 땀 밴 몸뚱어리가 부들부들 떨리고 좀체 흥분이 식지 않는 모양이었다. 굴레가 벗어지고 안장도 떨어졌다. 요 몹쓸 자식들 하고 허 생원은 호령을 하였으나 패들은 벌써 줄행랑을 놓은 뒤요, 몇 남지 않은 아이들이 호령에 놀라 비슬비슬 멀어졌다.

“우리들 장난이 아니우. 암놈을 보고 저 혼자 발광이지.”

코흘리개 한 녀석이 멀리서 소리를 쳤다.

“고 녀석 말투가.”

“김 첨지 당나귀가 가 버리니까 온통 흙을 차고 거품을 흘리면서 미친 소같이 날뛰는걸. 꼴이 우스워 우리는 보고만 있었다우. 배를 좀 보지.”

아이는 앵돌아진 투로 소리를 치며 깔깔 웃었다. 허 생원은 모르는 결에 낯이 뜨거워졌다. 뭇 시선을 막으려고 그는 짐승의 배 앞을 가려 서지 않으면 안 되었다.

“늙은 주제에 암샘을 내는 셈이야, 저 놈의 짐승이.”

아이들의 웃음소리에 허 생원은 주춤하면서 기어이 견딜 수 없어 채찍을 들더니 아이들을 쫓았다.

“쫓으려거든 쫓아 보지. 왼손잡이가 사람을 때려.”

줄달음에 달아나는 각다귀에는 당하는 재주가 없었다. 왼손잡이는 아이 하나도 후릴 수 없다. 그만 채찍을 던졌다. 술기도 돌아 몸이 유난스럽게 화끈거렸다.

"그만 떠나세. 녀석들과 어울리다가는 한이 없어. 장판의 각다 귀들이란 어른들보다도 더 무서운 것들인걸."

조 선달과 동이는 각각 제 나귀에 안장을 얹고 짐을 싣기 시작하였다. 해가 꽤 많이 기울어진 모양이었다.

드팀전 장돌림을 시작한 지 이십 년이나 되어도 허 생원은 봉평장을 빼놓은 적은 드물었다. 충주, 제천 등의 이웃 군에도 가고, 멀리 영남 지방도 헤매기는 하였으나, 강릉쯤에 물건 하러 가는 외에는 처음부터 끝까지 군내를 돌아다녔다. 닷새만큼씩의 장날에는 달보다도 확실하게 면에서 면으로 건너간다. 고향이 청주라고 자랑삼아 말하였으나 고향에 돌보러 간 일도 있는 것 같지는 않았다. 장에서 장으로 가는 길의 아름다운 강산이 그대로 그에게는 그리운 고향이었다. 반날 동안이나 뚜벅뚜벅 걷고 장터 있는 마을에 거의 가까웠을 때, 지친 나귀가 한바탕 우렁차게 울면 ― 더구나 그것이 저녁녘이어서 등불들이 어둠 속에 깜박거릴 무렵이면, 늘 당하는 것이건만 허 생원은 변치 않고 언제든지 가슴이 뛰었다.

젊은 시절에는 알뜰하게 벌어 돈푼이나 모아 본 적도 있기는 있었으나, 읍내에 백중이 열린 해 호탕스럽게 놀고 투전을 하고 하여 사흘 동안에 다 털어 버렸다. 나귀까지 팔게 된 판이었으나, 애끊는 정분에 그것만은 이를 물고 단념하였다. 결국 도로아미타불로 장돌림을 다시 시작할 수밖에 없었다. 짐승을 데리고 읍내를 도망해 나왔을 때에는 너를 팔지 않기를 다행이었다고 길가에서 울면서 짐승의 등을 어루만졌던 것이다.

빚을 지기 시작하니 재산을 모을 염은 당초에 틀리고 간신히 입에 풀칠을 하러 장에서 장으로 돌아다니게 되었다.

호탕스럽게 놀았다고는 하여도 계집 하나 후려 보지는 못하였다. 계집이란 쌀쌀하고 매정한 것이었다. 평생 인연이 없는 것이라고 신세가 서글퍼졌다. 일신에 가까운 것이라고는 언제나 변함없는 한 필의 당나귀였다.

그렇다고는 하여도 꼭 한 번의 첫 일을 잊을 수는 없었다. 뒤에도 처음에도 없는 단 한 번의 괴이한 인연! 봉평에 다니기 시작한 젊은 시절의 일이었으나, 그것을 생각할 적만은 그도 산 보람을 느꼈다.

"달밤이었으나 어떻게 해서 그렇게 됐는지 지금 생각해도 도무지 알 수 없어."

허 생원은 오늘 밤도 또 그 이야기를 끄집어내려는 것이다. 조 선달은 친구가 된 이래 귀에 못이 박히도록 들어 왔다. 그렇다고 싫증을 낼 수도 없었으나, 허 생원은 시치미를 떼고 되풀이할 대로 되풀이하고야 말았다.

"달밤에는 그런 이야기가 격에 맞거든."

조 선달 편을 바라는 보았으나 물론 미안해서가 아니라 달빛에 감동하여서였다. 이지러는 졌으나 보름을 갓 지난 달은 부드러운 빛을 흐뭇이 흘리고 있었다.

대화까지는 팔십 리의 밤길, 고개를 둘이나 넘고 개울을 하나 건너고 벌판과 산길을 걸어야 된다. 달은 지금 긴 산허리에 걸려 있다. 밤중을 지난 무렵인지 죽은 듯이 고요한 속에서 짐승 같은 달의 숨소리가 손에 잡힐 듯이 들리며, 콩 포기와 옥수수 잎새가 한층 달에 푸르게 젖었다.

산허리는 온통 메밀밭이어서 피기 시작한 꽃이 소금을 뿌린 듯이 흐뭇한 달빛에 숨이 막힐 지경이다. 붉은 대궁이 향기같이 애잔하고, 나귀들의 걸음도 시원하다.

길이 좁은 까닭에 세 사람은 나귀를 타고 외줄로 늘어섰다. 방울 소리가 시원스럽게 딸랑딸랑 메밀밭께로 흘러간다.

앞장선 허 생원의 이야기 소리는 꽁무니에 선 동이에게는 확실히는 안 들렸으나, 그는 그대로 개운한 제멋에 적적하지는 않았다.

"장 선 꼭 이런 날 밤이었네. 객줏집 토방이란 무더워서 잠이 들어야지. 밤중은 돼서 혼자 일어나 개울가에 목욕하러 나갔지. 봉평은 지금이나 그제나 마찬가지나, 보이는 곳마다 메밀밭이어서 개울가가 어디 없이 하얀 꽃이야. 돌밭에 벗어도 좋을 것을 달이 너무도 밝은 까닭에 옷을 벗으려 물방앗간으로 들어가지 않았나. 이상한 일도 많지. 거기서 난데없이 성 서방네 처녀와 마주쳤단 말이야. 봉평서야 제일가는 일색이었지 ― 팔자에 있었나 부지."

아무렴 하고 응답하면서 말머리는 아끼는 듯이 한참이나 담배를 빨 뿐이었다. 구수한 자줏빛 연기가 밤기운 속에 흘러서는 녹았다.

"날 기다린 것은 아니었으나, 그렇다고 달리 기다리는 놈팽이가 있는 것두 아니었네. 처녀는 울고 있단 말이야. 짐작은 되었으나, 성 서방네는 한창 어려워서 들고날 판인 때였지. 한집안 일이니 딸에겐들 걱정이 없을 리 있겠나? 좋은 데만 있으면 시집도 보내련만 시집은 죽어도 싫다지……. 그러나 처녀란 울 때같이 정을 끄는 때가 있을까. 처음에는 놀라기도 한 눈치였으나, 걱정이 있을 때는 누그러지기도 쉬운 듯해서 이럭저럭 이야기가 되었는데…… 생각하면 무섭고도 기막힌 밤이었어."

"제천인지로 줄행랑을 놓은 건 그다음 날이렷다."

"다음 장도막에는 벌써 온 집안이 사라진 뒤였네. 장판은 소문에 발끈 뒤집혀, 고작해야 술집에 팔려 가기가 상수라고 처녀의 뒷공론이 자자들 하단 말이야. 제천 장판을 몇 번이나 뒤졌겠나. 허나 처녀의 꼴은 꿩 궈 먹은 자리야. 첫날밤이 마지막 밤이었지. 그때부터 봉평이 마음에 든 것이 반평생을 두고 다니게 되었네. 평생인들 잊을 수 있겠나."

"수 좋았지. 그렇게 신통한 일이란 쉽지 않어. 항용 못난 것 얻어 새끼 낳고 걱정 늘고 생각만 해두 진저리나지. ……그러나 늘 그막바지까지 장돌뱅이로 지내기도 힘든 노릇 아닌가. 난 가을까지만 하구 이 생계와두 하직하려네. 대화쯤에 조그만 전방이나 하나 벌이구 식구들을 부르겠어. 사시장천 뚜벅뚜벅 걷기란 여간이래야지."

"옛 처녀나 만나면 같이나 살까. ……난 거꾸러질 때까지 이 길 걷고 저 달 볼 테야."

산길을 벗어나니 큰길로 틔어졌다. 꽁무니의 동이도 앞으로 나서 나귀들은 가로 늘어섰다.

"총각두 젊것다 지금이 한창 시절이렷다. 충줏집에서는 그만 실수를 해서 그 꼴이 되었으나 섭게 생각 말게."

"처, 천만에요. 되레 부끄러워요. 계집이란 지금 웬 제격인가요. 자나 깨나 어머니 생각뿐인데요."

허 생원의 이야기로 실심해한 끝이라 동이의 어조는 한풀 수그러진 것이었다.

"아비, 어미란 말에 가슴이 터지는 것도 같았으나 제겐 아버지가 없어요. 피붙이라고는 어머니 하나뿐인걸요."

"돌아가셨나?"

"당초부터 없어요."

"그런 법이 세상에……."

생원과 선달이 야단스럽게 껄껄들 웃으니, 동이는 정색하고 우길 수밖에는 없었다.

"부끄러워서 말하지 않으려 했으나 정말이에요. 제천 촌에서 달도 차지 않은 아이를 낳고 어머니는 집을 쫓겨났죠. 우스운 이야기나, 그렇기 때문에 지금까지 아버지 얼굴도 본 적 없고, 있는 고장도 모르고 지내 와요."

고개가 앞에 놓인 까닭에 세 사람은 나귀에서 내렸다. 둔덕은 험하고 입을 벌리기도 대견하여 이야기는 한동안 끊겼다. 나귀는 건듯하면 미끄러졌다. 허 생원은 숨이 차 몇 번이고 다리를 쉬지

앉으면 안 되었다. 고개를 넘을 때마다 나이가 알렸다. 동이 같은 젊은 축이 그지없이 부러웠다. 땀이 등을 한바탕 쪽 씻어 내렸다.

고개 너머는 바로 개울이었다. 장마에 흘러 버린 널다리가 아직도 걸리지 않은 채로 있는 까닭에 벗고 건너야 되었다. 고의를 벗어 띠로 등에 얽어매고 반벌거숭이의 우스꽝스러운 꼴로 물속에 뛰어들었다. 금방 땀을 흘린 뒤였으나 밤의 물은 뼈를 찔렀다.

"그래 대체 기르긴 누가 기르구?"

"어머니는 하는 수 없이 의부를 얻어 가서 술장사를 시작했죠. 술이 고주래서 의부라고 전망나니예요. 철들어서부터 맞기 시작한 것이 하룬들 편한 날 있었을까. 어머니는 말리다가 차이고 맞고 칼부림을 당하고 하니 집 꼴이 무어겠소. 열여덟 살 때 집을 뛰쳐나와서부터 이 짓이죠."

"총각 낫세론 동이 무던하다고 생각했더니 듣고 보니 딱한 신세로군."

물은 깊어 허리까지 찼다. 속 물살도 어지간히 센 데다가 발에 채는 돌멩이도 미끄러워 금시에 훌칠 듯하였다. 나귀와 조 선달은 재빨리 거의 건넜으나 동이는 허 생원을 붙드느라고 두 사람은 훨씬 떨어졌다.

"모친의 친정은 원래부터 제천이었던가?"

"웬걸요. 시원스레 말은 안해 주나 봉평이라는 것만은 들었죠."

"봉평? 그래 그 아비 성은 무엇이구?"

"알 수 있나요, 도무지 들지를 못했으니까."

"그 그렇겠지."

하고 중얼거리며 흐려지는 눈을 까물까물하다가, 허 생원은 경망하게도 발을 빗디뎠다. 앞으로 고꾸라지기가 바쁘게 몸째 풍덩 빠져 버렸다. 허비적거릴수록 몸을 걷잡을 수 없어 동이가 소리를 치며 가까이 왔을 때에는 벌써 퍽이나 흘렀었다. 옷째 쫄딱 젖으니 물에 젖은 개보다도 참혹한 꼴이었다.

동이는 물속에서 어른을 해깝게 업을 수 있었다. 젖었다고는 하여도 여윈 몸이라 장정 등에는 오히려 가벼웠다.

"이렇게까지 해서 안됐네. 내 오늘은 정신이 빠진 모양이야."

"염려하실 것 없어요."

"그래 모친은 아비를 찾지는 않는 눈치지?"

"늘 한 번 만나고 싶다고는 하는데요."

"지금 어디 계신가?"

"의부와도 갈라져서 제천에 있죠. 가을에는 봉평에 모셔 오려고 생각 중인데요. 이를 물고 벌면 이럭저럭 살아갈 수 있겠죠."

"아무렴, 기특한 생각이야. 가을이랬다?"

동이의 탐탁한 등어리가 뼈에 사무쳐 따뜻하다. 물을 다 건넜을 때에는 도리어 서글픈 생각에 좀 더 업혔으면도 하였다.

"진종일 실수만 하니 웬일이오, 생원?"

조 선달은 바라보며 기어이 웃음이 터졌다.

"나귀야, 나귀 생각하다 실족을 했어. 말 안 했던가. 저 꼴에 제법 새끼를 얻었단 말이지, 읍내 강릉집 피마에게 말일세. 귀를 쫑긋 세우고 달랑달랑 뛰는 것이 나귀 새끼같이 귀여운 것이 있을까. 그것 보러 나는 일부러 읍내를 도는 때가 있다네."

"사람을 물에 빠뜨릴 젠 딴은 대단한 나귀 새끼군."

허 생원은 젖은 옷을 웬만큼 짜서 입었다. 이가 덜덜 갈리고 가슴이 떨리며 몹시 추웠으나, 마음은 알 수 없이 둥실둥실 가벼웠다.

"주막까지 부지런히들 가세나. 뜰에 불을 피우고 훗훗이 쉬어. 나귀에겐 더운 물을 끓여 주고. 내일 대화 장 보고는 제천이다."

"생원도 제천으로……."

"오래간만에 가 보고 싶어. 동행하려나, 동이?"

나귀가 걷기 시작하였을 때, 동이의 채찍은 왼손에 있었다. 오랫동안 아둑신이같이 눈이 어둡던 허 생원도 요번만은 동이의 왼손잡이가 눈에 띄지 않을 수 없었다.

걸음도 해깝고 방울 소리가 밤 벌판에 한층 청청하게 울렸다.

달이 어지간히 기울어졌다.

계용묵 <백치 아다다>

작가 소개

계용묵(桂鎔默 1904~1961) 소설가

본관은 수안(遂安). 본명은 하태용(河泰鏞). 평북 선천(宣川) 출생. 아버지는 항교(恒敎), 어머니는 죽산 박씨(竹山朴氏)이며, 1남 3녀 중 장남으로 1904년 9월 8일 태어난다. 할아버지 창전(昌瑛) 에게〈천자문〉〈동몽선습〉등을 배웠다.

삼봉공립보통학교 재학 중에 순흥 안씨(順興安氏) 정옥과 혼인 후 졸업한다. 1921년 중동학교를 거쳐 1922년 휘문고등보통학교를 다녔으나 할아버지의 반대로 낙향했다. 고향에서 4년간 지내면서 외국문학 작품을 즐겨 읽는다.

1928년 일본 토요 대(東洋大學) 동양학과에서 공부하던 중 집안이 파산하여 1931년 귀국한다. 귀국 후《조선일보》출판부에 근무한다. 1943년 일본 천황 불경죄로 2개월 동안 수감생활을 하고, 광복 직후 문단의 정치적 대립에도 중립적인 입장을 취하며 작품 활동에 전념한다. 1945년 정비석(鄭飛石)과 잡지《대조》를 발행하고 1948년 시인 김억(金億)과 출판사 수선사(首善社)를 창립한다. 1·4후퇴 때 제주도로 피난 가 1952년 그곳에서《신문화》를 펴낸 뒤, 1953년 문인환도 기념문집인《흑산호》를 발간했다. 1955년 서울로 돌아와 1961년《현대문학》에〈설수집〉을 연재하던 중 58세의 나이로 생을 마친다.

작품으로＜최 서방＞＜인두지주＞〈백치 아다다〉＜장벽＞＜병풍에 그린 닭이＞＜청춘도＞＜신기루＞＜별을 헨다＞＜바람은 그냥 불고＞〈상아탑〉등 60여 편의 작품을 발표했다.

백치 아다다

계용묵

백치 아다다

이 작품은 1935년《조선 문단(朝鮮文壇)》에 발표하고 1945년 조선출판사에서 출간된《백치 아다다》에 수록된 계용묵의 대표작인 단편소설이다.

백치인 아다다는 말을 할 때마다 아다다 소리만 연거푸 하고 힘든 일도 몸 아끼지 않고 집안의 모든 고된 일을 도맡아 혼자 한다. 가난한 집 총각에게 논 한 섬과 함께 시집 보내진다. 시집갈 때 가지고 간 논이 시집의 생계를 유지시켜준 덕에 신랑의 사랑을 받는다. 그러나 남편이 살림에 여유가 생겨 첩을 들이고 구박을 해 친정으로 온다. 그녀는 친정에서도 연거푸 실수를 해 시집으로 돌아가라고 친정 엄마가 내 쫓는다. 집을 나온 그녀는 수롱이를 찾아간다. 수롱은 그녀를 반갑게 맞으면서 두 사람의 행복을 위해 신미도로 가서 모은 돈으로 밭을 마련하여 농사를 짓고 싶어 밭을 사자고 하나 아다다는 반대하고 행복이 돈 때문에 깨질까 염려해 새벽에 수롱이 몰래 지전을 바다에 뿌린다.

이 작품은 스스로 책임질 수 없는 선천적인 불구로 태어나 육체적 고통과 돈의 횡포로 인한 물질사회의 불합리를 지적한다. 비극적 생을 마쳐야 했던 수난의 여성 백치 아다다의 삶이 얼마나 비참하고 가여운지 잘 보여준다.

　　아다다는 말을 할 때마다 아다다 소리만 연거푸 하는 벙어리며 백치다. 확실이란 이름이 있지만 부모도 아다다라 부르고 그녀도 자기 이름으로 안다. 그녀는 힘든 일도 몸 아끼지 않고 집안의 모든 고된 일을 도맡아 혼자 해낸다. 부모는 벙어리며 백치인 그녀를 열아홉을 넘기도록 시집을 못 보내 속을 태우다 논 한 섬과 함께 멀리 사는 가난한 집에 스물여덟 살의 총각에게 시집보낸다. 시집갈 때 가지고 간 논이 가난한 시집 사람들의 생계를 유지시켜준 덕에 신랑의 귀여움을 받는다. 남편이 투기에 손을 대 살림에 여유가 생기자 첩을 들이고 시부모의 학대와 구박을 견디다 친정으로 돌아온다.

　　친정집에 쫓겨 온 그녀는 집에서도 연거푸 실수를 하자 시집으로 돌아가라고 친정 엄마가 머리채를 잡아 휘두르며 내 쫓는다. 집을 나온 그녀는 궁리 끝에 수룡이의 오막살이로 간다. 수룡이는 초시의 딸인 그녀를 반갑게 맞으면서 두 사람의 행복을 위해 신미도로 가서 땅을 사기로 하고 그 계획을 아다다에게 알린다.

　　돈 때문에 겪어야 했던 시집에서의 불행을 생각한 아다다는 아침 일찍 지전뭉치를 들고 바닷가로 가서 물위에 뿌린다. 뒤쫓아 온 수룡은 격분해서 그녀를 발길로 거세게 바다에 차 넣는다.

핵심정리

갈래: 순수소설

시점: 전지적 작가 시점

배경: 일제 강점기 평안도 어느 마을과 신미도

주제: 물질 중심주의적 삶에 의해 파멸되는 여인의 비극적 삶

출전: 조선 문단

백치 아다다

질그릇이 땅에 부딪히는 소리가 났다고 들렸는데, 마당에는 아무도 없다.

부엌에 쥐가 들었나? 샛문을 열어 보려니까,

"아, 아, 아이 아아 아야!"

하는 소리가 뒤란 곁으로 들려온다. 샛문을 열려던 박씨는 뒷문을 밀었다.

장독대 밑, 비스듬한 켠 아래 아다다가 입을 헤 벌리고 넙적 엎더져 두 다리만을 힘없이 버지럭거리고 있다. 그리고 머리핀으로 한 발쯤 나가선 깨어진 동이(배가 부르고 아가리가 넓은 질그릇) 조각이 질서 없이 너저분하게 된장 속에 묻혀 있다.

"아이구메나! 무슨 소린가 했더니 이년이 동애를 또 잡았구나! 이년아! 너 더러 된장 푸래든, 푸래?"

어머니는 딸이 어딘가 다쳤는지 일어나지도 못하고 아파하는데 가는 동정심보다 깨어진 동이만이 아깝게 눈에 보였던 것이다.

"어, 어마! 아다, 아다, 아다 아다다……."

모닥불을 뒤집어쓰는 듯한 끔찍한 어머니의 음성을 또다시 듣게 되는 아다다는 겁에 질려 얼굴에 시퍼런 물이 들며 넘어진 연유를 말하여 용서를 빌려는 기색이나, 말이 되지를 않아 안타까워

한다.

아다다는 벙어리였던 것이다. 말을 하려 할 때에는 한다는 것이 아다다 소리만이 연거푸 나왔다. 어찌어찌 가다가 말이 한 마디씩 제법 되어 나오는 적도 있었으나 그것은 쉬운 말에 그치고 만다.

그래서 이것을 조롱 삼아 '확실' 이라는 뚜렷한 이름이 있었지만 누구나 그를 부르는 이름은 아다다였다. 그리하여 이것이 자연히 이름으로 굳어져 그 부모네까지도 그렇게 부르게 되었거니와, 그 자신조차도 "아다다!" 하고 부르면 마땅히 들을 이름인 듯이 대답을 했다.

"이년까타나 끌(머리)이 세누나! 시집엘 못 가갔음은 오늘은 어드메든가 나가서 뒈디고 말아라, 이년아! 이년아! 아, 이년아!"

어머니는 눈알을 가로세워 날카롭게도 흰자위만으로 흘기며 성큼 문턱을 넘어선다.

아다다는 어머니의 손길이 또 자기의 끌채(머리채)를 감아쥘 것을 연상하고 몸을 겨우 뒤채어 비꼬아 일어서서 절룩절룩 굴뚝 모퉁이로 피해 가며 어쩔 줄을 모르고 일변 고개를 좌우로 둘러 살피며 아연하게도,

"아다, 어, 어마! 아다 어마, 아다다다다."

하고 부르짖는다. 다시는 일을 아니 저지르겠다는 듯이, 그리고 한 번만 용서를 하여 달라는 듯싶게. 그러나 사정 모르는 체 기어이 쫓아간 어머니는,

"이년! 어서 뒈데라. 뒈디기 싫건 시집으로 당장 가거라. 못 가간?"

그리고 주먹을 귀 뒤에 넌지시 얼 메고(위협하고) 마주선다. 순간, 주먹이 떨어지면? 하는 두려운 생각에 오싹하고 끼치는 소름이 튀해(가축이나 짐승의 털을 뽑기 위해 끓는 물에 넣었다 꺼내는) 놓은 닭같이 전신에 돋아나는 두드러기를 느끼는 찰나, '턱' 하고 마침내 떨어지는 주먹이 어느새 끌채를 감아쥐고 갈 지(之)자로 흔들어 댄다.

"아다, 어어 어마! 아, 아고, 어, 어마!"

아다다는 떨며 빌며 손을 모은다.

그러나 소용이 없다. 한번 손을 댄 어머니는 그저 죽어 싸다는 듯이 자꾸만 흔들어 댄다. 하니, 그렇지 않아도 가꾸지 못한 텁수룩한 머리는 물결처럼 흔들리며 구름같이 피어나선 얼크러진다.

그래도 아다다는 그저 빌 뿐이요, 조금도 반항하려고도 않는다. 이런 일은 거의 날마다 지나 보는 것이기 때문에 한대야, 그것은 도리어 매까지 사는 것이 됨을 아는 것이다. 집에 일이 아무리 밀려 돌아가더라도 나 모르는 체 손 싸매고 들어앉았으면 오히려 이런 봉변은 아니 당할 것이, 가만히 앉아 있지는 못했다.

선천적으로 타고난 천치에 가까운 그의 성격은 무엇엔지 힘에 맞히는 노력이 있어야 만족을 얻는 듯했다. 시키건, 안 시키건, 헐하나(수월하나), 힘차나(힘드나), 가리는 법이 없이 하여야 될 일로, 눈에 띄기만 하면 몸을 아끼는 일이 없이 하는 것이 그였다. 그래서 집안의 모든 고된 일은 실로 아다다가 혼자서 치워 놓게 된다.

　그러나 어머니는 그것이 반갑지 않았다. 둔한 지혜로 마련(계획) 없이 뼈가 부러지도록 몸을 돌보지 않고 일종 모험에 가까운 짓을 하게 되므로, 그 반면에 따르는 실수가 되레 일을 저질러 놓게 되어 그릇 같은 것을 깨쳐 먹는 일은 거의 날마다 있다 하여도 옳을 정도로 있었다.

　그래도 아다다의 힘을 빌리지 않고는 집안일을 못 치겠다면 모르지만, 그는 참례를 하지 않아도 행랑에서 차근차근히 다 해 줄 일을 쓸데없이 가로 맡아선 일을 저질러 놓고 마는 데에 그 어머니는 속이 상했다.

　본시 시집을 보내기 전에도 그 버릇은 지금이나 다름이 없어 벙어리인 데다 행동까지 그러하였으므로 내용 아는 인근에서는 그를 얻어 가려는 사람이 없었다. 그리하여 열아홉 고개를 넘기도록 처묻어 두고 속을 태우다 못해 깃부(지참금)로 논 한 섬지기를 처넣어 똥 치듯 치워 버렸던 것이, 그만 오 년이 멀다 다시 쫓겨 와 시집에는 아예 갈 생각도 아니 하고 하루 같은 심화(마음의 화)를 올렸다.

　그래서 어머니는 역겨운 마음에 아다다가 실수를 할 때마다 주릿대(주리를 트는 막대기)를 내리고 참례를 말라건만 그는 참는다는 것이 그 당시뿐이요, 남이 일을 하는 것을 보면 속이 쏘는 듯이 슬그미 나와서 곁을 슬슬 돌다가는 손을 대고 만다.

　바로 사흘 전인가도 무명넘(옷감을 잿물에 담갔다가 솥에 삶는 일)을 넬(할) 때 활짝 달은 솥뚜껑을 마련 없이 맨손으로 열다가 뜨거움을 참지 못해 되는 대로 집어 엎는 바람에 그만 자배기(둥

굴고 넓적한 질그릇)를 깨치고 욕과 매를 한바탕 겪고 났었건만,
어제 저녁 행랑 색시더러 오늘은 묵은 된장을 옮겨 담아야 되겠다
고 이르는 말을 어느 겨를에 들었던지 아다다는 아침밥이 끝나자
어느새 나가서 혼자 된장을 퍼 나르다가 그만 또 실수를 한 것이
었다.

"못 가간? 시집이! 못 가간? 이년! 못 가갔음 죽어라!"

움켜쥐었던 머리를 힘차게 휙 두르며 밀치는 바람에 손에 감겼
던 머리카락이 끊어지는지 빠지는지 무뚝 묻어나며 아다다는 비
칠비칠 서너 걸음 물러난다.

순간 정신이 어찔해진 아다다는 넘어지지 않으려고 애써 버지
럭거리며 뻐치는 다리에 겨우 진정을 얻어 세우자,

"아다, 어마! 아다, 어마! 아다, 아다!"

하고 다시 달려들 듯이 눈을 흘기고 서 있는 어머니를 향하여
눈물 글썽한 눈을 끔벅 한 번 감아 보이고, 그리고 북쪽을 손가락
질하여 어머니의 말대로 시집으로 가든지 그렇지 않으면 죽어라
도 버리겠다는 뜻으로 고개를 주억이며 겁에 질려 어쩔 줄을 모르
고 허청허청 대문 밖으로 몸을 이끌어 냈다.

나오기는 나왔으나 갈 곳이 없는 아다다는 마당귀를 돌아서선
발길을 더 내놓지 못하고 우뚝 섰다.

시집으로 간다고 하였으나 아무리 생각해도 남편의 매는 어머
니의 그것보다 무섭다. 그러면 다시 집으로 들어가나? 이번에는
외상없는 매가 떨어질 것 같다. 어디로 가야 하나? 갈 곳 없는 갈
곳을 뒤 짜보자니, 눈물이 주는 위로밖에 쓸데없는 오 년 전 그 시

집이 참을 수 없이 그립다.

치울세라, 더울세라, 힘이 들까, 고단할까, 알뜰살뜰히 어루만져 주던 시부모, 밤이면 품속에 꼭 껴안아 피로를 풀어 주던 남편, 아! 얼마나 시집에서는 자기를 위하여 정성을 다하던 것인가?

참으로 아다다가 처음 시집을 가서의 오 년 동안은 온 집안의 사랑을 한 몸에 받아 왔던 것이 사실이다.

벙어리라는 조건이 귀에 들어맞는 것은 아니었으나 돈으로 아내를 사지 아니하고는 얻어 볼 수 없는 처지에서 스물여덟 살에 아직 장가를 못 들고 있는 신세로 목구멍조차 치기 어려운 형세이었으므로, 아내를 얻게 되기의 여유를 기다리기까지에는 너무도 막연한 앞날이었다.

벙어리나마 일생을 먹여 줄 것까지 가지고 온다는 데 귀가 번쩍 띄어 그 자리를 앗기울까(빼앗길까) 두렵게 혼사를 지었던 것이니, 그로 인해서 먹고 살게 되는 시집에서는 아다다를 아니 위할 수가 없었던 것이다. 그러한 가운데 또한 아다다는 못 하는 일이 없이 일 잘하고, 고분고분 말 잘 듣고, 조금도 말썽을 부리는 일이 없었다.

그래서 생활고가 주는 역겨움이 쓸데없이 서로 눈독을 짓게 하여 불쾌한 말만으로 큰소리가 끊일 새 없이 오고 가던 가족은 일시에 봄비를 맞는 동산같이 화락한 웃음의 꽃이 피었다.

원래 바른 사람이 못 되는 아다다에게는 실수가 없는 것이 아니었으나 그로 인해서 밥을 먹게 되는 시집에서는 조금도 역겹게 안 여겼고, 되레 위로를 하고 허물을 감추기에 서로 힘을 썼다.

여기에 아다다가 비로소 인생의 행복을 느끼며, 시집가기 전 지난날 어머니 아버지가 쓸데없는 자식이라는 구실 밑에 아니, 되레 가문을 더럽히는 앙화(殃禍, 재앙) 자식이라고 사람으로서의 푼수에도 넣어 주지 않고 박대하던 일을 생각하고는, 어머니 아버지를 원망하는 나머지 명절 목시(대목 때)나 제향(제사) 때이면 시집에서는 그렇게도 가보라는 친정이었건만 이를 악물고 가지 않고 행복 속에 묻혀 살던 지나간 그날이 아니 그리울 수가 없었다.

그러나 그날은 안타깝게도 다시 못 올 영원한 꿈속에 흘러가고 말았다.

해를 거듭하며 생활의 밑바닥에 깔아 놓았던 한 섬지기라는 거름이 차츰 그들을 여유한 생활로 이끌어 몇 백 원이란 돈이 눈앞에 굴게 되니, 까닭 없이 남편 되는 사람은 벙어리로서의 아내가 미워졌다.

조그만 실수가 있어도 눈을 흘겼다. 그리고 매를 내렸다. 이 사실을 아는 아버지는 그것은 들어오는 복을 차 버리는 짓이라고 타이르나 듣지 않았다. 그리하여 부자간에 충돌이 때때로 일어났다. 이럴 때마다 아버지에게는 감히 하고 싶은 행동을 못 하는 아들은 그 분을 아내에게로 돌려 풀기가 일쑤였다.

"이년 보기 싫다! 네 집으로 가거라."

그리고 다음에 따르는 것은 매였다. 그러나 아다다는 참아 가며 아내로서의, 그리고 며느리로서의 임무를 다했다.

이것이 시부모로 하여금 더욱 아다다를 귀엽게 만드는 것이어서, 아버지에게서는 움직일 수 없는 며느리인 것을 깨닫게 된 아들은 가정적으로 불만을 느끼게 되어 한 해의 농사를 지은 추수를 온통 팔아 가지고 집을 떠나서 마음의 위안을 찾아 돌다가 주색에 돈을 다 탕진하고 동무들과 물거품같이 밀리어 안동현(安東縣)으로 건너갔다.

그리하여 이 투기적(投機的)인 도시에서 뒹굴며 노동의 힘으로 밑천을 얻어선 '양화(서양 물건)'와 '은떼루'에 투기하여 황금을 꿈꾸어 오던 것이 기적적으로 맞아나기 시작하여 이태 만에는 이만 원에 가까운 돈을 손에 쥐게 되었다. 그리하여 언제나 불만이던 완전한 아내로서의 알뜰한 사랑에 주렸던 그는 돈에 따르는 무수한 여자 가운데서 마음대로 흡족히 골라 가지고 집으로 돌아왔다.

그리고는 새로운 살림을 꿈꾸는 일변, 새로이 가옥을 건축함과 동시에 아다다를 학대함이 전에 비할 정도가 아니었다. 이에는 그 아버지도 명민하고 인자한 남부끄럽지 않은 뻐젓한 새 며느리에게 마음이 쏠리는 나머지, 이미 생활은 걱정이 없이 되었으니 아다다의 깃부로서가 아니라도 유족할 앞날을 돌아볼 때 아들로서의 아다다에게 대하는 태도는 소모(조금)도 마음에 거슬리는 것이 없었다.

그리하여 시부모의 눈에서까지 벗어나게 된 아다다는 호소할 곳조차 없는 사정에 눈감은 남편의 매를 견디다 못해 집으로 쫓겨

오게 되었던 것이니, 생각만 하여도 옛 매 자리가 아픈 그 시집은 죽으면 죽었지 다시는 찾아갈 생각이 없었던 것이다.

그래서 집에 있게 되니 그것보다는 좀 헐할망정 어머니의 매도 결코 견디기에 족한 것이 아니다. 그리고 그것은 날마다 더 심해만 왔다. 오늘도 조금만 반항이 있었던들 어김없이 매는 떨어지고 말았을 것이다.

그러니 어디로 가나? 아무리 생각을 해 보아야 그저 이 세상에서는 수롱이네 집밖에 또 찾아갈 곳은 없었다.

수롱은 부모 동생조차 없는 삼십이 넘은 총각으로, 누구보다도 자기를 사랑하여 준다고 믿는 단 한 사람이었다. 그리하여 쫓기어 날 때마다 그를 찾아가선 마음의 위안을 얻어 오던 것이다.

아다다는 문득 발걸음을 떼어 아지랑이 얼른거리는 마을 끝 산턱 아래 떨어져 박힌 한 채의 오막살이를 향하여 마당귀를 꺾어 돌았다.

수롱은 벌써 일 년 전부터 아다다를 꾀어 왔다. 시집에서까지 쫓겨난 벙어리였으나 김 초시의 딸이라 스스로도 낮추 보이는 자신으로서는 거연히 염(생각)을 내지 못하고 뜻 있는 마음을 건너볼 길이 없어 속을 태워 가며 눈치만 보아 오던 것이, 눈치에서보다는 베풀어진 동정이 마침내 아다다의 마음을 사게 된 것이었다.

아이들은 아다다를 보기만 하면 따라다니며 놀렸다. 아니, 어른들까지도 '아다다, 아다다.' 하고 골을 올려서 분하나 말을 못 하고 이상한 시늉을 하며 투덜거리는 것을 보므로 좋아라고 손뼉을 치며 웃었다.

그래서 아다다는 사람을 싫어하였다. 집에 있으면 어머니의 욕과 매, 밖에 나오면 뭇 사람들의 놀림, 그러나 수롱이만은 자기를 사랑하는 것이었다. 아이들이 따라다닐 때에도 남 아니 말려 주는 것을 그는 말려 주고, 그리고 매에 터질 듯한 심정을 풀어 주는 것이었다.

그리하여 아다다는 마음이 불편할 때마다 수롱을 생각해 오던 것이, 얼마 전부터는 찾아다니게까지 되어 동네의 눈치에도 이미 오른 지 오래였다.

그러나 아다다의 집에서도 그 아버지만이 지처(地處, 대대로 내려오는 신분)를 가지기 위하여 깔맵게 아다다의 행동을 경계하는 듯하고, 그 어머니는 도리어 수롱이와 배가 맞아서 자기 눈앞에 보이지 아니하고 어디로든지 달아났으면 하는 눈치를 알게 된 수롱이는 지금에 와서는 어느 정도까지 내어놓다시피 그를 사귀어 온다.

아다다는 제 집이나처럼 서슴지도 않고 달리어 오자마자 수롱이네 집 문을 벌컥 열었다.

"아, 아다다!"

수롱은 의외에 벌떡 일어섰다.

"너 또 울었구나!"

울었다는 것이 창피하긴 하였으나 숨길 차비가 아니다. 호소할 길 없는 가슴속에 꽉 찬 설움은 수롱이의 따뜻한 위무가 그렇게도 그리웠는지 모른다.

방 안에 들어서기가 바쁘게 쫓기어 난 이유를 언제나 같이 낱낱이 말했다.

“그러기 이젠 아야, 다시는 집으로 가지 말구 나하구 둘이서 살아, 응?”

그리고 수롱은 의미 있는 웃음을 벙긋벙긋 웃어 가며 아다다의 등을 척척 두드려 달랬다. 오늘은 어떻게 해서든지 자기의 것을 영원히 만들어 보고 싶은 욕망에 불탔던 것이다. 그러나 아다다는,

“아다 무, 무서! 아바, 무, 무서! 아다아다다다!”

하고, 그렇게 한다면 큰일 난다는 듯이 눈을 둥그렇게 뜬다. 집에서 학대를 받고 있느니보다는 수롱의 사랑 밑에서 살았으면 오죽이나 행복되랴! 다시 집으로는 아니 들어가리라는 생각이 없었던 바도 아니었으나, 정작 이런 말을 듣고 보니 무엇엔지 차마 허하지 못할 것이 있는 것 같고, 그렇지 않은지라 눈을 부릅뜨고 수롱이한테 다니지 말라는 아버지의 이르던 말이 연상될 때 어떻게도 그 말은 엄한 것이었다.

“우리 둘이 달아났음 그만이디, 무섭긴 뭐이 무서워?”

“……”

아다다는 대답이 없다.

딴은 그렇기도 한 것이다. 당장 쫓기어 난 몸이 갈 곳이 어딘고? 다시 생각을 더듬어 볼 때 어머니의 매는 아버지의 그 눈총보다 몇 배나 더한 두려움으로 견딜 수 없이 아픈 것이다. 그러마고 대답을 못하고 거역한 것이 금시 후회스러웠다.

“안 그래? 무서울 게 뭐야. 이젠 아야 집으루 가지 말구 나하구 있어, 응?”

"응, 아다 이, 있어, 아다, 아다."

하고 아다다는 다시 있자는 수롱이의 말이 나오기를 기다렸던 듯이, 그리고 살길은 이제 찾았다는 듯이, 한숨과 같이 빙긋 웃으며 있겠다는 뜻을 명백히 보이기 위하여 고개를 주억이며 삿(갈대로 만든 돗자리) 바닥을 손으로 툭툭 두드려 보인다.

"그렇지, 그래, 정 있어야 돼. 응?"

"응, 이서, 이서. 아다, 아다."

"정말이야?"

"으, 응, 저 정, 아다, 아다."

단단히 강문(다짐)을 받고 난 수롱이는 은근히 솟아나는 미소를 금할 길이 없었다.

벙어리인 아다다가 흡족할 이치는 없었지만 돈으로 사지 아니하고는 아내라는 것을 얻어 볼 수 없는 처지였다. 그저 생기는 아내는 벙어리였어도 족했다. 그저 자기의 하는 일이나 도와주고, 아들딸이나 낳아 주었으면 자기는 게서 더 바랄 것이 없었다. 아내를 얻으려고 십여 년 동안을 불피풍우(不避風雨, 비바람을 무릅쓰고) 품을 팔아 궤 속에 꽁꽁 묶어 둔 일백오십 원이란 돈이 지금에 와서는 아내 하나를 얻기에 그리 부족할 것이 아니나, 장가를 들지 아니하고 아다다를 꼬여 온 이유도, 아다다를 꼬이므로 돈을 남겨서 그 돈으로는 살림의 밑천을 만들어 가정의 마루를 얹자는데서였던 것이다. 이제 그 계획이 은근히 성공에 가까워 옴에 자기도 남과 같이 가정을 이루어 보게 되누나 하니 바라지도 못하였던 인생의 행복이 자기에게도 이제 찾아오는 것 같았다.

"우리 아다다."

수롱이는 아다다의 등에 손을 얹으며 빙그레 웃었다.
"아다, 아다."
아다다도 만족한 듯이 히쭉 입이 벌어졌다.

　그날 밤을 수롱의 품안에서 자고 난 아다다는 이미 수롱의 아내
되기에 수줍음조차도 잊었다. 아니, 집에서 자기를 받들어 들인다
하더라도 수롱을 떨어져서는 살 수 없을 만큼 마음은 굳어졌다.
수롱이가 주는 사랑은 이 세상에서는 더 찾을 수 없는 행복이리라
느끼어졌던 것이다.

　　　　　　　　　　　　　그러나 영원한 행복을 위
하여는 이 자리에 그대로 박
혀서는 누릴 수 없을 것이 다
음에 남은 근심이었다. 수롱
이와 같이 살자면 첫째 아버지가 허하지 않을 것이요, 동네 사람
도 부끄럽지 않은 노릇이 아니다. 이것은 수롱이도 짐짓 근심이었
다. 밤이 깊도록 의논을 하여 보았으나 동네를 피하여 낯모르는
곳으로 감쪽같이 달아나는 수밖에는 다른 묘책이 없었다.

　예식 없는 가약을 그들은 서로 맹세하고, 그날 새벽으로 그 마
을을 떠나 '신미도'라는 섬으로 흘러가서 그곳에 안주를 정하였
다. 그러나 생소한 곳이므로 직업을 찾을 길이 없었다. 고기를 잡
아먹고 사는 섬이라 뱃놀음을 하는 것이 제 길이었으나, 이것은
아다다가 한사코 말렸다. 몇 해 전에 자기네 동네에서도 농토를
잃은 몇몇 사람이 이 섬으로 들어와 첫 배를 타다가 그만 풍랑에
몰살을 당하고 만 일이 있던 것을 잊지 못하는 때문이었다.

그렇지 않은지라 수롱이조차도 배에는 마음이 없었다. 섬으로 왔다고는 하지만 땅을 파서 먹는 것이 조마구(주먹) 빨 때부터 길러 온 습관이요, 손 익은 일이었기 때문에 그저 그 노릇만이 그리웠다.

그리하여 있던 돈으로 어떻게 밭날갈이(며칠 동안 갈 만큼 넓은 밭)나 사서 조 같은 것이나 심어 가지고 겨울의 시탄(땔나무나 숯)과 양식을 대도록 하고 짬짬이 조개나 굴, 낙지, 이런 것들을 캐어서 그날그날을 살아갔으면 그것이 더할 수 없는 행복일 것만 같았다.

그렇지 않아도 삼십 반생에 자기의 소유라고는 손바닥만한 것조차 없어, 어떻게도 몽매에 그리던 땅이었는지 모른다. 완전한 아내를 사지 아니하고 아다다를 꼬여 온 것도 이 소유욕에서였다. 아내가 얻어진 이제 비록 많지는 않은 땅이나마 가져 보고 싶은 마음도 간절하였거니와, 또는 그만한 소유를 가지는 것이 자기에게 향한 아다다의 마음을 더욱 굳게 하는데도 보다 더한 수단일 것 같았기 때문이다.

그런데다 본시 뱃놀음판인 섬인데 작년에 놀구지(병충해)가 잘되었다 하여 금년에 와서 더욱 시세를 잃은 땅 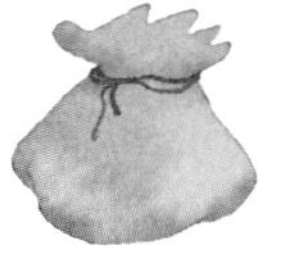 은 비록 때가 기경시(起耕時, 논밭을 가는 시기)라 하더라도 용이히 살 수까지 있는 형편이었으므로, 그렇게 하리라 일단 마음을 정하니 자기도 땅을 마침내 가져 보누나 하는 생각에 더할 수 없는 행복을 느끼며 아다다에게도 이 계획을 말하였다.

"우리 밭을 한 떼기 사자. 그래두 농살 허야 사람 사는 것 같디.

내가 던답(전답)을 살라구 묶어 둔 돈이 있거든."

하고 수롱이는 봐라는 듯이 시렁 위에 얹힌 석유통 궤 속에서 지전 뭉치를 뒤져내더니 손끝에다 침을 발라 가며 펄딱펄딱 뒤어 보인다.

그러나 그 돈을 본 아다다는 어쩐지 갑자기 화기(생기)가 줄어든다. 수롱이는 그것이 이상했다. 돈을 보면 기꺼워할 줄 알았던 아다다가 도리어 화기를 잃은 것이다. 돈이 있다니 많은 줄 알았다가 기대에 틀림으로써인가?

"이거 봐! 그래는 봐두 이게 일천오백 냥이야. 지금 시세에 밭 이천 평은 한참 놀다가두 떡 먹두룩 살 건데."

그래도 아다다는 아무 대답이 없다. 무엇 때문엔지 수심의 빛까지 역연히 얼굴에 떠오른다.

"아니, 밭이 이천 평이문 조를 심는다 하구 잘만 가꿔 봐, 조가 열 섬에 조짚이 백여 목 날 터이야. 그래, 이걸 개지구 겨울 한동안이야 못 살아? 그럭허구 둘이 맞붙어 몇 해만 벌어 봐! 그 적엔 논이 또 나오는 거야. 이건 괜히 생……."

아다다는 말없이 머리를 흔든다.

"아니, 내레 이게, 거즈뿌레기(거짓말)야? 아, 열 섬이 못 나?"

아다다는 그래도 머리를 흔든다.

"아니, 고롬 밭은 싫단 말인가?"

"아다, 시, 싫어."

그리고 힘없이 눈을 내리깐다. 아다다는 수롱이에게 돈이 있다 해도 실로 그렇게 많은 돈이 있는 줄은 몰랐다. 그래서 그 많은 돈으로 밭을 산다는 소리에 지금까지 꿈꾸어 오던 모든 행복이 여지

없이도 일시에 깨어지는 것만 같았던 것이다.

돈으로 인해서 그렇게 행복할 수 있던 자기의 신세는 전남편의 마음을 악하게 만듦으로, 그리고 시부모의 눈까지 가리는 것이 되어 필야엔 쫓겨나지 아니치 못하게 되던 일을 생각하면 돈 소리만 들어도 마음은 좋지 않던 것인데, 이제 한 푼 없는 알몸인 줄 알았던 수롱이에게도 그렇게 많은 돈이 있어 그것으로 밭을 산다고 기꺼워하는 것을 볼 때, 그 돈의 밑천은 장래 자기에게 행복을 가져다주기보다는 몽둥이를 가져다주는 데 지나지 못하는 것 같았고, 밭에다 조를 심는다는 것은 불행의 씨를 심는다는 것만 같았기 때문이다.

아다다는 그저 섬으로 왔거니 조개나 굴 같은 것을 캐어서 그날그날을 살아가야 할 것만이 수롱의 사랑을 받는 데 더할 수 없는 살림인 줄만 안다. 그래서 이러한 살림이 얼마나 즐거우랴, 혼자 속으로 축복을 하며 수롱을 위하여 일층 벌기에 힘을 써야 할 것을 생각해 오던 것이다.

"고롬 논을 사재나? 밭이 싫으문?"

수롱은 아다다의 의견이 알고 싶어 이렇게 또 물었다. 그러나 아다다는 그냥 힘없는 고개만 주억일 뿐이었다. 논을 산대도 그것은 꼭 같은 불행을 사는 데 있을 것이다. 돈이 있는 이상 어느 것이든지 간에 사기는 반드시 사고야 말 남편의 심사이었음을 머리를 흔들어 댔자 소용이 없을 것이었다. 그리하여 그 근본 불행인 돈을 어찌할 수 없는 이상엔 잠시라도 남편의 마음을 거슬리므로 불쾌하게 할 필요는 없다고 아는 때문이었다.

"흥! 논이 도흔(좋은) 줄은 너두 아누나! 그러나 가난한 놈에겐

밭이 논보다 나앗디, 나아.”

하고 수롱이는 기어이 밭을 사기로, 그 달음에 거간을 내세웠
다.

그날 밤.

아다다는 자리에 누웠으나 잠이 오지 않았다.

남편은 아무런 근심도 없는 듯이 세상모르고 씩씩 초저녁부터
자내건만, 아다다는 그저 돈 생각을 하면 장차 닥쳐올 불길한 예
감에 잠을 이룰 수가 없었다. 이불을 붙안고 밤새도록 쥐어틀며
아무리 생각을 해야 그 돈을 그대로 두고는 수롱의 사랑 밑에서
영원한 행복을 누릴 수 있으리라고는 믿기지 않았다.

짧은 봄밤은 어느덧 새어, 새벽을 알리는 닭의 울음소리가 사방
에서 처량히 들려온다.

밤이 벌써 새누나 하니, 아다다의 마음은 더
욱 조급하게 탔다. 이 밤으로 그 돈에 대한 처
리를 하지 못하는 한, 내일은 기어이 거간이
밭을 흥정하여 가지고 올 것이다. 그러면 그
밭에서 나는 곡식은 해마다 돈을 불켜 줄 것이
다. 그때면 남편은 늘어 가는 돈에 따라 차차

눈은 어둡게 되어 점점 정은 멀어만 가게 될 것이다. 그 다음에는?
그 다음에는 더 생각하기조차 무서웠다.

닭의 울음소리에 따라 날은 자꾸만 밝아 온다. 바라보니 어느덧
창은 희끄스럼하게 비친다. 아다다는 더 누워 있을 수가 없었다.
옆에 누운 남편을 지긋이 팔로 밀어 보았다. 그러나 움쩍하지도

않는다. 그래도 못 믿기는 무엇이 있는 듯이 남편의 코에다 가까이 귀를 가져다 대고 숨소리를 엿들었다. 씨근씨근 아직도 잠은 분명히 깨지 않고 있다.

아다다는 슬그머니 이불 속을 새어 나왔다. 그리고 시렁 위에 석유통을 휩쓸어 그 속에다 손을 넣었다. 그리하여 마침내 지전 뭉치를 더듬어서 손에 쥐고는 조심조심 발자국 소리를 죽여 가며 살그머니 문을 열고 부엌으로 내려갔다. 그리고는 일찍이 아침을 지어 먹고 나무새기(푸성귀)를 뽑으러 간다고 바구니를 끼고 바닷가로 나섰다. 아무도 보지 못하게 깊은 물속에다 그 돈을 던져 버리자는 것이다.

솟아오르는 아침 햇발을 받아 붉게 물들며 잔뜩 밀린 조수는 거품을 부걱부걱 토하며 바람결조차 철썩철썩 해안에 부딪친다.

아다다는 그 바구니를 내려놓고 허리춤 속에서 지전뭉치를 쥐어 들었다. 그리고는 몇 겹이나 쌌는지 알 수 없는 헝겊 조각을 둘둘 풀었다. 헤집으니 일 원짜리, 오 원짜리, 십 원짜리 무수한 관 쓴 영감들이 나를 박대해서는 아니 된다는 듯이, 모두를 마주 바라본다. 그러나 아다다는 너 같은 것을 버리는 데는 아무런 미련도 없다는 듯이 넘노는 물결 위에다 휙 내어 뿌렸다. 세찬 바닷바람에 채인 지전은 바람결 ?아 공중으로 올라가 팔랑팔랑 허공에서 재주를 넘어가며 산산이 헤어져 멀리, 그리고 가깝게 하나씩 하나씩 물 위에 떨어져서는 넘노는 물결조차 잠겼다 떴다 솟구막질을 한다.

어서 물속으로 가라앉든지 그렇지 않으면 흘러 내려가든지 했으면 하고 아다다는 멀거니 서서 기다리나 너저분하게 물 위를 덮은 지전 조각들은 차마 주인의 품을 떠나기가 싫은 듯이 잠겨 버렸는가 하면 다시 기웃거리며 솟아올라서는 물 위를 빙글빙글 돈다.

하더니, 썰물이 잡히자부터야 할 수 없는 듯이 슬금슬금 밑이 떨어져 흐르기 시작한다.

아다다는 상쾌하기 그지없었다. 밀려 내려가는 무수한 그 지전 조각들은 자기의 온갖 불행을 모두 거두어 가지고 다시 돌아올 길이 없는 끝없는 한 바다로 내려갈 것을 생각할 때 아다다는 춤이라도 출 듯이 기꺼웠다.

그러나 그 돈이 완전히 눈앞에 보이지 않게 흘러내려 가기까지에는 아직도 몇 분 동안을 요하여야 할 것인데, 뒤에서 허덕거리는 발자국 소리가 들리기에 돌아다보니 뜻밖에도 수롱이가 헐떡이며 달려오는 것이 아닌가.

"야! 야! 아다다야! 너 돈, 돈 안 건새핸(건사했냐)? 돈, 돈 말이야, 돈……?"

청천의 벽력같은 소리였다.

아다다는 어쩔 줄을 모르고 남편이 이까지 이르기 전에 어서어서 물결은 휩쓸려 돈을 모두 거둬 가지고 흘러 버렸으면 하나 물결은 안타깝게도 그닐그닐 한가히 돈을 이끌고 흐를 뿐, 아다다는 그 돈이 어서 자기의 눈앞에서 자취를 감추어 버리는 것을 보기 위하여 그닐거리고 있는 돈 위에 쏘아 박은 눈을 떼지 못하고 쩔쩔매는 사이, 마침내 달려오게 된 수롱이 눈에도 필경 그 돈은 띄고야 말았다.

뜻밖에도 바다 가운데 무수하게 지전 조각이 널려서 앞서거니 뒤서거니 둥둥 떠내려 가는 것을 본 수롱이는 아다다에게 그 연유를 물을 필요도 없이 미친 듯이 옷을 훨훨 벗고 첨버덩 물속으로 뛰어들었다.

그러나 헤엄을 칠 줄 모르는 수롱이는 돈이 엉키어 도는 한복판으로 들어갈 수가 없었다. 겨우 가슴패기까지 잠기는 깊이에서 더 들어가지 못하고 흘러 내려가는 돈더미를 안타깝게도 바라보며 허우적허우적 달려갔다. 차츰 물결은 휩쓸려 떠내려가는 속력이 빨라진다. 돈들은 수롱이더러 어디 달려와 보라는 듯이 휙휙 솟구막질을 하며 흐른다. 그러나 물결이 세어질수록 더욱 걸음발은 자유로 놀릴 수가 없게 된다. 더퍽더퍽 물과 싸움이나 하듯 엎어졌다가는 일어서고 일어섰다가는 다시 엎어지며 달려가나 따를 길이 없다. 그대로 덤비다가는 몸조차 물속으로 휩쓸려 들어갈 것 같아 멀거니 서서 바라보니, 벌써 지전 조각들은 가물가물하고 물거품인지 지전인지도 분간할 수 없을 만큼 먼 거리에서 흐르고 있다. 그러나 그것도 한 순간이었다. 눈앞에는 아무것도 보이는 것이 없다. 휙 휙 하고 밀려 내려가는 거품진 물결뿐이다.

수롱이는 마지막으로 돈을 잃고 말았다고 아는 정도의 물결 위에 쏘아진 눈을 돌릴 길이 없이 정신 빠진 사람처럼 그냥그냥 바라보고 섰더니, 쏜살같이 언덕켠으로 달려오자 아무런 말도 없이 벌벌 떨고 서 있는 아다다의 중동을 사정없이 발길로 제겼다.

“흥앗!”

소리가 났다고 아는 순간, 철썩 하고 감탕(진흙)이 사방으로 튀자 보니 벌써 아다다는 해안의 감탕판에 등을 지고 쓰러져 있다.

“이 — 이 — 이…….”

수롱이는 무슨 말인지를 하려고는 하나 너무도 기에 차서 말이 되지를 않는 듯 입만 너불거리다가 아다다가 움쩍하는 것을 보더니 아직도 살았느냐는 듯이 번개같이 쫓아 내려가 다시 한 번 발길로 제겼다.

“폭!”

하는 소리와 같이 아다다는 가꿈선(가파른) 언덕을 떨어져 덜덜덜 굴러서 물속에 잠긴다. 한참 만에 보니 아다다는 복판도 한복판으로 밀려가서 솟구어 오르며 두 팔을 물 밖으로 허우적거린다. 그러나 그 깊은 파도 속을 어떻게 헤어나랴! 아다다는 그저 물 위를 둘레둘레 굴며 요동을 칠 뿐, 그러나 그것도 한 순간이었다. 어느덧 그 자체는 물속에 사라지고 만다.

주먹을 부르쥔 채 우상같이 서서 굽실거리는 물결만 그저 뚫어져라 쏘아보고 서 있는 수롱이는 그 물속에 영원히 잠들려는 아다다를 못 잊어함인가? 그렇지 않으면 흘러 버린 그 돈이 차마 아까워서인가?

짝을 찾아 도는 갈매기 떼들은 눈물겨운 처참한 인생 비극이 여기에 일어난 줄도 모르고 ‘끼약끼약’ 하며 흥겨운 춤에 훨훨 날아다닌 깃 치는 소리와 같이 해안의 풍경만 돕고 있다.

"독서(讀書)란 내 영혼에 양식을 채우는 것과 같다"

높이 나는 새가 멀리 보고 시야가 넓을수록 더 많은 것을 볼 수 있다.

모든 배움의 시작은 책 읽기로부터 시작되고 여러 작가들의 다양한 작품을 읽고 이해함으로 앞선 조상들의 지혜와 일상에서 접하기 어려운 표현과 어휘를 배우며 논리력과 상상력을 키우게 된다.

이 책은 교과서에 수록된 중·고생이 꼭 읽어야 할 작품들을 정확하게 파악할 수 있도록 작품 전문을 작자 소개와 줄거리 및 해설을 예쁜 삽화와 함께 실었다.

국어_과 선생님_이 뽑은

한국문학읽기
한국고전읽기
세계문학읽기